快乐读中外文学故事
KUAILEDUZHONGWAIWENXUEGUSHI

五代文学故事

回大唐——盛世舞霓裳

范中华◎编著

湖南人民出版社

图书在版编目（CIP）数据

梦回大唐：盛世舞霓裳：隋唐五代文学故事 / 范中华编著 . —长沙：湖南人民出版社，2013.1（2024.09重印）

（快乐读中外文学故事）

ISBN 978-7-5438-8642-1

I.①梦… Ⅱ.①范… Ⅲ.①故事—作品集—中国—当代 Ⅳ.① I247.8

中国版本图书馆 CIP 数据核字（2012）第 186813 号

快乐读中外文学故事：梦回大唐——盛世舞霓裳（隋唐五代文学故事）

编 著 者　范中华
责任编辑　骆荣顺
装帧设计　君和设计

出版发行　湖南人民出版社 [http://www.hnppp.com]
地　　址　长沙市营盘东路3号
邮　　编　410005
经　　销　湖南省新华书店

印　　刷　永清县晔盛亚胶印有限公司
版　　次　2013 年 1 月第 1 版
　　　　　2024 年 9 月第 4 次印刷
开　　本　710×1000　1/16
印　　张　15
字　　数　250千字
书　　号　ISBN 978-7-5438-8642-1
定　　价　25.00元

营销电话：0731-82683348　　（如发现印装质量问题请与出版社调换）

目 录

1. "八米卢郎"卢思道
bā mǐ lú láng lú sī dào

卢思道（535—586 年），字子行，范阳涿（今河北涿县）人。范阳卢氏从东汉至北朝，均为望族高门。卢思道的曾祖、祖父均做过刺史，其父卢道亮则隐居不仕。卢思道一生历东魏、北齐、北周、隋四朝。

卢思道十五岁左右，离开家乡来到邺（东魏都城），因他"聪爽俊辩"，"历受群公之眷"。他拜当时"北朝三才子"之一的邢子才为师，又向另一"才子"魏收借"异书"阅读，这使他的学问大为长进。东魏、北齐文人创作诗文多效法南朝的沈约、任昉的著作，讲究对仗，好用典故。卢思道也受这种文风的影响，其文章亦"雅好丽词"。卢思道虽"才学兼著"，但却"不持操行，好轻侮人"。当时魏收奉皇帝诏令编写《魏书》，还没等定稿，卢思道便将书的内容向外人泄露，因此"大被答辱"。

卢思道二十多岁时，在左仆射杨昉的推荐下，被任命为"司空行参军长兼员外散骑侍郎，直中书省"。当时北齐文宣帝高洋昏庸残暴，做了十年皇帝便死了。皇帝驾崩，"当朝文士各作挽歌十首，择其善者而用之"。包括卢思道在内的文士们都写了十首挽歌呈上。结果，魏收、阳休之、祖孝徵等文士所作的挽歌，被选中的不过一二首，唯独卢思道的挽歌被选中八首。这说明卢思道的文才高出于他的前辈文人。所以当时朝野人士都称他为"八米卢郎"。这是把文士们写的所有的挽歌比喻为稻谷，而把选中的佳作比喻为米。写了十首被选中八首，确实说明卢思道有超人的才华。有此才华，本不愁加官晋爵，可他又犯了"不持操行"的毛病，"漏泄省中语，出为丞相西阁祭酒，历太子舍人，司徒录事参军"。而且"每居官，多被谴辱"。尤为严重的是，他还"擅用库钱"，结果被"免归于家"。

北齐末期，卢思道又被任为京畿主簿、主客郎、给事黄门侍郎，还被授予"仪同三司"。这是他宦途最顺利的时期。在此期间，他写过《赠别司马幼之南聘》、《卢纪室诔》等作品。但此时，北齐王朝已处于风雨飘摇

之中，北周军队步步进逼，不久便灭了北齐。

北周灭北齐后，周武帝宇文邕召北齐文士到长安，各授官职，授卢思道仪同三司。卢思道对北周皇帝感恩戴德，安心供职。过了不久，他发现北周朝廷并非真正重用他这个北齐遗臣，于是，他便写了一首杂言《听鸣蝉篇》。

不久，卢思道"以母疾还乡"。适逢范阳郡中的祝英伯、宋护以及卢思道的从兄卢昌期等人乘周武帝死去之机，拥北齐范阳王高绍义起兵反周，卢思道也参与了这次旨在反周复齐的叛乱活动。北周朝廷派宇文神举率兵平叛，不久便平息了这次叛乱，捕杀卢昌期等作乱者。高绍义逃往突厥，卢思道也被判处死罪。可是，由于宇文神举"素闻其名"，仰慕卢思道的才华，便把他从死囚牢中叫出来，还命令他作露布（捷报），"思道援笔立成，文无加点"。宇文神举阅后，大加赞赏，便宽赦了他。被赦后，又被任为掌教上士。杨坚任北周丞相，又任命卢思道为武阳太守，他嫌职位不高，便写了一篇《孤鸿赋》表达其情志。此赋实际上是以"孤鸿"之遭遇，暗寓自己之宦途经历，并以道家"齐荣辱"思想来自我宽慰。

杨坚代周建隋，卢思道"以母老，表请解职"，得到批准后，投奔尚书左仆射高颎，做了高颎的幕僚。高颎奉隋文帝杨坚诏令讨伐陈国，卢思道代高颎作《檄陈文》。不巧陈宣帝死了，高颎也就罢兵还朝。卢思道回到长安后，写《北齐兴亡论》和《后周兴亡论》，以抒发其对故国的思念之情。他还写了《劳生论》，揭露了北齐、北周的士大夫们二三其德、趋炎附势的丑恶行为。卢思道说这些人是"不耻不仁"的"衣冠士族"。《劳生论》是整个北朝时代不可多得的针砭时弊的妙文。

隋文帝开皇三年，皇帝派卢思道效劳陈国使臣。没过多久，卢思道因母亲去世又辞官归家。其后又出仕任散骑侍郎，奏内史侍郎事。"又陈殿庭非杖罚之所，朝臣犯笞罪，请以赎讫"。文帝采纳了他的建议。不久，卢思道患病死去。

卢思道的诗歌，风格纤艳柔靡，多为游宴酬赠之作。其文集久已散佚，后人辑有《卢武阳集》。

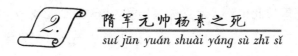

2. 隋军元帅杨素之死
suí jūn yuán shuài yáng sù zhī sǐ

杨素，字处道，弘农华阴人。他少年时即胸怀大志，逸群绝伦，被认为是"非常之器"，向有文武全才之称。初仕北周，以平定北齐有功，封成安县公。隋文帝受禅，封上柱国。有安邦定国之功，封越国公，官至尚书右仆射。隋炀帝即位，改封楚公，官至太子太师。有诗十九首，皆劲健朴质，全无齐梁轻薄淫靡之风，时人以为"词气宏拔，风韵秀上"。

隋文帝开皇四年（584年），杨素拜行军元帅，举兵伐陈。陈将戚欣以青龙大船百余艘，兵数千人，守狼尾滩，以阻遏隋军。狼尾滩是长江三峡上著名的险滩，山峭浪急，易守难攻，隋军将士有些畏惧。杨素说："伐陈胜败在此一举。白日行船，容易暴露，加之水急浪高，必受制于人，我们可夜里进兵，出奇制胜。"于是，杨素亲率战舰数千艘，在夜幕掩护下，逆江而上。又命开府王长袭率步兵沿南岸进军，偷袭陈军营寨；命大将军刘仁思率骑兵直取白沙北岸。第二天早晨，三路兵马会于狼尾滩，戚欣败走，而陈兵全数被俘。杨素下令将俘虏全部释放，三军秋毫不犯，陈人大悦。杨素随即率大军东下，舟船蔽江，浩荡壮观。陈人见杨素坐一大船之上，容貌雄伟，呼之为"江神"。自此，杨素威震大江上下，巴陵以东无人敢守，隋军于是破荆门，夺汉口，势如破竹，陈国遂灭。

当时又有江南人李稜等聚众为乱，大者聚众数万，小者亦有数千，遥相呼应，杀害长吏，为害一方。隋文帝以杨素为行军总管，率军征讨之。杨素挥师南下，先后平息了徐州朱莫问、无锡叶略、吴郡、沈杰、南沙陆孟孙、黟歙沈雪、沈能、浙江高智慧、东阳汪文进、永嘉沈孝彻、会稽王国庆、晋陵顾世兴十路乱贼，历经百余战，江南遂定。

开皇十八年（598年），突厥达头可汗犯边，隋文帝以杨素为灵州道行军总管出塞征讨。诸将与突厥作战时，由于担心突厥骑兵凶猛，对阵时，外设鹿角，以戎车围之，而骑兵在内。杨素对人说："这种设阵之法禁锢了自己，不是克敌制胜的好方法。"于是杨素废除旧法，下令各军以骑兵为阵。达头可汗闻说杨素如此布阵，大喜说："这是上天赐给了我一个机会。"还因此下马仰天而拜，然后率精锐骑兵十余万席卷而来。杨素率军奋力拼杀，重创达头可汗大军，死伤者不计其数，群虏号哭而遁。开皇二十年（600年），杨素又出云州，连破突厥，自此突厥远遁，碛南一带不再有虏人庭帐。

隋炀帝即位之初，汉王谅反，隋炀帝以杨素为并州道行军总管，河北安抚大使，率军数万征讨之。汉王谅遣赵子开以十余万大军，绝路径，据高壁，布阵五十余里，以拒之。杨素命诸将率兵佯攻，而自己亲引奇兵潜入霍山，缘崖谷而行，直指赵子开大营，一战而破之。又于并州大败叛军，迫使汉王谅开城投降。

史称杨素于隋有三大功、平十乱，即如上述。杨素虽能征惯战，功高盖世，但他为官不廉，史家颇有微词。

首先，杨素任人唯亲，结党营私。杨素在隋贵宠之时，他的弟弟杨约，从父杨文思、杨文纪，以及他的族父都在朝中做了尚书列卿；他的几个儿子，身无寸功，也做了柱国、刺史。朝臣有逆忤其意者，便暗中罗织罪名，排挤出朝。而那些随声附和他的人，则不论有没有才能一律重用。一时间朝臣中，没有不怕他的，没有不依附于他的。

其次，杨素治军残暴，胜于酷吏。史称：杨素多有权略，乘机赴敌，应变无方，但是治军严厉。有犯军令者，立斩不赦，多者百余人，少者亦不下数人。流血在前，言笑自若，可谓杀人不眨眼者。等到与敌对阵之时，则先令一二百人赴敌，能冲锋陷阵则已，如不能陷阵而还者，无论有多少人，立斩之。然后再令二三百人赴敌，仍旧采用不能陷阵便斩首的方法。他的将士都惧怕他的这一方法，所以只要出战便以死拼，因此杨素才战无不胜。

再次，杨素生活奢侈，富冠天下。杨素有家童数千，歌伎舞姬、美貌女子亦有数千，宅第豪华，与皇宫一般。一些江南名士，如善写文章的鲍亨、善于书法的殷胄，也被他虏到家中为奴。一时间亲戚朋友、故交部下，都在朝中为官，权倾一朝，富霸天下。史称"素之贵盛近古未闻"。

楊素权倾朝野，作威作福，曾引起隋文帝的猜忌。文帝曾下诏说："仆射，国之宰辅，不可躬亲细务，但三五日一度，向省评论大事。"这诏文表面上是对杨素示以优待，而实质上是夺下了杨素手中的权力。隋文帝下此诏后，不久就死了，人们多怀疑文帝之死是杨素做了手脚。隋炀帝即位后，也极是忌惮杨素，对待他也像文帝一样，"外示殊礼，内情甚薄"。

隋嵌珍珠宝石金花蝶头饰，显示出隋代上层社会的奢靡。

大业二年（606 年），杨素病重。隋炀帝日遣名医为其诊治，又赐给皇上使用的御药，暗中却秘密探问杨素的病情，就是担心杨素不死。杨素本人也知道皇帝嫉恨于他，病中不吃药，也不注意休养，他曾对弟弟杨约说："我难道要追求多活那么一两天吗？"杨素之死也算可悲。

《北史》记载：杨素尝以五言诗七百字赠播州刺史薛道衡。词气颖拔，风韵秀上，为一时盛作。不久，杨素便死了。

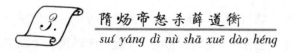

隋炀帝怒杀薛道衡

suí yáng dì nù shā xuē dào héng

薛道衡（540—609 年），字玄卿，河东汾阴（今山西万荣）人，父祖都做过太守、刺史一类的地方官。道衡六岁时，父亲去世。十三岁时，讲《左传》，十分赞赏春秋时代郑国子产治国的政绩，于是写了一篇《国侨赞》。文章写得很精致，得到许多人的赞扬。从此，他的才名益发引起人

们的重视。

北齐司州牧、彭城王浟征召道衡为兵曹从事。尚书左仆射杨愔赞赏他的才学，并授予他奉朝请。道衡被任命为尚书左外兵郎。南朝陈国派文士傅縡出使北齐，道衡以兼职主客郎接待陈使。傅縡向道衡赠诗五十韵，他满以为能难倒北人道衡，而道衡却轻而易举地和了一首。他的和诗，受到南朝北国文士的普遍赞扬，"北朝三才子"之一的魏收说："傅縡所谓以蚓投鱼耳！"意思是，傅縡的诗像吸引鱼的蚯蚓一般，而引出的道衡的和诗则是鱼。从此道衡更是文名远播，因而待诏文林馆。不久又"拜中书侍郎，仍参太子侍读"。后来还与侍中斛律孝卿参与处理朝政大事。

北周灭北齐，周武帝任命道衡为御史二命士。杨坚任宰相时，任命道衡为陵州刺史、邛州刺史。杨坚代周建隋，道衡因犯错误而被免职。不久复被任为内史舍人、散骑常侍，奉诏出使陈国。临行前，道衡向文帝提出，请允许他以隋国使臣的身份，责令陈国皇帝称藩。文帝则认为时机尚未成熟，劝他不要打草惊蛇。道衡这次出使陈国，写下了许多诗，包括著名的《人日》诗。

开皇八年（588年），隋文帝派兵伐陈，道衡被任为淮南道行台尚书吏部郎，掌起草文书之事。兵临长江，一天夜晚，大将高颎问道衡这次伐陈能否成功。道衡指陈史事，并指出历史上统治者无德者亡，陈国运数已尽，又所任非贤人，防线过长，故必亡无疑。道衡的精辟论断，说得高颎心悦诚服，大加赞颂。伐陈凯旋，道衡被任为吏部侍郎。

道衡在吏部侍郎任上时，有人揭发他选拔官吏失当，因此他被免职，并发配岭南。当时晋王杨广镇守扬州，私下派人向道衡传话，让他南下时从扬州经过，晋王将要上书皇帝把他留在扬州。道衡一向讨厌这个结党营私、企图夺取太子位的晋王，因此便取道江陵去岭南。杨广了解到这一情况后，对道衡产生不满之意。不久，文帝又下诏书把道衡召回，任为内史侍郎，加上仪同三司，负责起草朝廷文书。文帝颇为欣赏道衡的才华，"于是进位上开府"。皇太子及王子们，还有名臣高颎、杨素都很敬重道衡，都愿意跟他相交，于是道衡名噪一时。在这期间，他还写了许多诗歌。对这些诗作，大多数文士赞赏，而包括晋王杨广在内的一些小人则心存嫉妒。

文帝仁寿年间，杨素专掌朝政。道衡是杨素的好朋友，文帝不想让道衡长时间参与朝廷的机密大事，便派他到襄州做总管。道衡与文帝洒泪而别，文帝赐给他金带、名马等贵重物品。他任襄州总管时，"在任清简，吏民怀其惠"。

604 年，隋文帝杨坚死，杨广继位，是为炀帝。炀帝改任道衡为播州刺史。一年以后，道衡向炀帝上表请求辞职。炀帝本想在道衡进宫上表辞官时，改任他为秘书监。谁知道道衡进宫谒见炀帝时却上了一篇《高祖文皇帝颂》，文中对文帝的文治武功、经世济民、道德情操大加歌颂。这本无可指责之处，但杀父害兄自立为帝的炀帝，却心怀鬼胎，认为道衡这篇文章正像《诗经·小雅》中的《鱼藻》讽刺周幽王一样，是在讽刺当朝皇帝，但他没马上发作，还授予道衡司隶大夫之职，但总想找个借口给他定罪。后来朝廷讨论制定新令，朝臣们总是议而不决。道衡对朝臣们说："如果高颎还在世，这新令早就实行了。"原来高颎是不久前被炀帝处死的。道衡的这句话被一个朝臣上奏给炀帝。炀帝一听非常恼火，说道："你还怀念高颎吗？"便下诏逮捕道衡。道衡认为自己没犯什么大罪，便催促司法机关早日审判。当审判官将审理结果上奏皇帝那天，道衡还自认为炀帝会赦免他，传话给家里人准备酒席，以招待前来祝贺的宾客。谁知他接到的是一纸让他自尽的诏书。他非常吃惊，不肯自尽。审判官再次将此事上奏炀帝，炀帝下诏"缢而杀之"。时年七十，妻子也被流放。

薛道衡是隋朝著名诗人，流传下来的诗虽不多，但诗的质量却很高，如五言诗《昔昔盐》，抒少妇闺怨之情，对偶工整，辞采华丽，其中"暗牖悬蛛网，空梁落燕泥"二句，以具体鲜明的形象，传达出游子离去后，闺中凄凉寂寥情景，成为千古传诵的名句。杨广嫉妒作此诗的薛道衡，也是在情理之中的。

4. 王度与传奇小说《古镜记》

wáng dù yǔ chuán qí xiǎo shuō gǔ jìng jì

隋末唐初，有一篇十分奇特的小说，名《古镜记》（又名《王度》或《王度古镜记》），但作者"王度"的名字，无论公私著述，却都不见记载。所以很长的一段时间里，人们一直把他当成个虚构的人物，还有人认为他就是王凝。这样一来，那篇神神道道的传奇小说《古镜记》可就真成了凭虚假托的了。

其实，这个王度不是别人，他就是隋末大儒王通的哥哥，也是初唐诗人王绩的哥哥，河汾王氏家族中的一个重要成员。

在王氏兄弟中，王度可能居长，不过名气却没有他的二弟王通那么响。所以王度对王通很是敬重。隋朝大业年间，王度离家为御史，临行时，王度对王通说："我要走了，你有什么话要嘱咐我的？"王通就跟王度讲了一通"清而无介，直而无执"的大道理。王度那恭敬的样子哪像兄长对弟弟？而王通的做派，倒分明像师尊对弟子一般。

不过，王度和王通在思想上可能并不怎么一致，原因是王通是大儒，以孔子自居，不喜欢那些杂七杂八的东西；而王度就不同了，既不是什么"大儒"，也够不上"醇儒"，所以对于阴阳家"推步阴阳"那一套别有会心，惹得王通很不快。但王度是兄，王通不好过责，只能说一些"吾惧览者或费日也"这样无关痛痒的话，来委婉地向兄长提出批评。可王度并不放在心上，仍然我行我素，和那些善于卜筮占卦、雅好推步阴阳的人打得火热。王度这篇《古镜记》传奇就与这样的人物有关。

《古镜记》开头就说："隋汾阴侯生，天下奇士也。王度常以师礼事之。"这位侯生虽然出现在小说里，但却不是虚构的人物，而是实有其人，王通在《中说·魏相篇》里就提到过。他可能是当时在乡里颇负盛名的阴阳占卦者。王度的弟弟王绩有一密友，名叫仲长子光，也是一位"服食养性"的隐士，汾阴侯生一见之后，对仲长子光佩服得五体投地。王度写的

《古镜记》的故事就由这位"汾阴侯生"引起。

《古镜记》中说：汾阴侯生临死之前，拿出一面古镜赠给王度。这面镜子制作得十分精美，也十分奇特：镜面直径八寸，镜鼻做成麒麟蹲伏的形状；绕着镜鼻的四面，按东西南北四方排列着龟、龙、凤、虎；四方之外又设八卦；卦外又设十二辰位；十二辰位之外，又镌刻着二十四字，字的文体很像是隶书，但又不是隶书。王度自然很惊奇。侯生解释说："这二十四个字是模拟二十四气之形。"王度拿起镜子轻轻地敲一敲，音声清婉悠长，响了一整天还隐隐然没有断绝，真是一件罕见的宝物！侯生还告诉王度：这面镜子传说是黄帝所造，黄帝当时铸了十五面镜子，其中第一面镜子直径是一尺五寸，取法于满月之数，其他镜子则依次递减一寸。现在这面镜子直径八寸，该是第八面镜子。王度自是深信不疑。

侯生死于隋朝大业七年（611年）五月，那年正好王度自御史罢归河东，王度得到这面镜子就是在那个时候。那年六月，当王度带着这面镜子再去长安时，就有了下面这许许多多的故事。

王度重返长安，来到长乐坡，住在一个叫程雄的人家。正巧程家刚来一个女子，长得端庄秀丽，名唤鹦鹉，也寄住于程家。王度拿出那面镜子照着整理衣冠，却不料鹦鹉远远地瞧见就受不了，跪在地下就给王度磕头，磕得头破血流还不起来。王度怀疑这个女子是什么精怪所化，于是就拿这面镜子去照。那个女子吓得要死，苦苦哀求王度饶命。王度于是将镜子遮上说："你先把你的来历说清楚，然后变回原形，那么我也许会饶你不死。"那女子无奈，只得实说，原来她是华山府君庙前一个千年的老狐狸，幻化成人后，又多次遭人买卖，辗转来到这里。王度听她说得可怜，就动了恻隐之心，答应饶她一死。但那女子说：经天镜这一照，她已经无处逃形，只是长时间做人，羞于再回复本体，希望王度能收起镜子，让她痛醉一场再死。王度答应了她的请求。

这样的故事在《古镜记》中记载了好几个，荒诞不经，显然是承袭了六朝志怪小说的路子。但无论是叙述的完整，还是描写的细腻，都明显高于六朝志怪类小说，尤其是描写那个狐女死前的情景，十分逼真而感人：

在王度召集左邻右舍设下的酒席宴上，那个女子喝得酩酊大醉，然后翩翩起舞，一边跳舞，一边含着眼泪唱道：

> 宝镜宝镜！哀哉予命！自我离形，于今几姓？
> 生虽可乐，死必不伤。何为眷恋，守此一方！

唱完歌，向众人拜了又拜，倒地而亡，死后变成了一只狐狸。读到此处，谁能不为之落泪？这分明是在写那些不幸的女人啊！

其实，《古镜记》的故事虽然荒诞，但从作者的态度看，对实实在在的人事，显然比对荒诞不经的灵怪故事更感兴趣。大业九年（613年）冬天，王度以御史带芮城县令，持节河北道，开仓放粮，赈救饥民。当地疠疫流行，百姓死亡无数。有一位名叫张龙驹的河北人，是王度手下的一名小吏，一家老小数十口也都得了病。王度就让张龙驹把这面宝镜拿回去，晚上给病人照一照。说来也真奇了，一照之下，一家人的病马上都好了。王度见这镜子有如此灵验的作用，于是就拿它去照全县的老百姓，为百姓祛病除灾。荒诞无比的故事与严肃无比的主题就这样完美地结合在了一起，从这里也不难窥见作者的心灵深处阴阳家的神秘与儒家的经世之用，是如何交织在一起的。

王绩是王度的三弟，也许是两个人都喜欢阴阳历数的缘故，兄弟俩最为投合默契。《古镜记》中也记载了这面镜子与王绩的一段故事。

大业十年（614年），王绩自六合丞弃官回家，厌倦了官场的一切，就想出游名山大川，找一个安身立命之所。王度一再劝他，说现在天下大乱，到处都是强盗，你还想去哪里呢？况且我们兄弟从未分过手，你这一走，还不知能不能再回来见上一面，还是不去的好。王绩坚持要走，拦也拦不住。王度就把宝镜交给王绩，让他带在身上，以避邪祟。王绩一去就是三四年，这一路上还真多亏了这面宝镜，真个是过江海，波涛不起，住山林，妖魔不侵，虎豹屏迹，豺狼遁形。在游豫章的时候，王绩遇上道士许藏秘，说是丰城县仓督李敬慎家有三女，同时遭了魅病，每当到了晚上，三女就浓妆艳抹，然后回到她们居住的堂内阁子，关门熄灯，谁也别想叫开。家人只听见有人在同三女说笑，却不知是何许人也。三女日渐消瘦，说什么也劝阻不得，还要寻死觅活。王绩听说之后，晚上就拿这面镜子一照，那三个精怪马上都显露原形而死，从此之后，三女的病就一下全好了。

这样的一面镜子确实是人间稀有的一件灵物，后来却不见了。失去之前，曾有一位道士给王绩算过，道士说："天下神物，必不久居人间。"镜子也托梦于王绩，说要"舍人间而去"。果然，在王绩把镜子还给王度后不久，这面镜子就失了踪影。那是在大业十三年（617年）七月十五日。隋炀帝也死于那一年。

《古镜记》可能就写于隋末唐初，它虽然算不上出类拔萃的作品，但它已经预告了后来唐传奇的一些信息，这可能比故事本身更弥足珍贵。

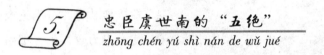

5. 忠臣虞世南的"五绝"
zhōng chén yú shì nán de wǔ jué

虞世南，字伯施，隋越州余姚（今属浙江）人。他的祖父虞检在南朝梁时官至始兴王的咨议之职，父亲虞荔在南朝陈时做过太子中庶子。由于虞世南的叔父虞寄没子嗣，虞荔便将世南过继给弟弟，虞寄为感谢哥哥的恩德，便给世南取字伯施，也就是虞荔施恩之义。虞世南后来的品德出众，似乎与这家庭的和睦谦让有关系。

虞世南的父亲虞荔去世时，世南还是个幼小的孩童，但他十分悲痛，差一点也随父亲而去。陈文帝听说后，常派宦官去虞家安慰他们。三年孝满后，陈文帝诏命年龄还不大的虞世南为建安王法曹参军。就在这时，世南的养父虞寄身陷陈宝应的叛军中，世南很为之担忧，他每天只吃蔬菜不食肉，穿粗布衣服，直到叔父生还，才在叔父的命令下恢复了正常生活。

隋灭陈后，虞世南和他的哥哥虞世基一起入长安。杨广即位后，虞世南被授予秘书郎。但他自甘淡泊，不肯趋炎附势。当时，他的大哥虞世基是炀帝最宠幸的权臣，炙手可热。虞世南虽与大哥同住一宅，但他躬行节

唐鎏金龟负论语玉烛银酒筹筒

俭，不改书生本色，很为时人称道。后来，宇文及杀隋炀帝，虞世基也一并被杀。虞世南抱着宇文化及痛哭，请求代兄去死，化及不从。世南哀毁过度，几乎伤心而死。

入唐后，虞世南深得唐太宗的信任。虞世南也竭诚效力，君臣甚是相得。虞世南虽然表面上看来很懦弱，实际上却是志性抗烈耿直，每当论及前代帝王为政得失，都引古讽今以求补益时政，太宗也能诚心接纳。他曾对侍卫说："我和虞世南常谈论诗书，商略古今，我如果在与他谈话时有一言之失，心里总是怅恨不已。他的忠心可嘉，我少不了他。如果群臣个个都能像他那样，何愁天下不治？"

当然，虞世南的忠直有时也会惹得唐太宗不高兴。唐高祖李渊驾崩后，太宗为显示其孝心，命令高祖陵墓要以汉代长陵为标准，并命令必须在很短的时间里完成陵墓工程。这势必加重人民的负担，虞世南奋而上疏谏止。他在奏疏中历数古代昏昧君主厚葬扰民的事例，指出真正的孝道不应显示在为先人大造陵寝，而是俭朴合乎旧制。

太宗看了奏疏，很不高兴，但世南是他的爱臣，他也不便责备他，于是便把奏疏搁置一边，不予理睬。

虞世南见奏疏不起作用，于是二度上疏。这个时候，别的大臣也纷纷上疏劝谏，太宗便只得接受群臣的建议。

虞世南从小便性格沉稳，清心寡欲，笃志向学。他受到的教育也是很好的。小时候与哥哥世基一起拜吴郡顾野王为师。顾野王是个大学者，他的《玉篇》至今仍是搞文字学的人的必读书。在顾野王的悉心调教下，兄弟二人学业进步很快。二人在顾的指导下学习的十年中，打下了坚实的学术基础。虞世南又好学不厌，有时由于专心学习而十天半月忘记洗浴。

说起虞世南的博学，还有这样一个故事：

有一次，唐太宗命诸人把《列女传》写在屏风上，但当时没有书，众人无从下笔。虞世南仅凭记忆，一字不差地把全书写在了屏风上。这件事轰动一时，人们对他的博闻强识深表钦敬。

虞世南在唐时也曾与太宗等人奉和，写过一些歌功颂德的应制之作。但他还是有节制的。据说唐太宗写宫体诗，让虞世南奉和，虞世南拒不受命，说这种诗不是正体，上有所好，下必从之，因此不奉召。所以虞世南入唐后所作诗有齐梁诗风，与其说是有意为之，倒不如说是旧习难改更恰切些。

唐太宗对虞世南很敬重。虞世南去世时，太宗痛哭失声，诏令把虞世南葬在自己未来的陵寝旁。在给魏王泰的信中，唐太宗深情地写道："虞世南与我犹如一体。他在我左右，拾遗补缺，一刻不忘。他确实是当代名臣，人伦标准啊！现在他死了，秘书省里再找不到这样出类拔萃的人物了！我心中的痛惜之情，又岂是言语所能道尽的！"

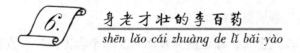

6. 身老才壮的李百药
shēn lǎo cái zhuàng de lǐ bǎi yào

李百药（565—648 年），字重规，定州安平（今河北省安平县）人。他是隋唐之际的一位著名史学家、政治家，更是当时颇负盛名的文学家。

李百药出身于官僚地主家庭，世代为官。祖父李敬族，北魏镇远将军；父亲李德林，隋翰内史令，封安平公。李百药就出生在这样一个仕宦家庭里。

李百药自幼就身体不好，经常闹个小病小灾的，弄得家中人个个为他担惊受怕，提心吊胆。祖母赵氏最是心疼这个宝贝孙子，见他这么好闹毛病，于是就给他起了个名字叫"百药"，有"百药"在身，自然可以医治百病。这无非是图个吉利。后来百药果然活到了八十多岁。

李百药从小就受到了很好的教育，人又很聪敏，被人誉为"奇童"。据《新唐书》本传记载，李百药七岁就会写诗作文，只可惜这些作品没有一件流传下来。书中还记载了另一件事：有一次，北齐中书舍人陆某等人去见李百药的父亲李德林，大家在一起读徐陵的文章，文章中有"刘琅琊之稻"的话，坐中客人谁也不知这是指什么事。李百药也在旁边听大人讲论，就插话道："《春秋》中不是有'郎子藉稻'吗？杜预注解说在琅琊。"众人这才恍然大悟，既惊且喜，都说这个孩子真是个"奇童"。"奇童"就由此而来。

不过，李百药的仕宦生涯并不顺当。

李百药最初是靠着门荫补了三卫长步入仕途的，这也是魏晋以来的通例。到了隋文帝开皇初年，李百药被任命为东宫通事舍人，因才华出众，又被擢升为太子舍人。李百药性情疏懒，肯定得罪了不少的人，于是就有一些风言风语。李百药不愿意搅进这无聊的争斗中，就乘机告病辞官还乡。

开皇十九年（599 年），隋文帝于仁寿宫召见了他，袭爵为安平公。仆射杨素和吏部尚书牛弘都很爱他的才华，让他做了礼部员外郎，奉诏定五礼律令。这是李百药最为春风得意的时期。

但是这样的日子并没过多久，霉运就接踵而至。原来晋王杨广一直在觊觎着太子的位置。作为东宫的属官和太子杨勇的红人，李百药很自然地就卷进了争夺储位的政治旋涡中。李百药告病还乡时，杨广曾召他去扬州（杨广时为扬州总管），李百药拒绝了，杨广因此对他恨之入骨。所以杨广一即位，就夺去了李百药的爵位，打发他到偏远的桂州去做司马。大业九年（613 年），李百药驻守会稽，管崇乱城，李百药守城有功，按理应该得到奖赏，可是炀帝看了李百药的名字，对身边的虞世基说："这家伙竟然还没有死，应该把他打发到更偏远的地方去。"于是有功的李百药不仅没得到奖赏，反而被贬到建安郡（今福建建瓯）为郡丞。

接下来的李百药更为不幸，他像一件物品一样被人抛来抛去，而他自己却始终无能为力：当他准备到建安郡赴任时，走到乌程（今浙江吴兴县），被沈法兴的起义军给俘获，沈任命李百药为府掾；不久，李子通打败了沈法兴，李百药又成了李子通的俘虏，李子通任命他为内史侍郎；接着李子通被杜伏威打败，李百药成了杜伏威的俘虏，杜伏威又任命李百药为行台考功郎中。这时已是唐武德四年（621年）了。第二年，唐高祖李渊派使者召杜伏威，李百药极力劝杜伏威投降唐朝。杜伏威在进京的路上，突然又后悔了，就想把李百药杀了。他给李百药喝了石灰酒，结果阴差阳错，李百药折腾了一通之后，不但没死，反而因祸得福，老病也全好了。杜伏威又写信给辅公祏，让辅公祏杀了李百药，多亏杜伏威的养子王雄诞竭力保护，辅公祏没杀李百药，还任命李百药为吏部侍郎。武德六年（623年），杜伏威反，有人说李百药也参与其中，李渊大怒，发誓要杀了李百药。等平定大乱之后，得到了杜伏威给辅公祏要他杀李百药的书信，又了解到李百药曾劝杜伏威降唐，李百药这才死罪得免。但他毕竟是参加过农民起义军的人物，还是不能轻易放过。于是李百药又被贬为泾州（今甘肃泾州北）司户。李百药就这么身不由己地被呼来唤去，直到后来唐太宗到泾州见到李百药，这才把他召了回来，做了中书舍人。这时的李百药，已是六十多岁的白发老翁了。

李百药晚年遇上唐太宗这么一个爱才的君主，这是他的造化。李百药当然也是感激涕零。

贞观二年（628年），李百药迁礼部侍郎；四年，授太子右庶子；十年，因撰写《北齐书》有功，加散骑常侍，行太子右庶子。贞观二十二年卒，活了八十四岁。

李百药能诗能文，但他的文学成就主要还是在诗。据记载，太宗皇帝写《帝京篇》十首，李百药写诗唱和，太宗看了之后，赞不绝口，亲自写诏褒奖，说："卿何身之老而才之壮、齿宿而意之新乎？"（《新唐书》本传）但是李百药所和的《帝京篇》，现在也没保存下来。

平心而论，在宫廷诗风弥漫的贞观诗坛上，李百药的确是很值得重视的。由于李百药生于改朝换代之际，又有着复杂的人生经历，所以他的诗比起其他宫廷诗人来，有着更为真切的情感体验。而他那些写得比较感人的诗篇，也大多是在贬谪或羁旅途中写下的。

贞观之后，李百药的诗风有了明显的变化，这主要是因为生活上的养尊处优，使诗人失去了往日对人生社会的真切感受，有时也加入了宫廷诗人的大唱和中，诗集中的《少年行》、《戏赠潘徐城门迎两新妇》等，就是这个时候的作品。

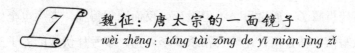

7. 魏征：唐太宗的一面镜子
wèi zhēng: táng tài zōng de yī miàn jìng zǐ

魏征，字玄成，巨鹿曲城（今属河北）人。他虽然出身于一个卑微的小官吏家庭，但他对初唐的政治和文学都产生过重大影响。

魏征小的时候，家境贫寒，为了糊口，他曾经当过道士。但他很喜欢读书，尤其是喜读《战国策》，从小就梦想着将来要像那些纵横家们一样，凭着胸中的才学，干一番惊天动地的事业。

俗话说："乱世出英雄。"魏征就赶上了这么个乱世。隋义宁元年（617年），魏征参加了河南瓦岗农民起义军，为义军出谋划策，很受信任。

次年，瓦岗军首领李密投降了唐王朝，到了长安。魏征作为李密的幕僚，也来到了长安。

那个时候，唐王朝刚刚建立，政局不稳，尤其是一直控制在义军手中的华山以东地区，更是人心浮动，一触即发。作为起义军中的一员，魏征在义军中享有很高的威望。所以他的到来，给了唐王朝很大的希望。魏征被任命为秘书丞，并很快被派往山东（华山以东）去安抚李密的旧部。

主上既然以"国士"相待，哪怕是千难万险，也义无反顾。魏征此行果然不辱使命，而且还成功地劝服了瓦岗军的一员大将徐世勣（后赐姓李，改名李绩，即徐茂公）。

太子李建成对魏征的才能很欣赏，魏征因此做了太子洗马，成了李建成的左膀右臂，并多次为李建成出谋划策来对付李世民。"玄武门之变"后，太子李建成和李元吉被杀，太宗曾亲自质问过魏征，说："你挑起我们兄弟间的不和，现在你还有什么话说？"魏征直截了当地说："假如太子（李建成）早一点听从我魏征的话，他今天也许不会死。"李世民对魏征的直率很赞赏，即位之后，就拜他为谏议大夫，封巨鹿县

古代臣道的楷模魏征，以直言敢谏著称于史。

男。从此开始了君臣间以诚相待的愉快合作。一个秉直不阿，犯颜直谏，一个虚心接纳，知错能改，成了后世史学家所津津乐道的一段佳话。

下面所引的两则故事，说的就是这一情景。

唐太宗贞观三年（629年）以后，唐王朝内治外安，开始出现隋末战乱以来所未有的升平气象。群臣把这一切都归功于太宗，纷纷称颂太宗功德上比尧舜，太宗自己也很得意。这时，有一个大臣劝太宗仿效秦皇汉武，去泰山封禅，以"告成天地"。群臣多数持赞同意见，太宗也很愿意。

但魏征认为，国家刚刚摆脱战乱，人民还不富裕，这就像大病初愈一样，应好好调养，而不应采取扰民行动。搞封禅活动不可避免地会加重沿途人民的负担。他比喻说，就像人病后不久便去背着一石米，日行百里，而绝不可能成功一样，在这个时候去封禅，也决无好的结果。

唐太宗听了魏征的话，经过再三考虑，终于放弃了"封禅"的打算。

贞观六年（632年）三月，太宗最喜爱的小女儿长乐公主下嫁给长孙冲。太宗想把女儿嫁妆增加一倍。这事让魏征知道了，他认为，这样做一

来违反礼制，更重要的是这样做过于铺张浪费，会给群臣和百姓做一个坏榜样，于是又极力反对。

唐太宗拗不过他，只得同意他的意见，但心里很不高兴。他觉得魏征管得太宽了！国家大事他可以出谋划策，难道我的家事他也要管么？他越想越气。

这件事被长孙皇后知道了，她连忙去见太宗，对他说："我听说只有主上贤明，臣下才敢直谏。现在魏征敢于这样率直劝谏，一定是由于陛下贤明的缘故了。"太宗听了这话，这才转怒为喜，一笑了之。

太宗即位十年之后，渐渐滋生了骄傲自满的情绪。魏征针对这一情况，为了唐王朝的长治久安，向太宗上了《十渐不克终疏》。

铜镜。"以铜为鉴，可正衣冠。"铜镜是古代官员自鉴自律的象征物。

李世民把魏征比作铜镜，认为通过魏征的直谏，可以明了为政的得失。

贞观十七年（643 年），魏征去世。太宗亲临灵前为之痛哭，并罢朝五日。出葬时又登苑西楼望哭，写下了情真意切的《望送魏征葬》诗，诗中说："望望情何极，浪浪泪空泫。无复昔时人，芳春共谁遣？"后来太宗临朝，每每想起魏征来，叹道："以铜为鉴，可正衣冠；以古为鉴，可知兴替；以人为鉴，可明得失。朕尝保此三鉴，内防己过。今魏征逝，一鉴亡矣！"

魏征以"诤臣"知名于世，在文学上，也是唐初最重要的一个人物。在《隋书·文学传序》中，魏征总结了汉魏以来文学的发展，比较了南北朝学风的不同，提出了"掇彼清音，简兹累句，各去所短，合其两长"的融合南北的主张，为唐代文学的发展指明了正确的方向。

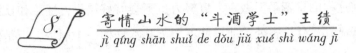

8. 寄情山水的"斗酒学士"王绩
jì qíng shān shuǐ de dǒu jiǔ xué shì wáng jì

王绩（585—644年），字无功，号东皋子，唐时绛州龙门（今山西省河津县）人，是唐初的著名诗人。

王绩出生在一个贵族家庭。王家在龙门是大户，各个朝代都出了一些有名的文官武将。到王绩父亲这一代时，虽然家道已经不如往昔，但还有良田十六顷，足以为一家人提供舒适的生活。

从王绩降生那一刻起，全家便对他寄予了极大的希望，希望他能走上仕途以光宗耀祖，所以对他督责很严。在他六七岁时，父亲就开始教他读书。

王绩慢慢长大了，读的书也越来越多。在他读过的所有典籍中，他最爱读的是《周易》、《老子》和《庄子》这三部书。从少年时代起，他就对道家思想表现出了极大的兴趣，他的一生受这三部书的影响很深。

隋文帝开皇二十年（600年），王绩十六岁，父母为了开阔他的眼界，命他去各地遨游。

他首先去了京城长安，经人推荐拜见了隋朝重臣杨素。杨素是一位文武皆通的名臣，也是隋朝的一位大诗人。他很喜爱王绩的少年英才，并把他推荐给一些上层人士，使他很快出了名。长安的公卿大臣们称王绩为"神童仙子"，年纪轻轻的他就已成为长安知名度极高的才子了。

但王绩并没有在赞誉面前迷失自己。他认为自己还小，以后的路还很长，自己学养还不够，婉言谢绝了杨素等人的推荐，继续回家读书。

隋炀帝大业元年（605年），王绩二十一岁时，因学行兼优，被举荐为孝廉高策，朝廷授他秘书正字的官衔。但王绩天性不愿受束缚，自愿要求去外地任地方官。最后被改授为六合（今江苏省六合县）县丞。在六合县，他并不怎么过问日常政务，每天只以喝酒、读书、出游为务，受到了同行的弹劾。

其实，王绩的"嗜酒不任事"，很大程度上是由于他看清了隋炀帝的昏庸残暴。在这样的皇帝手下做事，再努力也不会有好结果，还不如饮酒自乐，于人于己都没什么害处。他早就不想干县丞这样一个职务，于是便乘此机会，向朝廷告病去职，返回了家乡。

回到家乡时，王绩的父母已去世了。他在自己的田地上，命人种上了许多可用来酿酒的黍子，酿酒自娱。他又养了一些鸭和鹅，一来用它们解闷，二来也是为了有下酒物。他又在山前山后种了不少的草药，用来给自己和乡邻治病。这个小家已能向他提供他所要求的一切，他心满意足地隐居在家乡，再也不想出去闯荡了。

在乡间，他每每终日流连于田间地头，吟诗饮酒，自得其乐。有时，他也想到能在一个清平的社会里做些施民济世的事，但如今只能隐居山水了。他的一些著名的反映其闲适生活和山水田园风光的田园诗便作于这一时期。

但诗人也并非完全孤独，他还有几个志趣相投的朋友。和他最亲密的是隐士仲长子光。他是个哑子，但这并不影响两人的交往。两人有时对坐饮酒，有时一起去登北山，游东皋，吟诗唱和，以笔墨交谈。

在乡居这段时间里，他几乎与外界完全断绝了往来，自号为"东皋子"。

这时，外部世界已发生了巨大变化。隋炀帝的残暴统治激起了全国的反抗，农民起义风起云涌。太原留守李渊乘机称帝，统一了全国，建立了唐朝。

虽然王绩很久没与外界来往了，但人们根本不可能忘记他，因为他的诗名实在太大了。

唐高祖武德八年（625年），李渊命令一些隋朝官员"待诏门下省"，王绩被迫离开了家乡，再次来到长安。

待诏期间，唐朝给每位前朝官员的待遇还是很优厚的，其中包括每人每天供酒三升。一天三升酒对一部分人来说根本喝不了，但王绩酒量很大，三升酒并不能使他满足。他的弟弟王静这时也在长安做官，有一次问他哥哥：

"在长安还愉快吗？"

王绩想了想，说："俸禄还将就，有些寂寞，不如在家自在。只是每天的三升美酒还值得留恋，可惜还不够。"

兄弟俩的话不久便传遍了京城。侍中陈叔达听到后，赶紧命人每天再多给王绩一斗酒，因为怕他嫌酒少而不肯留下。这件事一时成了京城中的一条有趣的轶闻，人们因此称王绩为"斗酒学士"。

唐太宗贞观初年（627年），该王绩调动官职了。听说太乐署史焦革会酿好酒，他便要求去做焦革的副手——太乐署丞。这又成为人们谈论的话题——不爱高官爱美酒。在任太乐署丞这几年里，他从焦革那里学到了不少酒的知识，二人关系极好。后来焦革死了，他的夫人仍常送酒给王绩。不幸焦革夫人不久也去世了。这令王绩感伤不已，于是决定弃官回乡。

回到故乡后，他把焦革制酒的方法撰为《酒经》一卷。他又把自杜康、仪狄（都是传说中造酒高手）以来善于酿酒的人和各地名酒加以搜集整理，写成《酒谱》一卷。又在住宅旁立一座杜康祠，祭祀酒师，并作《醉乡记》、《五斗先生传》等文章作纪念。

这次归隐后，他开始肆意纵酒，寄情山水，以诗赋自乐。他把自己比做竹林七贤的阮籍、嵇康、刘伶和晋末诗人陶渊明。一直到他去世，一直过着这样快乐逍遥的生活。

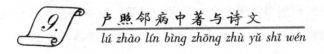

9. 卢照邻病中著与诗文
lú zhào lín bìng zhōng zhù yǔ shī wén

卢照邻出生在太宗贞观初年。由于统治阶级吸取了隋朝灭亡的教训，采用了相对来说较为宽松的政策，因而政治清明，社会安定，经济繁荣。少有才华的卢照邻十几岁便师从曹宪、王义方，学习《苍》、《雅》和一些经史，很善于写文章。之后，他离开了家乡，游宦各地。这段时间里，他看到了祖国山河的壮美，体验到了人间的疾苦，为他后来的诗歌创作打下了一定的基础。

二十岁时，他在唐高祖的儿子邓王李元裕的府中做了典签（相当于文书一类的官）。邓王府号称有书十二车。十几年中，卢照邻如饥似渴地读书，学识日渐广博，加之本身就很有才华，得到了李元裕的赏识。当时李元裕曾对手下人说："他是我的司马相如（汉武帝时著名文学家）。"这段时间卢照邻相对来说过得还比较悠闲和愉快。

高宗麟德二年（665 年），邓王病死，卢照邻便离开了王府，这时他已经三十六岁了。几年以后，他被任命为新都（今四川新都县）尉。尉是县令的副职，职位虽不高，但这犹如困龙入海，可以在事业上大展宏图了。这时王勃正在蜀中漫游，两人结识并成了挚友，他们经常在一起作诗游玩，非常畅快。不幸的事情终于发生了，他做官不久便患了"风疾"，不得已只好辞官离开了蜀中，在长安附近住了下来。

卢照邻的家原本人丁兴旺，有百余口人，也很富足，但是遭逢家难，弟弟妹妹相继死去。卢照邻虽做了十余年的官，收入却很微薄，只七八年的工夫，家存的财物便用尽了。更为不幸的是，正在这节骨眼儿，卢照邻又患了重病，因此本已清贫的家彻底衰落了。

卢照邻在长安住在光德坊，这里原本是鄱阳公主的住所，由于公主还未出嫁便病死，因而她的宅子也就废弃了。当时，著名的医学家孙思邈住在那儿，卢照邻便去那求医。正值壮年的卢照邻卧病在床，一下子就是三个月，他很盼望早日康复。恰逢天子去甘泉避暑游玩，孙思邈奉旨陪同前往，使本来就孤单的卢照邻备感寂寞。偌大的庭院，空空荡荡，只有院中的一棵病梨树终日陪伴他，他感叹上天的不公，百无聊赖，便写了一篇《病梨树赋》来表达自己内心的不平。

他借病梨树自比，表现了自己孤单无助而又身患疾病、才华无从施展的苦闷心情。胸怀远志，又带有一丝惆怅，恨不得变成一只风筝去翱翔蓝天，建功立业。

在长安期间，他听说此去不远的太白山有仙士医术高明，病情稍有好转，便迫不及待离了长安去太白山求医看病。在那里，他真的遇到了一位仙士，给了他一些红色大药丸，他吃下后感觉不错。谁料祸不单行，卢照邻的父亲去世了。噩耗传来，他悲痛至极，号啕大哭，药丸便被吐了出来。这下他的病情加重了，脚也开始痉挛，一只手又残废了。贫困的家庭早已无法支付高额的药费了，他靠着一些朋友供他衣服和药品艰难生活。自强好胜的卢照邻心灵遭受到了沉重的打击。后来他到了具茨山下，借钱盖了一间茅屋，又叫人将颖水引到房前屋后，称自己的住所为坟墓。此时的卢照邻对自己所患疾病已丧失了信心，只能用一些诗文来消遣余生了。他写了著名的《五悲文》，算是对自己一生的表白。

《五悲文》分为五个部分：悲才难、悲穷通、悲昔游、悲今日、悲人生。卢照邻认为他写《五悲文》就是"申万物之情"。实际上，这篇文可以说记述了卢照邻的一生。他悲哀有才学、有抱负的人不能得到好的结果，以此来宽慰自己受伤的心灵。

有才学又能怎样？王方、杨亨最终不过做了个小官。卢照邻在为别人悲，实际上也是对自己才高而官小的悲哀。紧接着他又是悲穷通、悲昔游、悲今日，都是借着别人的故事来讲自己的亲身体验。

整篇《五悲文》到处流露着他对自己处境的不满和无力回天的感慨，作者借前人的不幸遭遇拿来品评，寻求安慰。可以说，《五悲文》是他总结自己的悲惨人生，抒写对命运的抗争和不得已向命运低头的无奈。这也是他静静思索之后，对人生的探讨，充满了哲理与智慧，这是卢照邻的才华横溢、博览群书的综合体现。

最能表现他卧病在床的痛苦的，当属《释疾文》了。这篇文章是在他卧病十年之后写的。他在序中描绘了痛苦之极的状态：余羸卧不起，行已十年，宛转匡床，婆娑小室。未攀偓寨桂，一臂连蜷；不学邯郸步，两足匍匐。寸步千里，咫尺山河。十余年，他一直在小屋中，每走半步，便痛苦万分，只能在屋中看着春去冬来，花开花落，即便坐车出屋，也不过"悠然一望"罢了。

《释疾文》共有三篇，即粤若、悲夫、命曰，借以表现自己的不幸，

与《五悲文》类似，主要是借用别人的不幸来抒发自己的愤懑。他感叹上天为什么要将这不幸降临到他一个人身上，让他受尽折磨。

卢照邻最终没能忍受住病痛多年的折磨，投颍水自杀而死。

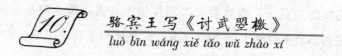

10. 骆宾王写《讨武曌檄》
luò bīn wáng xiě tǎo wǔ zhào xí

骆宾王是活跃于初唐文坛的重要诗人、作家，他给人印象最深的一点就是才气纵横。自幼他便异常聪慧，很善于写文章，有"神童"的美誉，而且在品德上也有很好的名声，尊敬师长，孝敬母亲，可以说有德有才。

像这样一位"德才兼备"的年轻人，前途应该是美妙的。不过，在封建时代里，一个人要通泰发达，光靠这些是不行的，还需要有一定的机遇和向上攀附的手段。骆宾王虽才学出众，但为人耿介，颇为自负。因而，他初涉官场便屡屡受挫。

唐高宗龙朔元年（661 年），骆宾王被道王李元庆任命为府属，开始了为官生涯。道王府中官吏如云，骆宾王没能得到重用，一转眼，三年过去了。663 年，朝廷下令各地选拔人才，不知何故李元庆想推荐骆宾王。于是，他让骆宾王说说自己的才能。骆宾王给他写了一篇《自叙状》："说己之长，言身之善，腼容冒进，贪禄要君，……此凶人以为耻，况吉士之为荣乎？所以令炫其能，斯不奉令。"干干脆脆地拒绝了荐举，表现了这个年轻人恃才傲物的非凡性格。

骆宾王的这种态度，很显然在官场中是难以发迹的。十几年中，骆宾王的仕途坎坎坷坷。

高宗时期，皇帝李治并没有什么作为。整个社会稳定，人民能安居乐业，主要还是得益于太宗朝时的"贞观之治"。李治自即位以来，身体一直不太好，而且他为人忠厚，缺少君王的威严，因而做事时多多少少受制于皇后武则天。

高宗弘道元年（683 年），高宗李治病故，太子李显（中宗）即位，武则天临朝听政，实际上是控制朝政。第二年（中宗嗣圣元年）武则天废中宗为庐陵王，改立了豫王李旦（睿宗）为皇帝。李旦实际上是个傀儡，他对一手扶植他即位的母后一丝也不敢反抗，这样，大唐的朝政便完完全全地掌握在了武则天的手中。

武则天是个颇有手腕和魄力的人，她一方面推行一些开明政策，另一方面则重用武氏宗亲。这样，李唐宗族、唐代旧臣与武后集团之间便展开了明争暗斗，并且这种斗争愈演愈烈。最终李唐王朝只是保留了一个国号，武周的新王朝即将正式建立了。

骆宾王画像。骆宾王随徐敬业讨伐武则天失败后，其生死成为一桩悬案。他出家为僧的说法得到了许多人的认同，因此，他被画成一个僧人的形象。

才华出众的骆宾王的官运一直不好，做了官不是被贬就是被诬入狱。曲折的生活道路改变了他对功名的态度，但并未冷却他要求立功的豪情壮志。后来，他被任命为临海县（今属浙江）丞。唐代前期朝廷重内轻外，这个无所作为、受人奚落的官职令骆宾王极为失望，最终辞了官职。中宗嗣圣元年（684年），骆宾王来到扬州居住。在这里，他遇见了从眉州贬为柳州司马的徐敬业。

徐敬业少年时代就随祖父征战南北，非常勇敢。684年，徐敬业来到扬州，和他弟弟徐敬求共同联络了一些在扬州的有识之士，谋求武装反抗武则天的统治。骆宾王此时正在扬州，徐敬业听说后便邀请他参加这次武装活动。按理说，两人身份、地位不同，少有共同语言，骆宾王最后之所以参加进来，是由于他长期的政治失意，特别是受到迫害后心情压抑，对武氏的专权产生了强烈的不满。他的反抗既是为了恢复李唐王朝的封建正统，更主要是为了发泄个人悲愤的感情。

　　徐敬业认为反对武则天应找一个内应，这样成功的可能性就大了。找来找去觉得宰相裴炎很合适，于是就让骆宾王出个对策，想办法拉裴炎入伙做内应。骆宾王静静地沉思了一会儿，计上心来，便作了一首歌谣："一片火，两片火，非衣小儿殿上坐。"刚开始只是裴炎庄上的小孩朗诵，后来逐渐传播开来，整个长安城附近的儿童几乎都会诵唱了。这下子裴炎可坐不住了，两片火是"炎"字，非衣搁在一起是个"裴"字，不是在说裴炎要反吗？于是，他开始寻找歌谣的来源。他召见了骆宾王，让他对歌谣进行解释。他先是拿出许多金银宝物和绫罗绸缎，后又用美女和骏马赠与骆宾王，可是骆宾王并不答话。最后裴炎拿出了一幅古代忠烈图让骆宾王看。当看到司马宾称王后，骆宾王站起来说："这

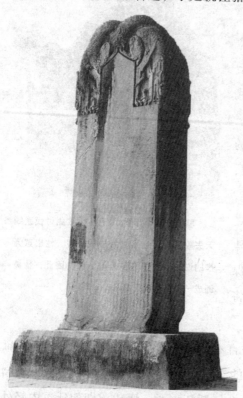

武则天一生的功过是非，为后来史家所聚讼纷纭。这位奇女子或许知道身后定会如此，于是在自己的墓前留下了一块无字碑。

是英雄丈夫也。"其实裴炎就是想说，自古大臣当权很多都是重新建立国家，就是要造武则天的反。骆宾王对此大加称赞，于是两人便合谋在一起。

　　这年九月，徐敬业等人以"皇唐旧臣、公侯家子"的身份，用恢复中宗帝位为口号，在扬州举行了反对武则天的暴动，十天之内便集结了十万多人。徐敬业自称为匡复上将，并做扬州大都督；任命骆宾王为艺文令。

就在这样的政治背景下，骆宾王写下了《代李敬业传檄天下文》（《讨武曌檄》），传檄州县，徐敬业攻城拔地，一时间声势浩大，四海震动。

这篇《讨武曌檄》中贯穿着封建君臣的礼义思想，前半篇痛斥武则天秽乱宫闱的丑史，历数了她"近狎邪僻，残害忠良，杀姊屠兄，弑君鸩母"的种种罪行，写出了武则天在由太宗时的才人依靠美色逐渐得到高宗的宠爱，并一步步走上权力的最高点的过程中，亲近许敬忠、李义府等奸臣，而对长孙无忌、上官仪等忠臣进行迫害，最后连自己的亲属也不放过的卑劣行为，然后顺势笔锋一转直指要害，揭露了她要篡权夺位的野心，指出她"包藏祸心，窥窃神器"的阴谋。

文章的后半部运用了典故来加以表现，他将徐敬业比作商朝时的宋微子。微子是商纣王的叔叔，在商灭亡后朝见周王的路上经过故都的废墟，内心十分悲痛。骆宾王用来说明徐敬业也有同感，并以此激发人们怀念故国的情怀。同时号召人们起来响应。"共举义旗，誓清妖孽"，发出了"一抔之土未干，六尺之孤安在？"的感叹，指出当时高宗皇帝刚刚安葬，而他的太子却已经失去了帝位，李唐王朝已名存实亡了。最后用"请看今日之域中，竟是谁家之天下"做结，很有气势。不难看出这篇文章的刺激力和号召力在当时是非常大的。

这篇檄文在艺术表现上摆脱了隋及六朝时期骈文的拖泥带水、堆砌辞藻、毫无生气的景象，代之以一种清新俊逸的气息。无论是叙事、抒情还是议论都能运笔自然，挥洒自如，堪称骈文的精品之作。后人将这篇《讨武曌檄》和王勃的《滕王阁序》，合称为骈文双璧。

骆宾王的文才固然是妙不可言，但徐敬业的武略却不怎么样，在武则天迅速调集的三十万大军的攻击下，只两个月便溃不成军。高邮一战，扬州义军几乎全军覆没，骆宾王在乱军中逃走了。后来他在杭州灵隐寺出家当了和尚，过起了隐居生活。据说著名的诗人宋之问游览灵隐寺时曾见过他，还和他对了一首诗呢！

《讨武曌檄》使得骆宾王这样一个文士出尽了风头，充分向世人展示了他的才华。武则天在读过檄文后也说"宰相安得失此人"，意思是说如

果宰相善于搜罗人才，骆宾王这样的奇才怎么会被敌方所用。可见武则天还是颇有眼力的。这篇檄文是骆宾王政治生涯中最辉煌的一页，同时也是他政治生涯结束的开始。

对于骆宾王从做官到被贬，从再做官到被诬入狱，一直到参与反对武则天的暴动，闻一多先生的评价恰到好处。他说骆宾王"天生一副侠骨，专喜欢管闲事，打抱不平，杀人报仇，革命"。回味骆宾王的一生，在政治上只留下了挫折和失败的记录，而坎坷的经历却使得他在文学创作上取得了辉煌的成功。

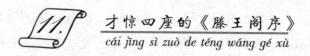

11. 才惊四座的《滕王阁序》
cái jǐng sì zuò de téng wáng gé xù

王勃少年时才华出众，可步入仕途之后就不那么一帆风顺了。先是在沛王府做一些编撰的事情，由于写了一篇讨伐英王鸡的《檄英王鸡文》被逐出王府，这是他做官之后第一次遭到打击。失意的王勃开始了四五年的漂泊生活，这段经历对他理解社会、人生有很大影响，因而也给他的文学创作带来了深刻影响。

王勃的家里人口多，共六个子女，父亲王福畤只是一个县令，收入不多。王勃几年的漂泊生活给家里造成了很大的经济负担。他心里感到很内疚，想尽可能地为家里分担一部分。恰巧他的一位叫陆季友的朋友在虢州做司法参军（参军在唐代是九品的低级地方官），告诉他虢州所管辖的弘农（今河南省宝灵县）盛产药材，劝说他到那里谋求个官做。由于王勃出来做官前曾经学过一年多的医学，对这方面也有一定的兴趣，于是，他委托几个朋友帮忙，补任了个虢州参军。

再次做官，王勃并没有改掉以前的秉性，由于看不惯周围人的做事方式，经常独来独往，不善于处理官场中相当复杂的人际关系。没过半年，王勃遭到了第二次更为沉重的打击。事情是这样的：有个叫曹达的官奴犯了罪，逃到了王勃的家里，王勃先是收藏了曹达，后来害怕这件事情败露

图为 1989 年南昌市政府重建的滕王阁。这是历史上第二十九

次重建。与湖南岳阳楼、湖北黄鹤楼并称为"江南三大名楼"的

滕王阁，建成后的一千三百多年中，屡毁屡建。

影响到自己，就偷偷地把曹达杀了。不久事情败露了，王勃被判了死刑。恰巧这年八月天下大赦，总算死里逃生。王勃虽然逃过了这场灾难，却被除了名，为官生涯就此结束了。他的父亲王福畤也因为这件事受到牵连，被派到南方边远地区去当交趾（今越南北部）令。

王勃被免官之后，曾有过复职的机会，但经过那两次挫折，也已不再留恋官场生活了。他内心非常苦闷，觉得老天对他不公平，更觉得对不起年迈的老父亲，闲暇烦闷的王勃决定去交趾探望父亲。一路上，他会亲访友，饮酒赋诗，心情也逐渐轻松了不少。这一天，他来到了洪州（今江西省南昌市）地界，游览了闻名遐迩的南昌滕王阁，写下了震撼古今的骈文名篇《秋日登洪府滕王阁饯别序》（简称《滕王阁序》）。

滕王阁是唐高祖的儿子李元婴（贞观十三年受封为滕王）做洪州都督时修建的。他为了能聚友饮酒共同欣赏长江美景，就花了巨资在江边修建了一座王家花园，滕王阁是这当中最著名的景点。历史沧桑巨变，如今这里只留下了一座气势宏伟的滕王阁伫立江边。王勃面对着昔日盛极一时的天下名楼，想到滕王阁的兴衰历程，再回想起自己做官、漂游的曲折人

图为明代文征明书《滕王阁序》。《滕王阁序》以其铿锵气势、华丽辞采成为传世之作，为历代文人雅士所钟爱。

生，不禁感慨万端。

到南昌的第二天，正逢九月初九。王勃听说洪州都督阎公要在滕王阁大宴宾客，与文人墨客把盏赋诗，于是也赶来助兴。这个洪州都督实际上是为了让自己的女婿孟学士在众宾客面前展示一下才华，让他事先写好一篇滕王阁序，准备到时炫耀一番。

九月，秋高气爽，景色宜人。滕王阁热闹非凡，洪州的各界名流几乎都到了，大家分宾主落座。阎公坐在主位，当地的文人按照资历依次而坐，王勃因为是个外来的，又很年轻，便坐在了末席。阎公见宾客都已就座，便欠身离席，满面春风地客套了几句。众宾客饮酒闲谈了一阵子之后，阎公见时机差不多了便打断大家说："今天相会，我很高兴能聚会于这历史名楼，面对着这良辰美景，大家何不挥毫泼墨，即兴作一篇诗文来赞美滕王阁呢？"说着便吩咐随从人员拿来纸笔，很客气地请宾客们用笔。宾客当中有些人知道内情，明摆着他是想让孟学士一展才华，也就不愿自讨没趣；不知道的有碍于他是洪州地方官，不知葫芦里卖的是什么药，也不敢贸然上前。这样的局面，是阎公意料之中的，他满以为这么一让，大家一推辞，自然就轮到他女婿上场了。不料，当随从让到王勃座位时，王勃非常爽快地答应下来。众人将目光集中在了这位陌生的年轻人身上，只见他一身文人装束，风度翩翩，眉眼间透着一股自信和英武的豪气。

阎公没料到竟有人敢接这笔砚，而且还是个素不相识的外乡人，十分不高兴。但在众宾客面前，却又不好表现出来，只是离开座位，一甩袖子出去了。阎公派专人伺候王勃写序文，暗中让手下人及时向他通报王勃写些什么，自己在外面焦急地等候。

只见王勃从容地接过笔，展开纸，饱蘸了墨汁，略略沉思了片刻，便挥笔作起序来。

第一个随从向阎公报说："南昌故郡，洪都新府。"阎公对此不屑一顾，"这是老生常谈。"紧接下来，又有人报说："星分翼轸，地接衡庐。"阎公听后，沉思一下便不说话了。就这样，王勃每写一句，便有人飞速通报阎公。每次阎公只是不住地点头。当报到"落霞与孤鹜齐飞，秋水共长天一色"一句时，阎公突然站了起来，吃惊地说："真是个天才呀！这是不朽的名作。"阎公一改先前傲慢的态度，从内心佩服王勃的才华，他回到座位，十分恭敬地对待王勃，宴会也在十分和谐、愉快的气氛中结束了。

王勃用这篇《滕王阁序》抒发了他羁旅漂泊之情和怀才不遇的感慨。多年的官场失意和游历生活在这篇序文中充分体现出来。文章一开始，他就对滕王阁四周景物和宴会盛大的场面作了极力描绘："南昌故郡，洪都新府。星分翼轸，地接衡庐。……物华天宝，龙光射牛斗之墟；人杰地灵，徐孺下陈蕃之榻。"只几句话，便交代了滕王阁所处的地理位置，并点出洪府地区不仅山河壮美、物产丰富而且人才辈出。接着又用"十旬休假，胜友如云；千里逢迎，高朋满座"几句渲染了当时会宾客于滕王阁的盛大场面。在描写滕王阁景物时，王勃用华美的语言，表现了开阔的意境。"……落霞与孤鹜齐飞，秋水共长天一色。渔舟唱晚，响穷彭蠡之滨；雁阵惊寒，声断衡阳之浦"，这里营造了江边滕王阁周围美妙的景色。景物描写有动有静，手法不同寻常。

王勃还用大量典故来表现自己的感慨，"嗟乎，时运不济，命运多舛？冯唐易老，李广难封……"冯唐和李广都是汉代名人，武帝时，冯唐被举荐当官，可是他已九十岁了，不能做官了；李广多次参与匈奴作战，但始终没能建立功业而受封赏，王勃以他们二人自比，感叹时光流逝，自己功业难成。王勃还以屈原、贾谊自比，来说明自己不是没有遇到名主，只是由于有小人在作祟，发出了自己有报国的心愿但"无路请缨"的感叹。

《滕王阁序》采用对偶句的骈文形式，行文流畅，语言华美却不晦涩，

引用典故自然恰当，为唐代骈文的创作注入了活力。就连最反对骈文的韩愈对王勃的这篇序文也赞叹不已，可见当时这篇文章的影响是很大的。至今读起此文，我们还能感受到文章中透出的超然才气。

 12. **杜审言因狂傲险遭杀身**
dù shěn yán yīn kuáng ào xiǎn zāo shā shēn

杜审言，字必简，祖籍襄阳，从其父始迁居巩县。杜审言是唐代大诗人杜甫的祖父，是初唐时期的一位重要诗人。早在青年时代，便以诗文名世，与李峤、崔融、苏味道齐名，时人誉为"文章四友"。杜审言于高宗咸亨元年（670年）举进士第，时年方二十岁出头。他虽早年折桂，但一生仕途颇为坎坷，正所谓"载笔下寮，三十余载"。杜审言举进士后，曾任隰城尉、洛阳丞。圣历元年（698年），坐事贬吉州司户参军，后招还东都。武则天建周，授著作佐郎，迁膳部员外郎。唐中宗神龙初（705年），武则天的内宠张易之兄弟被诛，他受到株连，被流放岭外峰州。不久，又被召还，任国子监主簿、修文馆直学士。景龙二年（708年）冬病卒。杜审言三十余年仕途生活中，曾两次遭贬，可谓仕途蹭蹬；虽也有两次入京为官的机会，但职任不显，可谓有机无缘。仕途的不得志，常使杜审言有归隐之想，然宦海沉浮漂泊了一生，终未忍弃官途。

杜审言雅善五言诗，工书翰。然恃才自傲，时作狂语，而又性情孤僻，与人寡合，故而久沉下僚。关于杜审言的狂傲，新旧《唐书》记有四事：

唐高宗乾封年间，苏味道做天官侍郎，主持吏部试选京官。杜审言以隰城尉的身份入京应试。当时，吏部出的考题是根据一具体案例，要求考生提出自己的意见并写出判状。杜审言应试的判词写完之后，走出吏部大堂对人说："苏味道必死无疑。"人们不解其意，询问其中缘故。杜审言说："他看了我写的判词，一定会觉得自愧不如，岂不要羞愧而死。"又曾对人说："我的文章，艺压群芳，即便是屈原、宋玉也只能做我的衙役；

我的书法，妙绝一世，即便是王羲之也只能在我面前北面称臣。"人们皆以为他的话过于荒诞。

杜审言于武则天圣历年间，坐事贬吉州，做了一个官职低微的司户参军。他自恃才高，傲然处世，对吉州同僚多不理睬，为同僚所嫉。时有司马周季重、司户郭若讷气愤不过，终生邪念，于是二人共同编造罪状，陷害杜审言。杜审言因此被捕入狱。二人又计划将杜审言置之死地。杜审言有子名杜并，当时不过才十三岁，他闻说父亲被周季重、郭若讷陷害，极其气愤。一天，乘周季重在府中与人宴饮之机，怀利刃潜入，刺周季重于席前。周季重临死前叹道："我不知道杜审言有这样一个孝子，能替父报仇，是郭若讷误了我的性命啊！"周季重死时，杜并也被周季重的手下杀害。杜审言此狱虽纯属诬陷，但其子杀人罪不可免，因而被罢了官，回到东都后，亲自为儿子写了祭文。一时间，杜审言的朋友都有感于杜并的孝烈，苏颋为他作了墓志铭，刘允济为他作了祭文。这是杜审言因狂傲，几乎招来杀身之祸的一例。

武则天长安年间，杜审言被召入宫，则天皇帝准备重新起用他。武则天问杜审言："我要让你在朝中为官，你高兴吗？"杜审言并没有正面回答，而是手之舞之，足之蹈之，上前称谢，举动形态间表达了他内心的欢喜，表现颇为放浪。武则天也是一时高兴，便命他写一首《欢喜诗》。杜审言不假思索，随口唱出。武则天听了，赞叹不已，于是封杜审言为著作佐郎。只可惜杜审言的《欢喜诗》没有流传下来，我们只知道他称谢时的狂态，而不知道他的诗中是否有调侃的狂语。

唐中宗景龙二年（708年），杜审言病重，卧床不起。宋之问、武平一等人来看望他，问他病情如何。这时杜审言已病入膏肓，但他精神尚好，还未改诙谐和狂傲的本性。他谈起病情时说："我的病，让你们这班幸运的小辈都感到非常痛苦了，我还说什么呢。"接着话题一转，又说："我活着，总是压在你们头上，使你们在文坛上无出头之日，如今我就要死了，我所遗憾的是，我还没有看到能够取代我的人。"足见杜审言的狂傲至死未变。

13. 才高品低的文人"沈宋"
cái gāo pǐn dī de wén rén shěn sòng

在我国诗歌发展史上，唐诗犹如一座奇峰，举世瞩目。唐代诗歌具有代表性的诗歌形式是律诗。提起律诗，人们自然会想到"沈宋"，"沈"即沈佺期，"宋"即宋之问。他们是武则天时期的宫廷诗人，很有才学，但说到人品，实在是不敢恭维。他们的诗歌大多是歌功颂德的应制之作，并不为人所称道，但在律诗的形式上却有着重要的贡献。

皇泽寺则天殿武后石像。武则天在左右唐代政治的同时，也左右了唐代文人的命运。沈佺期与宋之问即因她而受牵连，流放岭南。

宋代欧阳修在《新唐书·宋之问传》中写道："魏建安后迄江左，诗律屡变。至沈约、庾信，以音韵相婉附，属对精密；乃之问、佺期，又加靡丽，回忌声病，约句准篇，如锦绣成文。学者宗之，号为沈宋。"这里，欧阳修将沈宋在律诗的成熟和定型方面的贡献作了简要概括。律诗自形成起，经过历代文人加以规划，形成一种定律，但并未得到社会的广泛承认而为所有人遵守。直到沈宋时期，他们在掌握了汉字特点的基础上，顺应诗歌发展的潮流建立了格律诗体。学者们纷纷沿袭，律诗才真正形成。

提及沈宋，由于他们主要活动在宫廷里，人们往往将他们看做"御用文人"而加以鄙视。实际上，在政治风云变幻莫测的年代，作为身单力孤的文人往往无法掌握自己的命运。可以说，他们都是统治者争权夺利斗争中的牺牲品。就文学创作而言，他们在被贬荒远之地时，也写了些描写现实和表现心声的优秀诗篇。

沈佺期，字云卿，相州内黄（今河南内黄）人。少年时代就离家出游，交友写诗。主要是纪游诗，描写祖国山川河流的壮美和一些旅游时的见闻。诗写得虽然不很成熟，但却透着一股清新自然的气象。读书人，最终是要通过科举走上仕途的，沈佺期自然也不例外。他和宋之问都是在高宗上元二年（675 年）中的进士。中举后，他一直在朝廷做一些小官。这个时期，唐王朝曾和吐蕃、新罗、突厥等发生多次战争。沈佺期在做官之余，写了一些描写战争生活和以征兵为题材的边塞诗。

沈佺期步入中年之后，开始走官运了。这主要得益于张易之、张昌宗兄弟。当时武则天宠幸二张，经常与他们在内殿饮酒作乐。为了掩饰这种秽乱内宫的丑态，武则天便叫二张和文学之士李峤等人在内殿编修《三教珠英》。而立之年的沈佺期似乎在官场十余年的摸爬滚打中悟出了许多道理，他主动接近二张，并不断地献殷勤，显示了趋炎附势的才能。二张正需要人手，自然略加考察便接纳了沈佺期。不久，沈佺期由当时的尚书省转入到内廷做事，正式地成为宫内的文学侍从，交往的人也变成了当时社会的上层人物。

宫廷诗人无非就是写一些歌功颂德、应酬唱和的作品。沈佺期进入内廷后，有时为公主作祷祝之词，有时入王府赴宴写诗，有时同达官贵族唱酬。但最使他感到荣幸的是陪同武则天游玩写诗。武后长安元年（701 年）十月，武则天自己带着一班文武大臣离开洛阳向京师长安进发，沈佺期也随王伴驾。当时，一行人路过华山，他写了《辛丑十月上幸长安时扈从出西岳作》，描写了西岳华山的美丽风光，也写了有关华山的种种传说，但最终还是落到了歌颂圣上这一点："皇明应天游，十月戒丰镐。微末忝闲从，兼得事苹藻。"就这样，沈佺期陪同武则天出游，每到一处便写些颂圣的诗作。703 年，武则天准备回洛阳了，出发前沈佺期作《扈从出长安应制》，写了庞大的出游队伍经过长乐坡、新丰，正是初冬时候，已经是"薄霜沾上路，残雪绕离宫"了。诗的开头说："汉宅规模壮，周都景命隆。西宾让东主，法驾幸天中。"（洛阳号称居天下之中）按照武则天定都洛阳的意思，把东都洛阳大加赞颂了一番。最后说："臣忝承明台，多惭献雄赋。"从诗中不难看出，他的确是甘心情愿地当文学侍从了。此时的沈佺期已完全没了年轻时代的清灵之气了，诗歌的题材已进入了宫廷生活的狭窄天地。不过这对他在格律方面的探索并没有什么影响。

武后行从图。一代女皇，声势威赫，追随身边的宫廷文人也该是名重一时。然而透过历史的滤纸，沈、宋与唐代那些一生不得志的著名的大诗人相比，又不知逊色多少。

伴君如伴虎，这话一点儿不假。做文学侍从也并非想象中那么舒服安逸，稍有不慎，便会有杀身之祸。武周后期，武则天的种种行为越来越让朝廷大臣不满，人们对飞扬跋扈的二张更是恨之入骨。中宗神龙元年（705年）正月，张柬之、敬晖等人发动了宫廷政变，杀掉张易之、张昌宗兄弟二人，武后退位。依附二张的文人们被流放荒远地区，沈佺期也在其中。在流放期间，沈佺期远离宫廷，写了不少好诗，但仍然对以往宫廷豪华生活恋恋不舍，盼望着再入宫廷，时不时将这种想法在诗中体现出来。

时机终于来了。在宫廷政变发生的第二年，朝廷重臣武三思和韦皇后相勾结，杀了张柬之等人。中宗回到长安，大赦天下。这可把沈佺期乐坏了，急忙返回京都响应武三思，再次入宫做了文学侍从。这次陪同的皇帝已变成了中宗李显了。李显经常带着侍从宴游山水，沈佺期参加了许多次活动，并写了不少的应制诗，其中《奉和晦日幸昆明池应制》比较出名。他和太平公主、长乐公主比较亲近，许多作品就是为这两人做的，自然他就被认为是太平公主的人。终于，在唐玄宗李隆基发动政变击败太平公主夺取王位后，他受到株连被杀。

沈佺期在坎坷的为官道路上，始终不惜人格追逐高官厚禄，结果一而再、再而三地卷进统治者争夺帝位的旋涡。第一次他侥幸躲过一劫，但这一次他却不那么幸运了。

宋之问，一名少连，字延清。汾州（今山西汾阳县）人。他几乎走了与沈佺期同样的一条道路。先是因依附二张而被贬，后又投靠武三思。这人比沈佺期更惯于看风使舵，最喜欢亲近、奉承有权势的人。中宗时，被贬为越州（今浙江绍兴市）长史。睿宗李旦复位后，认为宋之问"猞险恶盈恶"，流放钦州（今广西）。玄宗即位后，政治刷新，作了大量的人事调整。他认为，宋之问虽有才学，但靠着投机而侍君三朝，不可用，赐死。由于宋之问出身于一个文化氛围很浓的家庭，因而比沈佺期更有才华。在做官的闲暇之时，他写了许多描绘怡然自得生活、抒发心意的诗歌。

宋之问虽然品行不高，但在唐代诗歌的发展上却作出了重要的贡献。他这个人主要靠依附朝廷重臣而逐步晋升，谁有权力就拜倒在谁的脚下，很会看风使舵。所以，他的诗歌大多都是歌功颂德、点缀升平的作品，在思想内容上并无太大的价值，但在诗歌创作的艺术形式的探索方面却很有成就。

宋之问生于一个文艺气氛很浓的家庭，他的父亲宋令文富于文才，而且工于书法，又有超人的气力，人们都称他身怀"三绝"。当时在汾州（今山西汾阳县）有头蛮牛，很好斗，人们都不敢用绳子去勒住它。他听说以后，毫不畏惧地一直走上去抓住两只牛角，将牛颈扭断杀了那头牛。宋之问才思敏捷，以文章出名；弟弟之悌以武功勇气而闻名；之逊精于书法，特别是草书和隶书写得好。人们都说他们三人各得到父亲的一绝。

武后圣历二年（699 年）正月，武则天为其宠臣张易之、张昌宗兄弟二人建立府第，宋之问便巴结二人以求晋升。他进入二人的奉宸府内做官，便成了武则天执政后期的宫廷诗人。当时张易之的许多作品都是宋之问暗中代他写的。宋之问经常陪侍武则天及其他权贵游览取乐，写了不少的应制诗。如《幸少林寺应制》、《幸岳寺应制》，这些诗篇大多雕琢词句，辞藻华丽，庄重典雅，但多为歌功颂德的空虚之词。

一次，武则天游览洛阳龙门，她命令随从人员写诗赞美这一盛大场面，先写成的人将赏赐一件锦袍。左史（记录皇帝言行的官）东方虬思绪敏捷，第一个完成。武则天便赐给他一件锦袍，可是他答谢以后还没能坐稳，宋之问的诗也写好了。众大臣们传阅后没有一个不称赞的，都说论才力和诗歌语言的表现方面都比东方虬更胜一筹。武则天于是便把已赏给东方虬的锦袍拿回来转赐给宋之问，这是宋之问第一次"夺魁"。

中宗嗣圣元年（684 年）正月三十日，南方正值初春，天气温和，草木萌生，笛声悠扬。中宗李显驾临昆明池，一时兴致上来了，便亲自写了首诗来记述这次游览的情况。陪同皇帝游览的群臣一见，便纷纷写诗应和，都希望自己的诗能博得皇帝的青睐，一下子数百篇文章写成了。

中宗命人在昆明池的帐殿前面搭一座临时的彩楼，命昭容（宫中女官名）上官婉儿作为评判，从这一百多首诗中选出一首作为新创的御制曲的词。这些官员谁都想被选中，便纷纷聚集在彩楼前，焦虑地等待着。上官婉儿是著名的上官仪的孙女。武后时，上官仪和其父上官庭芝被杀，因而她被没入掖廷。由于她聪颖过人且很有才华，便被武则天留在身边。中宗即位后，又让她做了女官。每次皇帝召见名流，赴宴作诗时，经常是由上官婉儿代替帝、后和长宁、安乐两公主写诗应和。她写了很多这样的作品，每次都词采华美而有新意。中宗常命群臣做诗应和婉儿所作，并给予奖励。朝廷内这种饮酒作诗的风气在当时早已蔚然形成。尽管这些作品大多是浮华赞颂之诗，但由于有上官婉儿的把关，还是有许多名作出现，足见她的才华。这也是中宗让她评判的原因。

只见上官婉儿坐在彩楼之上，快速地翻看着，并将她认为不好的文章随手抛下楼来，那些诗篇便像树叶一样纷纷飘落。那些估计自己的诗不能入选的纷纷走上前来，认清自己的诗名便将它偷偷地放在自己的怀里。等了一会儿，只剩下了沈佺期和宋之问两个人的诗作没有被扔下来。人们静静地等候着上官婉儿的最后评判。只见她也是面有难色，反复斟酌。终于，一篇文章飞落下来。群臣一哄而上，争抢着看，原来是沈佺期的诗。宋之问第二次夺魁。

沈宋二人的诗歌创作，内容大多并无可取之处，但早期和流放期间的作品还是有些成就的，也有一定的影响。在诗歌的艺术表现方面，他们却使得历经二三百年演变的律诗体系最后定型，而且还对五言排律和五、七言绝句进行了有益的尝试。从他们的诗作当中，我们很容易发现这一点。他们人品虽然卑下，实为政治所迫，我们不能因人废言，对他们在唐代诗歌发展史上的贡献还是应给予充分肯定的。

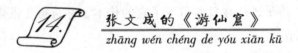

14. 张文成的《游仙窟》
zhāng wén chéng de yóu xiān kū

张文成的《游仙窟》便属于恋情题材，它是唐传奇中篇幅最长的作品，文近骈俪，其中夹杂着一些俚语俗谚。重要的是它完成了由志怪小说到传奇小说的过渡，艺术上较以往小说更加细腻，对唐传奇的发展起到了承前启后的作用。作品整体品位不高，有许多色情描写，宣扬的是一种"欢乐尽情，死尤所恨"的及时行乐思想，充分地暴露了浪荡才子腐朽的人生观。

张鷟（660—741 年），字文成，号浮休子，以字行。深州陆浑（今河北深县）人。他从小就聪慧绝伦，博学多才。679 年进士及第，得到了岐王府参军的职位。他曾八次应制科举，都是甲科，在文坛上享有很高声誉。他不仅是个大才子，还是个干练的官吏，在做河阳尉期间，"文成括书"和"张鷟收鞍"两个断案的故事，充分显示了他为官审案的才能。"文成括书"讲的是有个叫吕元的人伪造了仓督冯忱的手书，盗取仓中的粟米。张鷟将吕元的状牒遮住，只留中间一个字，问吕元："这是你写的吗?"吕说:"不是。"去掉遮盖却是吕元的公牒,又盖上了他诈写冯忱的手书,留下二字问他,他回答说:"是。"取下遮盖,却是诈书,于是吕元认罪。"张鷟收鞍"说的是有个客商的驴缰绳断了,驴连同鞍子一同丢失了。紧急追捕的命令下达后,偷盗者趁黑将驴放出,却将鞍子藏了起来。张鷟命手下人不要喂驴,夜里再把它放掉。饥饿的驴径直向前日喂饲处走去。张文成叫人搜查这家,果然在积草下搜得鞍子,众人都为张文成的智慧所折服。

张文成此后还曾经做过御史,但他做大官并不像办案那样显示出干练的能力,当时姚崇认为他性情躁卞,傥荡不检,很看不起他。张文成还由于嘲弄时政而被弹劾,贬到岭南,后来又回到京城做了司门员外郎。张文成的文章在当时非常有名,新罗、日本等邻邦每次遣使者入朝,都用重金购买他写的文章。他早期的著名作品《游仙窟》就是在开元年间传到日本的。后来该文在中国失传了,却在日本留下了它的传本,并且很受推崇,被日本的才人视为必读的书。

《游仙窟》这篇传奇大致记述了这样的情景:张文成奉命从汧陇到河源,路上到了积石山,天色渐晚,人困马乏,于是寻找住处。恰巧张文成面前闪出一所宅院,险峻异常:向上则有青壁万寻,直下则有碧潭千仞。听过去的老人讲,这是神仙窟。这里人迹罕至,只有鸟儿才能自由飞翔。四周树枝上结满了香果,山崖间桃花盛开,涧水细流,宛如仙境一般。张文成攀着山间的葛枝,荡游在山边,感觉身体好像飞了起来,如精灵魂游在神仙窟的周围。恍惚间他看到一洗衣女子向这边走来,赶忙上前询问:"此谁家舍也?""这是崔家女子的住宅。""这崔家何许人也?""她们是博陵王之苗裔,清河公之旧族。容貌美若天仙,世上无人可比。就连绛树、宋玉那样的美貌之人见到她们也未免愁云满面;她们还极善歌舞,就连韩娥、青琴也自愧不如。"张文成上前叫门,出来的是个貌美女子叫十娘,只露出半张脸,文成当即吟道:"敛笑偷残靥,含笑露半唇;一眉犹叵耐,双眼定伤人。"十娘马上还了几句:"好是他家好,人非着意人;何须漫相弄,几许费精神。"当天文成就在这神仙窟住了下来。此宅还有一女子叫五嫂。张文成受到了二人热情的款待，她们以诗书相调谑，宴饮歌舞，寻欢作乐，无所不至。

经五嫂做媒，十娘当晚便嫁给了文成，做了一夜的夫妻。说是"游仙窟"，实际上是张文成在旅行中的一次艳遇，是当时文人逢场作戏、放荡不羁生活的真实写照。"仙"即指艳冶女子或是妓女，"游仙窟"实际上可以说是张文成逛了一次妓院。为了掩饰丑恶、美化他放荡的行径，他还故意抬高女子的家世。看得出来，张文成对自己的私生活不是很注意。

《游仙窟》在艺术表现上体现了唐传奇的一些特点，它自然是现实主义手法和浪漫主义手法相结合的产物。张文成将他逛妓院的放荡生活的场所作了理想化的虚构，他以文人的身份自叙"游仙窟"的种种风流韵事，丝毫不加掩饰，为自己构筑了美妙的"仙窟"意境。在张文成笔下，还谈不上塑造了典型的人物形象，人物大多没有多少思想内涵。这篇被归结为恋情题材的传奇不具有典型性，它没有男女真心相恋、反抗压迫等深刻思想，只不过是互相倾慕的苟合罢了。

张文成的《游仙窟》艺术结构上别具一格，在写景抒情和描写物态上，细腻生动，借助了近乎形象化的比喻来描绘人物的形貌神态，细致逼真。人物描写已经注意到了心理的刻画，特别是对人物神态、动作有了深层的描绘，他是这样来表现五嫂的舞姿的："欲似蟠龙宛转，野鹄低昂。回面则日照莲花，翻身则风吹弱柳。"极大地增强了表现力。这篇传奇的语言骈散并用，相当灵活，毫不拘束，充满了浓郁的生活气息，但夹有许多俚语俗谚，而且有些地方语言过于卑琐、浪荡。

总的来说，张文成创作《游仙窟》是成功的，虽然在思想内容上无足称道，但它真实反映了当时士子文人的真实生活，艺术上有许多可借鉴的地方。《游仙窟》的意义不在于传奇作品本身，而在于它完成了由志怪小说到传奇小说的过渡，从此唐人传奇在文坛以它特有的魅力得到了蓬勃发展，在文学史上占有一席之地。

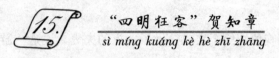

15. "四明狂客"贺知章
sì míng kuáng kè hè zhī zhāng

　　贺知章是浙江会稽（今浙江绍兴）人，浙江古称为"四明"，所以晚年归乡的贺知章就给自己起了个号："四明狂客"。

贺知章画像

　　贺知章（659—744 年）在武则天证圣元年（695 年）应举中进士，由姑表兄弟陆象先引荐为四门博士，负责教授京城中那些达官显贵的子弟。贺知章性格开朗，平易近人，善于谈笑，当时的贤士都倾慕他。张说做丽正殿修书使的时候，向皇帝奏请让贺知章入书院参加撰写《六典》、《文纂》等书。张说是开元重臣，在盛唐文坛掌文学之任三十余年，与苏颋并称"燕许大手笔"。贺知章能得到张说的赏识，可见当时的贺知章确实是才华出众。

　　因为贺知章很有才华，官职不断升迁。开元十三年（725 年），升迁为礼部侍郎，同时加任集贤院学士、太子侍读。十年后皇太子李亨做皇帝时，为了感谢贺知章侍读之情，于乾元元年（758 年）十一月，追赠贺知章为礼部尚书。这个时候贺知章已去世十四五年了。

　　贺知章为人不拘小节，狂放不羁，酷爱饮酒。天宝元年（741 年），李白初到长安时就与贺知章相遇。李白是个狂放之人，更兼神采俊逸，谈吐不凡，二人一见如故，仿佛伯牙遇见钟子期一般。当李白拿出《蜀道难》一诗时，贺知章一边读，一边赞叹，还没有读完，已赞叹四次，对李白说："公非世间之人，一定是太白星谪在人间吧！"于是解下身边的金龟换酒与李白豪饮，尽兴而归。

李白对贺知章也是极为尊重、赞赏，对这段知音之交永生难忘。在贺知章谢世后，李白痛哭流涕，写下了《对酒忆贺监二首》，其一说：

> 四明有狂客，风流贺季真。
>
> 长安一相见，呼我谪仙人。
>
> 昔好杯中物，今为松下尘。
>
> 金龟换酒处，却忆泪沾巾。

从诗中不难感受到李白对贺知章的深切怀念之情。

在贺知章生活的开元年间，社会表面上虽然繁荣昌盛，但实际上已是危机四伏。唐玄宗整天沉迷于酒色之中，不理朝政，由口蜜腹剑的李林甫把持朝政，宦官高力士在内宫也常进谗言。贺知章看到像李白这样的人才都不能被朝廷重用，很是气愤，无奈身单力薄，无力挽回，只能暗暗叹息。

开元十四年（726 年），贺知章已七十六岁高龄。这一年，惠文太子去世，贺知章负责主持办丧。但因为年事已高，体力不济，办丧事过程中出现了差错，故而改授工部侍郎。这一次政治转折，使贺知章产生了离任之心。长期的宦海沉浮，使他把名利看得如过眼云烟。他已隐约感到在歌舞升平的社会下面隐藏的危机，因此常常醉酒逃世。

贺知章嗜酒成性是出了名的。杜甫在《饮中八仙歌》中说："知章乘马似乘船，眼花落井水底眠。"历尽人生沧桑的贺知章已把红尘看破，更是豪饮不止。相传，贺知章由于饮酒过度，以至于鼻流黄脓。

贺知章为人放纵，其书法也不拘一格，而且是行草相间，飞动有力，极为狂怪。书写时，他常问旁边的人有几张纸，如果说有十张，则所作诗文正好随十张而尽；如果说二十张，则文也随纸而尽，并且笔力不衰。人们都认为这是胸中所养不凡，才能如此自然。当时，贺知章的草书题诗与薛稷在东秘书厅壁上的画鹤、郎余令在书阁柱上的画凤、庭院中的落星石，并称秘书省内四绝。相传，唐文宗太和初年，诗人刘禹锡和州刺史任满，与白居易结伴回归洛阳。当他们游览至洛阳的洛中时，在北楼上见到贺知章于唐玄宗开元年间写在墙壁上的草书。刘禹锡看见这墨迹虽然经历了整整一百年，已经落满尘埃，可仍旧龙腾虎跃，气势不凡，内心之中不禁发出深深的敬意，于是题下《洛中寺北楼见贺监章草书题诗》。诗中对贺知章高超的书法艺术赞叹不已。

贺知章不但书法出众，而且诗名远播。《咏柳》之作早已家喻户晓，他的一首五绝《题袁氏别业》，写得趣味盎然，明代人曾将它绘成诗画来欣赏。诗是这样写的：

主人不相识，偶坐为林泉。

莫谩愁沽酒，囊中自有钱。

贺知章《回乡偶书》诗意图

天宝三年（744年），贺知章已在长安度过了半个世纪的官场生涯。贺知章以做道士为名，告老还乡。他将原有宅地捐作道观，玄宗御赐名为"千秋观"，提拔他的儿子贺曾子为稽郡司马，以便照顾他，并赐镜湖剡川一曲作为放生池。

这一年的正月初五，贺知章告老还乡。送别的场面十分隆重：在长安东南城外的长乐坡搭起了彩色的牌楼，张起了巨型的帐幕，车马禁止通行，百官集毕。在一片丝竹管乐声中，贺知章身披皇上亲赐的道人羽衣，同僚们一个个轮流与贺知章道别。贺知章用颤抖的双手举起酒杯，与大家话别。当时饯行的队伍中，不仅有皇太子、宰相，还有贺知章的好友。大家对贺知章的离去，依依不舍。"无因同执袂，相望但沾襟。"（齐澣《送贺知章》）离别的愁绪笼罩在大家心头，于是每人赋诗一首，以叙别情。皇帝下诏把所有诗整理成册，并亲手赐序，当时壮阔的场面可想而知。李白闻知贺知章回乡的消息，写诗送行：

镜湖流水漾清波，狂客归舟逸兴多。

山阴道士如相见，应写《黄庭》换白鹅。

——《送贺客归越》

当贺知章离开自己生活了半辈子的长安，又不由地想起生他养他的故乡，故乡现在应是什么样子呢？儿时的伙伴还好吗？经过一个月的行程，贺知章终于回到了想念已久的故乡，激动的心情无以言表。归乡的喜悦不久就染上了淡淡的哀愁，故乡已物是人非，儿时的小伙伴大多都已作古，而孩子们见了自己，反而把自己当成了外乡人：

少小离家老大回，乡音无改鬓毛衰。

儿童相见不相识，笑问客从何处来？

——《回乡偶书》

就在这一年，"四明狂客"贺知章在故乡与世长辞，享年八十六岁。然而，作为著名的诗人，人们是不会忘记他的。

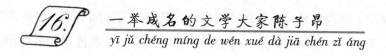

16. 一举成名的文学大家陈子昂

yī jǔ chéng míng de wén xué dà jiā chén zǐ áng

陈子昂是由初唐向盛唐过渡时期杰出的文学家，他在唐代文学发展史中占有重要的地位。当人们谈到唐代诗文繁荣的发展过程时，几乎无不提到陈子昂所做出的重要贡献。唐代的大文学家李白、杜甫、韩愈、白居易都对他作了很高的评价，杜甫说他是"终古立忠义，《感遇》有遗篇"。韩愈评价他"国朝盛文章，子昂始高蹈"。后世的文学家和文论家们对陈子昂的评论更是数不胜数，高度赞扬了他对唐代文学的繁荣所起的开创性作

用。陈子昂能够得到如此的关注和评价，本身就说明他对唐代文学的发展有着重要的影响。

说到陈子昂的成名，真可谓是一夜之间。这要从陈子昂的身世说起。

陈子昂，字伯玉，出生于659年，四川射洪人。他的家庭很富有，是当地很有名气的豪绅之家。他的父辈们都是读书之人，但由于生逢南北朝、隋时的社会动乱，基本上是隐居在家，并不出去做官，也不参与政事，只是在家研读各家经典，修身养性。所以，陈子昂的家学比较博杂，使他既精通儒家学说，也熟悉老庄、纵横百家、阴阳五行之说。他的父亲陈元敬很有英雄豪侠之气。有一年，乡间闹了饥荒，陈元敬打开自己家的粮仓救济乡亲们，一天之内就发放出去上万斤粮食，却一点儿也没有求人回报的意思。他二十二岁时参加乡试，考中后被拜文林郎，但他没有出去做官，还是在家里过着隐居的生活。不过，他在家乡威信很高，当地人发生了纠葛，人们不去找官府，而愿意来找他调解。他还好黄老仙道。陈子昂说父亲是"玄图天象，无所不达"。

从此，陈子昂入乡校发愤读书，遍览经典古籍，更加注意研究历史上那些圣君明相的治国谋略，探讨各个朝代兴亡的原因，为将来实现自己的雄心大志做了充分的准备。

681年，陈子昂二十一岁。他初次来到京都长安，入太学学习，为参加科举考试做准备。在京都长安，陈子昂作为一个学子在太学读书，在政治上、文学上都没有显示出什么特别之处，但他从父祖那里继承来的豪侠之气却给人留下了很深的印象。传说陈子昂刚入京时，谁也不知道有他这么一个人。有一天，他在市场上见到一个卖胡琴的人，要价上万。那些有钱的人互相传着看，可谁也说不出来这胡琴是不是值这么多钱。这时，陈子昂走出来对左右说："给我拿钱买下来！"人们都吃惊地问他为什么要这样做，他回答说："我善此乐。"大家又问他："能不能详细地告诉我们？"他说："你们明天可以去宣阳里，到那里你们就明白了。"第二天，人们如期去了宣阳里。陈子昂备了酒席，把胡琴放在大家面前。等吃过了饭，陈子昂拿着琴对大家说："我是四川人，叫陈子昂，写下了诗文百轴。来到京都，却埋没在碌碌尘土中，不为人们所知。拉胡琴是那些贱工干的活，怎么可以在它上面花费精力？"说罢，他举起胡琴摔在地上，把胡琴摔得粉碎。然后，把他带来的百轴诗文赠给来看热闹的人。他的这种豪举，一下子就传遍了京都。

陈子昂摔胡琴的故事有一些传奇色彩，史籍上难以查考。而他真正成名，也是在一夜之间。

那是在684年，陈子昂二十四岁时。那一年，陈子昂在科举考试中中了进士，为他实现自己的理想打下了基础。此时的他，可以说是雄心勃勃，渴望得到当朝武则天的赏识和重用，以实现他"兼济天下"的抱负。恰好这一年皇帝诏告天下，向有识之士征询治理国家的方略，即所谓的"调元气之道"。这给了陈子昂一个向皇帝表现自己治国之志和治国韬略的机会。他立即以"草莽臣"的身份向皇帝上了《谏政理书》，全面阐述了自己的政治思想。在谏书中，提出了他的"安人"的政治主张，并且在吏治、司法、教育等方面提出了一系列的治国方略。

这一时期，朝内又发生了一件大事，唐高宗死在了洛阳宫。按照唐朝的惯例，他的灵驾要西迁，在长安的乾陵安葬。这种做法势必要花费大量的人力物力，无疑是劳民伤财之举。对此，陈子昂向武则天写了《谏灵驾入京书》，力图谏止唐高宗的灵驾西迁长安。在上书中，他指出了高宗的灵驾西迁是劳民伤财，于国于民都有百害而无一利。因为灵驾西迁，皇帝还要送行，千乘万骑要给百姓带来巨大的负担，势必要征集大量的民夫，凿山采石，铺路架桥，使百姓不得安宁。而且近年来，西北的大部分地区又遭荒馑，许多百姓流离失所，使得田野荒芜，白骨纵横，土地无主；再加上受到匈奴、吐蕃的威胁，百姓还要服兵役，更是不堪重负。在这种情况下，再增加百姓的负担，难免会使他们不能按时耕作，秋收无望，再受苦难。他希望武则天能够为百姓着想，改变灵驾西迁的决定。在上书中，他还严厉批评了朝廷的大臣们只有顺从之议，没有人出于国家的利益，出面劝阻灵驾西迁。

陈子昂的上书写得情真意切，其立意之高远，境界之开阔，气魄之宏大，感情之真切，使他那忧国忧民的形象跃然纸上。特别是他的行文，一改当时所流行的骈俪句式，以单句为主，文章写得自然流畅，不仅显示出他不同寻常的政治才干，也显示出他特有的文才。武则天看了他的上书后，极为赞赏，特意在金华殿召见了他。面对武则天，陈子昂坦言王霸大略，详细地谈了他的政治主张，君臣之间谈得十分慷慨激昂。这次召见，陈子昂给武则天留下了深刻的印象，她下令把陈子昂直接安排在朝廷中。

陈子昂受到武则天的赏识，并被直接安排在朝廷中，使他一下子出了名，为世人所瞩目。在东都洛阳，他的诗文成为时尚，街头巷口，人们都在互相传诵；诗人们也纷纷学习，认为又出现了一个如汉朝时的司马相如、扬雄那样的大文学家，以至于有的人还卖陈子昂的诗文。由此，陈子昂的文名远扬。

687年，武则天计划开凿蜀山，由雅州取道攻击生羌。本来四川的生羌与汉民族各不相扰，和平相处，可武则天为了攻击吐蕃，需要借道雅州，就不惜破坏羌汉两族的友谊和边界的和平，去攻打生羌。这无疑是穷兵黩武的行为。听到这个消息，陈子昂立即写了《上雅州讨生羌书》，力陈七条理由来制止武则天的黩武行为。在上书中，他指出，皇帝的统治在于仁而不在于广，在于养而不在于杀，而武则天执行的这种诛杀无罪的政策，会给四川人民留下遗患。因此，他强烈要求武则天不要再做这种穷兵黩武的事情，而要为百姓多多着想。

在朝廷中，陈子昂就是这样以天下为己任履行自己的职责的。他总是表现得"不识时务"，没有因为自己是武则天亲自发现并安排在宫中而卖身投靠、曲意逢迎，而是按照自己的政治理想参与国家的政治。他不但能够发现武则天的弊政，而且敢于出面直言批评。他所作的一系列政论言事的表疏中，论及唐朝的政治、经济、军事、文化、教育、国防、刑狱、吏治、行政等方面，中肯地批评了当时政治上的许多弊害，他的许多政治议论都非常有见地，表现出他杰出的政治才能。但是，他的才能虽然也被武则天所认识，却实在与武则天所要达到的现实目的不合。也正是由于这种不合，武则天不可能重用陈子昂，她对陈子昂采取了一种特殊的处理办法：听而不用。她曾多次召见陈子昂，听他的治国谋略，受一些启发，却"奏闻辄罢"，既不一定采纳他的主张，也不重用他。这种冷处理的方法，使陈子昂处在极其尴尬的境地：怀有凌云之志而被置于燕雀之所。理想与现实的巨大反差，造成他内心非常沉重的压抑感。后来，他终于辞去了官职，归乡隐居了。

一天黄昏，陈子昂来到古时的燕地幽州。见到燕国旧都，想到曾在那里活动的礼贤下士的燕昭王和太子丹，以及游于燕国的乐生、邹子等那些慷慨悲歌之士，那是个多么令人羡慕的时代，君王礼贤下士，士为知己者死，壮烈的情怀留下了多少动人的故事，如今已经化为了烟灰沉于历史之中了。自己却无缘遇到礼贤下士的圣君，空怀报国之志而报国无门，由此，陈子昂不禁感慨万千。他慨然写下了组诗《蓟丘览古》七首：《轩辕台》、《燕昭王》、《乐生》、《燕太子》、《田光先生》、《邹子》、《郭隗》。组诗中，他赞美燕时贤圣相逢的情景，以无限的感慨向天地追问：礼贤下士的燕昭王今安在？当他带着惆怅的心情走马重游燕昭王故地时，多么希望自己能够遇到如燕昭王那样的人君啊！在诗中他写道："逢时独为贵，历代非无才。"指出历代并不是没有人才，而是被那些昏君和乱世所埋没，以此表示了自己对武则天的强烈不满。

当他登临蓟丘楼凭高远望时，见到的是满目荒芜，无限延伸的天地空旷无语，自己置身于其中，是多么的孤独、寂寞啊！他不禁潸然泪下，心中涌出了《登幽州台歌》。诗中将深邃的历史纵深感、无限的精神境界、慷慨悲怆的情感蕴涵于悠悠的天地之中，直抒胸臆的"前不见古人，后不见来者"的慨叹和"独怆然而涕下"的描写与之相应，创造出一个无限深广的巨大的艺术空间，其中回荡着诗人震撼千古的慨叹。

陈子昂是武则天发现并且亲自安排在朝廷中做京官的，这使他能够一下子置身于百官之中，特别是能够直接向武则天陈述自己的政治思想和主张。在一般人看来，陈子昂有着别人所不具备的飞黄腾达的极好条件，只要他与武则天保持好这种特殊的关系，设法得到武则天的赏识，那么，做一个一人之下、万人之上的丞相，也就是一个时间的问题了。

可陈子昂偏偏是个"不识时务"的人，虽然他被武则天直接安排在朝廷之中，对武则天也有着知遇之感，把武则天当做理想中的"圣君"，但他毕竟是个胸怀大志，抱着"达则兼济天下"的远大理想，对政治有着真知灼见的人，他不愿当一个混迹于官场，只知追名逐利的小官僚，所以，他思考问题的角度和方法不在于个人的富贵尊荣，而真正在于国家、百姓，对于武则天的态度他也不是曲意逢迎，利用特殊关系进身求荣，而是依然按照自己的"安人"政治思想去做事，只要看到武则天在政治上有什么弊病，就上书直言批评，显得"不识时务"。

陈子昂刚进朝廷时，正是武则天摄政并为取代唐朝作准备的时期。武则天作为一个女性和李唐王朝的外姓要代唐自立，所面临的敌对势力是非常大的。巨大的压力使武则天把主要的注意力投入到了维护自己的政治权力上。为了巩固自己的统治，她甚至不惜杀害自己的亲生骨肉，自然也不惜错杀无辜。684年，徐敬业在扬州起兵反抗武则天，后又有李唐宗室李贞、李冲等起兵反抗，武则天以残酷的方式对反对者进行了镇压。为了根除那些余党，她"盛开告密之门"，在朝堂内放了四个铜匦，其中一个专门收受告密文书。她规定，凡告密，任何官吏不得过问，都必须用驿马送到京师由她亲自处理，沿途供应五品官的伙食。告密如合她的意，就授予官职；如所告不实，也不加追究。她还亲自召见一些告密人。一时间，告密风盛行。同时，她还任用索元礼、周兴、来俊臣等人专门办理谋反密案。这些酷吏制造出多种刑具折磨被告，使被告忍受不住酷刑，宁愿承认谋反而求早死。结果是一人被告，牵连百人，稍有嫌疑，即遭屠杀。武则天任用的二十三个酷吏，先后杀了唐宗室数百人，大臣数百家，刺史、郎将不计其数。这些酷吏气焰十分嚣张，朝臣们有不合他们意的，就要被虐杀，搞得人心惶惶，连大臣们上朝前都要与家人告别，不知道能不能安全回来。

在这样一种险恶的环境下，陈子昂不顾杀头的危险，挺身而出，连连上书批评武则天滥用刑罚。686年，陈子昂上《谏用刑书》，直言批评武则天不能为百姓着想，使刑罚泛滥。他指出，所告的内容百无一实，却只要有一人被告，就造成百人受牵连，到处可以见到抓人的官吏，人人都不知所措。他还严厉地斥责了酷吏，揭露他们的丑恶心理，说他们不识大局，只为追逐功名。他们滥杀滥捕为的是"荣身之利"，完全是出于自私自利的动机。他要求武则天停止滥用刑罚。689 年，陈子昂又连上《答制事问》、《谏刑书》，强烈要求停止滥用刑罚，批评武则天的酷刑政策。在酷刑正滥时，陈子昂能够上书表示自己的反对意见，逆武则天的意愿，并与当时权重一时、杀性正起的酷吏相对立，不怕招来杀身之祸，足见他的勇气和光明磊落的高尚品格。

陈子昂从国家的命运和人民的愿望出发谈论政事，不去揣摩武则天的心理，所以，对武则天的弊政只要见到，就直言批评，不管是否迎合武则天。武则天在设法当女皇的时候，遇到一个最头疼的问题，是自己身份的合法性问题。她必须解决新皇帝是女性、以武姓代替李姓的合理性问题。恰好在这个时候，僧法明等十人利用武则天曾经在感应寺削发为尼的经历，献《大云经》四卷，经中记载南天竺有个无名国是女王继承，由此附会武则天是弥勒佛降生，应该代唐做天子。这实际上是迎合武则天，按照过去各代皇帝搞"祥瑞"的办法为她当女皇找依据。武则天当然十分高兴，立即颁布《大云经》，令诸州都建大云寺，藏一部《大云经》，并在东都洛阳建天堂，供大佛像。这大佛造得非常大，仅小指就能够容纳数十人。刚建成的时候，被大风吹毁，又重新修建。这项工程巨大，每天要用上万个民工，山岭的木材被砍伐无数，国库因此都要空了。对这种劳民伤财的做法，陈子昂非常愤怒，他作诗批评武则天："圣人不利己，忧济在元元。黄屋非尧意，瑶台安可论！"指出武则天用这种方法愚弄社会，以穷奢极丽的佛寺夸耀于民，只能使政治更加昏乱。当皇帝是武则天心中最大的事，她在全国大建寺庙就是为当女皇所作的铺垫，陈子昂对此表示的不满，当然是"不识时务"的。

17. 唐代白话诗人王梵志

táng dài bái huà shī rén wáng fàn zhì

王梵志是一个谜一样的人物。

尽管自唐宋以来，王梵志的诗歌一直被人引用，但对这个人物本身，人们差不多等于一无所知。

现在能见到的有关王梵志生平事迹材料，要数晚唐冯翊子《桂苑丛谈》所引的《史遗》中的记载为早，但这则记载也是云缠雾绕地让人很难琢磨。《史遗》说：王梵志是卫州黎阳人也。隋朝时，在黎阳城东十五里，住着个叫王德祖的人，家中有棵林檎树，生了个像斗那么大的瘤子。过了三年，瘤子朽烂了。德祖就把树瘤的皮揭下来，结果看见一个孩儿，王德祖就抱胎而出，收养了他。这个孩子到了七岁时才会说话。一会说话，就问："是什么人养育了我？我叫什么名字？"王德祖就一五一十地把整个经过都告诉了他，说："你是从树上生下来的，所以起名梵天（后来改名为"志"）。你是在我家中长大的，你就姓王吧！"王梵志就这么姓了王。长大以后，很会写诗，用诗来劝人讽世，还说得头头是道。大概是菩萨示化的。

基本相同的记载还出现在《太平广记》中（见卷八二引《逸史》）。这就是有关王梵志家世出身的最为详尽的材料，但这材料，显然是虚多实少。

还有的人根据所存诗歌来考证王梵志的生平事迹，认为王梵志家从前可能很富有，所谓"吾富有钱时"、"吾家昔富有"、"吾家多有田"、"有钱怕人知"，就是最好的表白。家道中落之初，王梵志的日子也过得悠哉游哉，挺潇洒的："吾有十亩田，种在南山坡。青松四五树，绿豆两三窠。热即池中浴，凉便岸上歌。遨游自取足，谁能奈我何？"可到后来，不知怎么的，就日逐一日地穷困起来了："草屋足风尘，床无破毡卧。客来且唤入，地铺藁荐坐。家里原无炭，柳麻且吹火。白酒瓦钵盛，铛子两脚破。鹿脯三四条，石盐五六颗。"这时还有草屋、床，还有白酒、鹿脯、石盐以及几件不像样的家什，可到了另一些诗里，连这些东西都没有了："近逢穷业至，缘身一物无。披绳兼带索，行时须杖扶。"从富有到穷困，这对王梵志肯定是一个很大的打击。他于极度愁苦和悲伤中而得彻悟，而得解脱："他家笑吾贫，吾贫极快乐"、"行年五十余，始学无道理。回头意经营，穷困只由你。……不羡荣华好，不羞贫贱恶。随缘适世间，自得恣情乐。"在他彻悟了社会人生之后，王梵志就开始用这种通俗的诗来劝讽世人。

这就是人们从诗歌中考证出来的王梵志。

有人说，王梵志是个弃婴；有人说，王梵志是西域人；有人说，王梵志是"菩萨示化"，还有人怀疑王梵志其人的存在。但不管是哪一个，王梵志都是个谜。

王梵志诗歌的流传也是个十分有趣的现象：唐宋时不断有人引录其诗，但从明代之后，就逐渐少有流传，甚至像清初编的《全唐诗》都不曾收录王梵志的诗，一直到敦煌石窟王梵志诗集卷子的发现，王梵志其人其诗才得以重见天日。

王梵志的诗歌有三百多首。大多是劝时讽世之作，虽然也有一些宣扬佛理之类的糟粕，但是更多的作品还是具有鲜明的时代特征和深刻的社会历史内容的。

王梵志生活在初唐。从历史家的记载看，毫无疑问，这是个兴盛繁荣的时代。但作为平民百姓，生活就未必像史书记载的那样美好。王梵志的诗就反映了这一不大被史家注意的真实而深刻的现实：

> 贫穷田舍汉，庵子极孤凄。
>
> 两穷前身种，今世作夫妻。
>
> 妇即客舂捣，夫即客扶犁。
>
> 黄昏到家里，无米亦无柴。
>
> 男女空饿肚，状似一食斋。
>
> 里正追庸调，村头共相催。

幞头巾子露，衫破肚皮开。

体上无裈绔，足下复无鞋。

……

门前见债主，入户见贫妻。

舍漏儿啼哭，重得逢苦灾。

如此硬穷汉，村村一两枚。

从诗中可以看出，穷苦人家的日子过得是多么艰难！"贫穷实可怜，饥寒肚露地。户役一概差，不辨棒下死。"而有钱人家却是"牛羊共成群，满圈养肥子。窖下多埋谷，寻常愿米贵"。这是多么不平等的现实啊！

作为一个通俗的白话诗人，王梵志的诗歌更多的是敦风厚俗、劝时讽世的格言式诗。涉及的范围相当广泛，包括家庭邻里、亲戚朋友、吃穿行住、生老病死、贫富贵贱等。他在诗中，苦口婆心地劝告世人，做儿子的要孝敬父母："你若是好儿，孝心看父母。五更床前立，即问安稳不。"因为只有"你孝我亦孝"，才能"不绝孝门户"；但是现在的世道却是"只见母怜儿，不见儿怜母。长大取得妻，却嫌父母丑。耶娘不睬眊，专心听妇语。生时不供养，死后祭泥土。如此倒见贼，打煞无人护。"兄弟之间应该和顺："兄弟须和顺，叔侄莫轻欺。财物同箱柜，房中莫蓄私。"为人应存信笃："立身存笃信，景行胜将金。在处人携接，谙知无负心。"应以"忍"字为先："忍辱收珍宝，嗔他捐福田。高心难见佛，下意得生天。"他劝人应该学点技艺："黄金未是宝，学问胜珠珍。丈夫无会艺，虚沾一世人。"不可嗜酒赌博："饮酒妨生计，摴蒲必破家。但看此等色，不久作穷查。"不可贪杯好色："世间难割舍，无过财色深。丈夫须远命，割断暗迷心。"不要讥笑贫弱之人："他贫不得笑，他弱不得欺。太公未遇日，犹自独钓鱼。"结交朋友要结交善者，远离恶人："恶人相远离，善者近相知。纵使天无雨，阴云自润衣。"与人相处要互相敬重，不要恶口相向："敬他还自敬，轻他还自轻。骂他一两口，他骂几千声；触他父母讳，他触祖父名。欲觅无嗔根，少语最为精。"别人对自己有恩，必须报答："负恩必须酬，施恩慎勿色。索他一石面，还他一斗麦。得他半疋练，还他二丈帛。"此类内容非常多，不再一一列举。这里面当然也有落后、陈腐的东西，但也有不少是颇值得肯定和借鉴的。

王梵志可能遭遇过一番大的变故，所以对人生、对生死体味得更深，这也是他诗歌中的一个最突出的主题。

王梵志的诗以五言诗为主，通俗易懂，深入人心。其风格也是时庄时谐，有时轻松幽默，有时严肃低沉。虽然有不少说教，但他这种通俗活泼的白话语言，却征服了当时及后代的许多人。比如唐代王维、顾况、白居易以及杜荀鹤、罗隐等诗人向王梵志诗学习过；宋代的苏轼、范成大等人也不同程度地受到过王梵志诗的影响；至于释道中受王梵志影响的就更多一些，如唐代诗僧中的寒山、拾得、丰干等人，基本上是步王梵志诗歌的后尘。由此可见王梵志诗歌的深远影响。

王梵志通俗白话诗的出现是中国诗歌中的一件大事。他的诗歌中所描写的那种生活，他的诗歌所呈现出来的那种独特的艺术魅力，都大大地丰富了中国诗歌艺术宝库，具有特殊的意义。

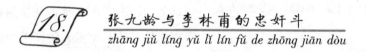

18. 张九龄与李林甫的忠奸斗
zhāng jiǔ líng yǔ lǐ lín fǔ de zhōng jiān dòu

张九龄（673—740 年），又名博物，字子寿，韶州曲江人，进士出身，才华横溢。唐玄宗曾赞许说："张九龄文章，自有唐名公弗如也。朕终身师之，不得其一二。此人真文场之元帅也。"（《开元天宝逸事》）他刚直不阿，敢于进谏。《新唐书》评价他"议论必极言得失，所推引皆正人"。《旧唐书》称赞他"文学、政事，咸有所称，一时之选也"。他在担任宰相的三年时间里，忠心耿耿地辅佐玄宗皇帝治理江山，为百姓做了一些好事，对国家有所贡献，在历史上是值得称道的贤相。

张九龄的助手——副宰相李林甫，则是历史上有名的奸相。他不学无术，却又妒贤嫉能。每当他单独向玄宗奏事时，总是陷害朝中那些忠正之士，人们称他为"肉腰刀"。李林甫阴险、狡诈，他经常用甜蜜的语言引

张九龄画像。张九龄被誉为"开元贤相",对孟浩然颇有帮助。他不仅是杰出的政治家,也是盛唐著名诗人。"海上生明月,天涯共此时"(《望月怀远》)即是他的传世名句。

诱他人说出自己的过错,然后就向皇帝密报。朝中大臣都说:"李公虽面有笑容,而肚中铸剑也。"这就是"口蜜腹剑"这一成语的由来。李林甫的高明之处在于,他只使玄宗一人不知道他的奸诈。李林甫善于阿谀奉承,对于握有实权的人,或自己用得着的人,尤其是对明皇及其爱妃、宫女、宦官,他都千方百计地去谄媚讨好。这样做,既骗取了玄宗的信任,又在玄宗周围安排了自己的密探,为实现当宰相的野心创造了有利条件。

张九龄贤直忠正,李林甫阴险奸诈,两人在一起共事,矛盾是不可避免的。玄宗把李林甫任命为副宰相之后,才召见张九龄征求他的意见。张九龄深知李林甫的底细,也不管明皇是否高兴,就直言不讳地说:"宰相的好坏,关系到国家的前途命运。如果用人不当,国家就会遭殃。像李林甫这样寡德少才的人当宰相,我担心今后国家会因此而遭殃。"明皇本以为张九龄能赞同自己的做法,没想到却听到了这样一番话,心里很不高兴。

还有一次,唐玄宗请几位近臣到御花园赴宴游赏,玄宗指着栏杆前面池塘里的鱼,对同行的张九龄、李林甫等人说:"栏前盆池中所养的那几条小鱼,多么活泼可爱。"李林甫马上谄媚地笑着说:"那些鱼儿也是沐浴着陛下的恩波啊。"张九龄在一旁接着说:"盆池中的鱼就好像陛下所任用的人,他只能装点风景而已,没有更多的用途。"玄宗听了,感到非常扫兴。当时的人都赞美张九龄的忠直。

自从李林甫被张九龄当众讥讽以后，他在公开场合轻易不发言，而是偷偷地单独向玄宗奏事。开元二十四年（736 年）的秋天，玄宗住在东都洛阳。有一天晚上，洛阳的宫中发现了"怪"，玄宗对此很迷信，以为要有不测之灾降临，不愿再住下去，打算西还长安。第二天，便招集三位宰相来商议回长安的事。张九龄和裴耀卿极力规劝说："现在农民正忙于收获，陛下最好等到入冬农闲时再走吧。"李林甫在一旁只顾观察玄宗的脸色，却不发言。等到张九龄和裴耀卿往外走时，李林甫则一瘸一拐地跟在后面走。玄宗见状就把他叫住了，很关心地问："你的脚怎么了？"李林甫见张九龄走远了，便笑着说："我的脚并没有什么毛病，刚才我是故意装的，我想借机单独奏事。"接着又说道："洛阳、长安，是陛下的东西宫，愿意什么时候住就什么时候住，何必挑选时间。如果怕影响农民收获，只要减免沿途州县的租税就行了。请让我安排各部门准备有关事宜，马上回长安。"这番话正合玄宗心意，高兴得立刻下令西还。

张九龄和李林甫的矛盾还表现在人事任用上。牛仙客任凉州都督时，开源节流，积累一些资财，仓库也很充实。玄宗知道了，对他很赏识，想要提拔他做尚书。张九龄劝阻说："不能这么办。尚书，自本朝以来，大多用旧相，或者才华出众、品德优良、有较高威信的人来担任。牛仙客只不过是一个沙漠地区的小官，现在一下子提升到尚书，天下人对这件事是不能服气的。"提升不成，玄宗便想实封他。张九龄又反对说："实封是用来奖赏有功之臣的。牛仙客做的是分内之事，不能算是有功，陛下考虑到他的功劳，赏给他黄金、玉帛就可以了，怎么能轻易实封他呢？"玄宗气愤地责问张九龄："你是不是因为牛仙客出身寒微而嫌弃他？你看看你自己出身什么门第？"张九龄知道皇帝动了怒，连忙叩头谢罪，但仍坚持说："我虽出身寒微，但我考中过进士，在京城为官多年；而牛仙客不过是一个边疆的小官，不认得几个字，如果这样的人都当上了大官，对那些有才华的人不是一种打击吗？"唐玄宗被张九龄的一番话说得哑口无言，心里很不高兴，李林甫探知皇帝的心意后，背着张九龄对玄宗说："牛仙客是当宰相的材料，何况做尚书呢？张九龄是个书呆子，只会照本本办事。牛仙客虽然文化低点，但是才能出众，陛下慧眼识英才，提拔他有什么不行的？"玄宗听了这段奉承话，心里很高兴，便听从了李林甫的意见，在当年秋天命高力士拿白羽扇赏赐牛仙客。张九龄对此很后怕，为此特地作了一篇赋，又写了一首《归燕》诗送给李林甫。诗中写道："海燕何微渺，乘春亦暂来。岂知泥滓贱，只见玉堂开。绣户时双入，华轩日几回？无心与物竞，鹰隼莫相猜。"由此可见，张九龄已萌生退意，也表明他对阴险、狡诈的李林甫有些惧怕。李林甫看后，知道张九龄不久将退位，对他的怒气才稍解一点。这使他更加猖狂，在皇帝面前肆无忌惮地说张九龄的坏话，使皇帝对张九龄越来越反感。

开元二十四年（736 年）十一月，张九龄和裴耀卿罢相，李林甫做了正宰相。李林甫则提拔牛仙客做副宰相。张九龄被罢相，虽与李林甫的排挤有一定关系，但决定因素还在玄宗。此时的唐玄宗已不再是胸怀大志、选贤任能、勇于纳谏、创造"开元盛世"的贤君，而是一位骄傲自满、故步自封、穷奢极欲，只愿听顺耳的奉承话，而不愿听逆耳之忠言的昏君。他排斥忠良，宠信奸臣，最终酿成"安史之乱"，使唐朝走向衰落。

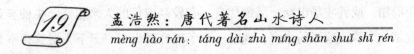

19. 孟浩然：唐代著名山水诗人
mèng hào rán：táng dài zhù míng shān shuǐ shī rén

孟浩然是唐代著名的山水诗人，他的诗清新疏俊，淡雅明快，少见狂放不羁，尘俗浊气。"诗如其人"，孟浩然为诗如此，为人又如何呢？他又为什么能写出此类风格的作品呢？

孟浩然的一生可以说比较简单平淡，他生活的时代是开元盛世，他的大半生都在隐居和漫游中度过，和山水鸟虫结下了缘分。可这不是说他的心境始终冲淡平和只在山水，他的经历并不是一帆风顺，他曾经几次求仕，都是空怀凌云的壮志和横溢的才华而痛遭拒绝，直至命归黄泉也没能走上仕途政治之路。这也许是他终生的遗憾。

孟浩然四十岁之前主要是闭门于家，修身养性，苦练文章，灌蔬艺竹。即便如此，他心中也是充满矛盾的，他在《书怀贻京邑同好》诗中清楚地说明了他对于仕途的热望以及期待朋友们援引的心情。

经过长期的酝酿之后，孟浩然终于在不惑之年向长安进发，走上了科举求仕之路。他尽管不知等待他的是什么，却信心十足。"何当桂枝擢，归及柳条新。"（《长安早春》）春天的一切都是美好的，能给人无限希望，可惜，孟浩然的希望不久就成了失望。他居然名落孙山！

然而，这次科举考试对孟浩然的打击还不算太大，他毕竟还有另外一条路可走——等待举荐。所以他没有急于踏上归途，而是在长安停留了一个时期。这期间，他与丞相范阳张九龄、侍御史京兆王维、尚书侍郎河东裴揔、华阳太守郑倩之等人交往甚密，成为忘年之交。

一次，在一个月朗风清的秋夜，长安的英华名流聚在一起，赋诗赏月，不断有佳句咏出。轮到孟浩然吟诗的时候，他略微沉思，便脱口而出："微云淡河汉，疏雨滴梧桐。"话音未落，举座皆叹，说不出的清新之气沁入心脾。其他人羞于将诗作与此妙句相提，竟没有人在孟浩然之后诵诗了！此后，田园诗人孟浩然在长安的名声更大，惹得不少名士都想与之相识结交。

孟浩然本打算靠献赋上书来达到让皇上赏识的目的，据说他也的确托人献过赋，可是却没有结果。他开始考虑是否应该离开长安再作打算。"十上耻还家，徘徊守归路。"（《南阳北阻雪》）

事有凑巧，正在他拿不定主意的时候，却偶然地拜见了玄宗皇帝。一次王维邀请孟浩然来府上做客，两人谈兴正浓，忽然有人报："皇上驾到！"孟浩然此时想离开已经来不及，只好躲在床下。等皇上进来后，王维不愿隐瞒，禀告皇上："诗人孟浩然在此，因嫌自身卑贱，未敢拜见陛下！"唐玄宗是个爱才的人，听了王维的话，说道："我听说过这个人，正想见见他，为什么要躲起来呢？"孟浩然连忙出来见过玄宗。三人在一起说了一会儿诗文，玄宗问孟浩然是否有新作。孟浩然心想，一不做二不休，就诵读了一首他向皇上表明心迹的诗。谁知其中"不才明主弃，多病故人疏"一联，竟惹怒了玄宗，责问道："你不积极求仕，倒反过来诬说

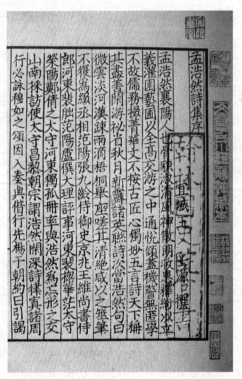

图为南宋刻本《孟浩然集》。孟浩然是盛唐诗人群体中年辈较早、第一个大力创作山水田园诗的诗人，他上承陶渊明、谢灵运，为盛唐山水田园诗派的繁荣作出了自己独特的贡献。

我弃你，哪有这样的道理？"这样，孟浩然想靠举荐走上仕途的梦想也破灭了。

这次失败给孟浩然的打击是沉重的，他着实感到长安居来不易，决心回到他原来的生活中去。"寂寂竟何待，朝朝空自归。欲寻芳草去，惜与故人违。当路谁相假？知音世所稀。只应守寂寞，还掩故园扉。"（《留别王维》）

此后的几年里，孟浩然四处漫游，足迹遍布山林江海。这期间他的作品很多，其中不乏名篇佳句，只是与他求仕之前的作品相比少了明朗，多了迷茫。

这期间，孟浩然也有出仕的机会，只是他的心境落拓苍凉，已没有了年轻时的豪气。当时的采访使韩朝宗欣赏他的才华，想约他一起入京，将他推荐给朝廷，说定了日期。可谁想到那天孟浩然却跟人喝了一天酒。别人问他："您与韩公约好的事耽误了，这样做不太合适吧？"浩然心中不悦，再加上喝了点酒，越发口不择言，他向那人喊道："我喝酒就要喝个痛快，人活着也是要活个痛快，还管别的干什么？"终于没跟韩朝宗一起走，辜负了人家的一片好心。

孟浩然隐居于鹿门山，在襄州襄阳（湖北襄阳县）东南约三十里。自汉代以来，襄阳一直是名流辈出、高士如林的地方，鹿门山更是始终弥漫着浓浓的隐逸之风。东汉末年最为著名的隐逸之士庞德公就曾隐居在鹿门山。史书记载，庞德公隐居不仕，躬耕于岘山，与司马徽、诸葛亮等人相友善，后来和妻子一起登鹿门山采药，就再也没回来（意谓夫妻双双得道成仙）。这一故事在当地一直广为传颂。

孟浩然五十岁上下的时候，在张九龄的荆州幕中被署为从事，也算是走上了政途。但他并没有议政的乐趣，虽然每天也和一些官府人物交往，可总觉得自己是局外人，始终没能融入他们的为人处事方式中去。"始慰蝉鸣柳，俄看雪间梅。四时年钥尽，千里客程催。日下瞻归翼，沙边厌曝腮。"（《荆门上张丞相》）由此可知，即使身在仕途，他也难舍归去之意。

孟浩然不是一个急功近利的人，他不想为求取功名而不择手段向上爬，他只是想有所作为，有所建树，为国家做些事情。孟浩然也不是一个"为隐居而隐居"的实实在在的隐士，他其实是要"以隐求仕"。当他以为"词赋颇亦工"时，才"中年废丘壑，上国旅风尘"，以求明达。他是在奋斗过、追求过、彷徨过之后走上隐逸这条路的。对一个有才华又有报国之心的人来说，这其实是个痛苦的抉择。

孟浩然终究是个诗人。

以才华征服公主的王维
yǐ cái huá zhēng fú gōng zhǔ de wáng wéi

少年的王维才华横溢，不但擅长诗歌，而且音乐、绘画都很精通，这使他能够很方便地登上仕途。

王维十五岁时，便远离家乡，在长安和东都洛阳一带为仕途而奔走。别看他年纪尚轻，却多才多艺，能诗擅画，精通音乐。相传，王维到长安昭国坊友人庾敬休家中做客时，看见墙上挂了一幅《按乐图》，上面画了众多的乐工正在奏乐。王维细看一会儿，便笑着说："这幅画上的乐工，正演奏到《霓裳羽衣曲》第三叠第一拍。"有好奇的人真招集乐工来演奏检验，结果与王维所说的一致，乐工的手指起落、指法毫无差错。这样一来，王维很受当时上层社会达官贵人的欢迎。所以，他能经常出入王公、驸马等权贵之门。

息夫人

莫国破君亡总旧恩，新思辞新恩
雅重故雄遗花前相别
空雄泪承爰筭王问师师
邛池渔父记

"看花满眼泪，不共楚王言"的息夫人

王维虽然经常出入权贵之门，也常受他们的宠待，但他绝不是察言观色、善于阿谀奉承的小人。在《本事诗》中记载了这样一件事：宁王李宪奢华荒淫无度，家中养着数十家妓。有一天，他看见一个卖饼人的妻子长得纤弱白皙，楚楚动人，就设法把她霸占过来。过了一年，他又把该女的丈夫叫来，指着她的丈夫问她："你还想念他吗？"这时，卖饼人的妻子看见丈夫，两行眼泪禁不住顺着脸颊淌了下来，看得出她内心十分痛苦。当时，宁王府内有十几个客人，都是文人，目睹这种情景，没有一个人不为之感到凄凉的。宁王不以为耻，却以折磨人为乐，他看到这种情景对文人们说："你们就以此事为题，各赋诗一首，优者我有重赏！"

王维心里非常气愤，略微稳定一下情绪，沉思片刻，最先写成：

莫以今时宠，能忘旧日恩。

看花满眼泪，不共楚王言。

其他文人看到王维这首诗，没有一个敢继续赋诗的，都为王维捏把汗。原来，这首诗题目是《息夫人》，暗含一个典故。据《左传》庄公十四年记载：息夫人是春秋时息侯的夫人，楚文王灭息，就把息夫人霸占了。息夫人到了楚国之后，一直不说话。楚王问她为什么，她说："像我这样，又有什么可说的呢？"这个卖饼人的妻子与息夫人遭遇相似，王维就巧妙地借用息夫人的故事来咏叹这件事。表面上委婉含蓄，其实暗含对宁王的不满。宁王听后，自觉没趣，就把这个妇人归还给那个卖饼人，让他们团圆。可见，王维是一位正直而且有胆量的优秀诗人。

也许正是因为王维这种刚直不阿的性格，备受岐王李范的看重。开元七年（719 年）的秋天，许多人都来参加京兆府的府试。唐朝的科举制度规定，只有在府试中获取第一名，才能参加科举考试，因此府试竞争异常激烈。当时，张九龄的弟弟张九皋在长安声名显赫，而且也有权势，早就派人在九公主面前打通关节，请公主写封信通知京兆府的试官，命考官让张九皋中府试第一名，去参加科举考试。

王维在这一年也准备参加府试。王维多才多艺，不愿居于人下，却又苦于无人推荐，于是向岐王叙说了自己的苦衷。岐王听了他的话后，沉吟了一会儿说："九公主很尊贵，势力很强，不可力争。我替你想个办法吧！你可从平时作品中挑选出十首，像《相思》、《失题》这类清灵的诗，谱写一曲怨切的琵琶新曲，过五天再到我家来。"王维不知岐王葫芦里卖的什么药，只好按岐王说的准备。

过了五天，王维准备就绪，来到岐王府。岐王这才对他说："你是一介布衣，怎么能去拜见公主呢？我倒是有个办法，不知你能不能按我的计策行事？"王维急忙拱手说："谨尊王命！"于是，岐王拿出锦绣衣服，鲜华奇异，令王维穿上，怀抱琵琶和伶人一起跟着岐王去九公主的府第。这时，王维才明白真正用意。

到了公主府前，岐王首先进去说："承蒙贵公主接待，我特地携带酒乐，请公主降尊入席。"说着命仆人立刻摆上酒宴，随后伶人们也陆续进

来。王维当时才十九岁，正当青春年少，气质非凡，站在伶人中，光彩夺人。公主看见他，问岐王："这是谁啊？"岐王满不在乎地说："一个乐工。"于是，公主就把他单独叫出来，弹奏一曲。

王维来到近前，向公主见礼后，就弹奏起来，曲声哀切，如泣如诉，满座动容。公主询问道："这是什么曲子呀？"王维起身说："《郁轮袍》。"公主大为惊奇，岐王乘机说："这个人不仅熟悉音乐，而且也擅长诗文。"公主更加奇怪了，便说："你带来什么文章吗？叫我看看！"王维就从怀中掏出诗卷递给公主。公主接过来一看，大吃一惊，说："我平时经常吟诵这些诗，还以为是古人的佳作，没想到原来是你写的。"因而命王维换去乐工的衣服，加入宴席。

王维风流蕴藉，语言诙谐，在宴会上神采飞扬，顿时使满室生辉。在场的王公贵族都用钦佩的目光注视着王维。岐王看到时机成熟，就长叹一声，喧哗的声音一下子停下来。大家莫名其妙地看着岐王。公主问道："岐王，为何突然悲伤起来？"岐王说："这人才华出众，可惜不能报效朝廷。"公主接着说："为什么不让他应举呢？"岐王说："此生没人推荐，不能就试。可惜公主已推荐张九皋了。"公主笑着说："这有什么关系！推荐张九皋，本来是他人拜托请求的。"又转回头对王维说："你果真想录取第一名？我一定努力帮助你！"王维听后，起身谦逊地致谢。

王维终于以其才华征服了公主，改变了自己的命运，在府试中顺利通过，获得头名，进而一举中进士，步入仕途。

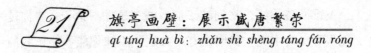

21. 旗亭画壁：展示盛唐繁荣

qí tíng huà bì : zhǎn shì shèng táng fán róng

在盛唐时代，诗人的绝句用于歌唱已成为一种时尚。诗人王之涣、王昌龄、高适每有新作，往往被乐工索去，谱成乐曲，广为传唱。传说在开元年间，唐代的这三位著名诗人有旗亭画壁"比诗"的故事。

王之涣生于垂拱四年（688年），他"幼小聪明，秀发颖悟，未及壮年，已穷经籍之奥"，被誉为"神童"。成年以后，名气更大，在冀州衡水县做了一个小官。后因父母相继去世，心情愁闷，又被人诬告，一气之下，拂袖辞官，漫游高山大川。

开元年间，王之涣漫游长安，与"七绝圣手"王昌龄、边塞诗人高适相识。当时，三人还都没有得到朝廷重用，处于风尘奔波之中。相同的经历，使三人一见如故，以诗为媒，畅谈胸怀，结下了深厚的友谊。

据《集异记》中载，三人经常在一起饮酒论诗。这一天，天下着小雪，刮着北风，雪花随风漫天飞舞。王之涣、王昌龄、高适三人结伴来到旗亭酒楼，一边小饮，一边谈论诗歌。正在酒酣情畅之际，他们看见十几个宫廷梨园弟子向酒楼走来。梨园弟子就是专门为皇帝表演歌舞的宫廷戏曲艺人，她们各个身怀绝技，容貌俊美。三人离开座席，围着火炉佯装取暖，藏在屏壁后面。很快楼下传来一阵清脆的佩玉之声，四位妙龄

王之涣像。王之涣是盛唐著名诗人，他的诗仅存六首，但有二首入选《唐诗三百首》，占他全部作品的三分之一。

梨园弟子走上楼来。她们浓妆淡抹，步履轻盈，犹如下凡的仙女一般。

在酒楼上，梨园弟子演奏起乐曲。只听那乐曲和谐、悠扬，婉转动听，有时如清风拂过，有时如雪花飘洒，有时如花下莺啼般流利轻快，有时如玉珠落盘清脆……梨园弟子演奏的都是当时有名的曲子，酒楼里的人都为之吸引。见到此情此景，王昌龄突发奇想，对王之涣、高适二人说："我们三人各负诗名已久，不能自定高低等级。今天，我们可以偷听伶官们所唱的歌，如果诗作入乐多的，就为优胜者。"二人点头表示同意。

王昌龄话音刚落，歌声已起，只听一位梨园弟子悠扬的歌声飘到

耳畔：

寒雨连天夜入吴，平明送客楚山孤。

洛阳亲友如相问，一片冰心在玉壶。

这首《芙蓉楼送辛渐》是王昌龄与友人辛渐离别时所作。诗中描写迷蒙的烟雨笼罩着吴地江天，萧瑟的江风，吹着带有深秋寒意的雨丝，顷刻间整个江面笼罩在一片萧瑟的雨幕中。清晨，寒雨已停，但见楚山孤立，朋友就要绕过楚山，向更远的洛阳而去。如果洛阳的朋友问起我，可以告诉他们我任何时候都是表里澄清、光明磊落的。

梨园弟子深情地唱出依依惜别之情，也将听者带入清空明澈的意境中。王昌龄一听是自己的得意之作，便说："我的一首绝句。"随之在墙壁上画了一下。这位梨园弟子刚刚唱罢，另一位接着唱道：

开箧泪沾臆，见君前日书。

夜台空寂寞，犹是子云君。

唐代宫乐图。唐代是中国历史上文学艺术非常繁荣的时代。诗情画意，歌舞升平，从朝廷到民间都呈现出一片祥和气氛。

这是高适的古体诗《哭单父梁九少府》中的前四句。诗中叙说了一位女人无意之中打开书箱，看到故去的丈夫遗留下的书信，泪水禁不住流下来打湿了衣襟，引发妇人无限哀怨。高适听见是自己的诗作，伸手在墙壁上一画说："这是我的诗。"脸上挂着笑容。二人现已各有一首，心里暗自高兴。王之涣依然神情泰然，而且还略带笑容，暗想："别着急，我的诗名绝不低于你们。"这时，一个哀怨凄凉的声音徐徐而起：

> 奉帚平明金殿开，
>
> 且将团扇共徘徊。
>
> 玉颜不及寒鸦色，
>
> 犹带昭阳日影来。

王昌龄一听又是自己的一首宫怨诗《长信秋词》之一，心中特别高兴，随手在墙上又画了一下。这首诗借汉代班婕妤失宠暗喻宫女的苦闷生活和幽怨惆怅。班婕妤是汉成帝的一位嫔妃，最初很得宠爱。后来，汉成帝又宠幸赵飞燕、赵合德姊妹。班氏担心自己被害，就主动请求幽居长信宫，侍候太后。相传她做了一首《怨歌行》，以秋扇被抛比喻君恩断绝。全诗不着一"怨"字，而字字含怨，手法高超。王昌龄的诗入乐已有两首，他得意地望着王之涣。

王之涣自信自己已久负盛名，于是胸有成竹地对二位同伴说："这些人都是潦倒的乐官，所唱的尽是粗俗巴人之词，像阳春白雪那样高雅之词，她们哪里配唱呢？"说着用手一指最后一位梨园弟子。只见最后一位梨园弟子高绾发鬟，轻盈俊俏，气质不俗，的确有过人之处。王之涣继续说道："如果那个伶官所唱的不是我的诗，我从此以后再也不与你们争雄。如果是我的诗，那么你们必须拜倒在我床下，尊奉我为师。"王之涣说完，三个人含笑等待着。只见那最后一位梨园弟子徐徐站起，清清嗓子，高声唱道：

> 黄河远上白云间，
>
> 一片孤城万仞山。
>
> 羌笛何须怨杨柳，

春风不度玉门关。

这首诗果然是王之涣边塞诗《凉州词二首》之一。《凉州词》以豪迈高远的吟唱，领我们进入了西北风光。幅员辽阔的高原上，雄伟的黄河从天际奔腾而来，远远望过去，好像一条丝带迤逦飞上白云。与辽阔的原野相称的是矗立的高山，群山环抱着一片孤城，相形之下，越见山势巍峨雄壮，组成一幅雄伟苍凉的图画。思念亲人的将士吹奏起《折杨柳》曲子，笛声十分哀怨，好像在叙说造物主待遇不公平。要知道这里是春风吹不到的地方。浓郁的思乡之情，使人们心弦为之拨动。

伶官刚唱完，三人哈哈大笑。众位梨园弟子不知其故，走过来说道："不知诸位客官为什么这么欢畅？"王昌龄就把他们画壁比诗一事告诉了她们。听后，众位梨园弟子争拜道："俗眼不识泰山，请各位降低清高之身，加入我们的酒宴，怎么样？"三位本是爽快之人，欣然接受了她们的邀请。三位诗人与梨园弟子一起谈谈唱唱，不知不觉之间已是日落西山，三人大醉而归。

在王之涣、王昌龄、高适生活的时代，音乐、舞蹈、绘画、雕塑等各项艺术都空前繁荣。在各种艺术中，音乐与诗歌关系极为密切，犹如一对孪生的姐妹，人们曾有"唐绝句定为歌曲"的说法。可见，唐诗入乐者颇多。诗歌被谱成音乐后，在酒肆茶亭广为传唱。许多优秀诗歌作品都是从这个渠道流传下来的。而在此过程中，那些伶官艺人功不可没。如果没有他们，许多文学作品很难在人民群众中普及，唐诗的繁荣也会大打折扣。

旗亭画壁的故事，让我们感受到了盛唐时期诗歌与音乐的繁荣，也让我们看到盛唐诗人不拘小节、洋洋洒洒的精神面貌。

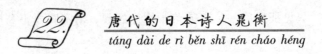

22. 唐代的日本诗人晁衡
táng dài de rì běn shī rén cháo héng

晁衡（701—770年），日本人，原名阿倍仲麻吕，到唐后取汉名为晁衡，字仲满。他自幼聪慧过人，喜好读书。日本元明天皇灵龟二年，即唐开元四年（716 年）被选为遣唐留学生，时年仅十六岁。次年三月，他与吉备真备、僧玄昉、大和长冈等人以及医师、乐工、各行的工匠，一行五百多人，随着第九次遣唐使多治比真人乘船，横穿日本海、东海来到中国。到中国之后暂住在明州（今浙江宁波市南）。晁衡初次离开祖国，来到异国他乡，思念之情油然而生，便写下了《望乡诗》以寄深情：

> 翘首望长天，神驰奈良边。
>
> 三笠山顶上，想又皎月圆。

晁衡等人到了长安以后，玄宗下诏让专人在鸿胪寺（掌管朝廷礼仪的机构）教他们学习汉学，后来又让他们进入国子监继续深造，与唐人共同学习。晁衡学习刻苦，成绩优异。学成后在京兆尹崔日知的推荐下，被唐玄宗任用。先是做司经局校书，后历任左拾遗、右补阙、仪王友等职。晁衡在朝为官，"游宦虽贵，心不忘归，每言乡国，心魂断绝"。开元二十一年（733 年）的冬天，日本第十次遣唐使多治比广成即将回国。此时晁衡在唐朝已待了十七年，吉备真备等人将朝廷的赏赐都购买了书籍，跟着回国。晁衡也向朝廷请求回国探望双亲，但因其学识渊博，才能突出，深得玄宗喜爱，朝廷不同意他回国。晁衡望着即将归国的遣唐使队伍，无限感慨，当即作诗一首：

> 慕义名空在，输忠孝不全。
>
> 报恩无有日，归国定何年！

晁衡对祖国无限眷恋，为了将来能够返回日本，他一直不肯结婚。玄宗对他特别看重，一再加以提拔，到他被允许回国时，已升为了秘书监兼卫尉卿（掌管军队装备机构的官）了。在唐朝为官这些年来，他羡慕中国，潜心研习唐代文化，对汉学有了很深的造诣。在与唐代诗人不断交往中，他与李白、王维、赵骅、储光羲、包佶等人结成了深厚的友谊，经常互赠诗篇。

天宝十一年（752 年），日本第十一次遣唐使藤原清河、副使大伴古麻吕、吉备真备等人来到长安。玄宗命晁衡迎接，并亲自接见了众使。玄宗称赞说："闻彼国有贤君，今观使者趋揖有异，乃号日本为'礼仪君子国'。"与旧友重逢，再次勾起了晁衡的思乡之情。他趁着玄宗高兴，请求回国。玄宗不好意思再加阻拦，但实在是难舍此才，便让他以唐朝的使臣身份回国探亲。为此，玄宗还写了一首送别诗赠与晁衡众人：

> 日丁非殊浴，天中嘉会朝。
>
> 仿余怀义远，矜尔畏途遥。
>
> 涨海宽秋月，归帆快夕飙。
>
> 因惊彼君子，王化远昭昭。

听到晁衡即将回国的消息后，王维、赵骅、包佶纷纷赶来为他饯别。在长安城内的一家酒楼上，数人畅谈多年以来亲密无间的交往，千头万绪，彼此间有些黯然神伤了。晁衡想到自己在长安学业已三十余载，此间得到了朝廷的重用和朋友们的真诚相助，自己已两鬓斑白，临来中国前父母的叮嘱仍在耳边回荡，思乡之情不尽倍增，但不能忘却彼此间的友谊，晁衡强打精神，写下了《衔命使本国》：

> 衔命将辞国，非才忝侍臣。
>
> 天中恋明主，海外忆慈亲。
>
> 伏奏违金阙，骈骖去玉津。
>
> 蓬莱乡路远，若木故园林。
>
> 西望怀恩日，东归感义辰。
>
> 平生一宝剑，留赠结友人。

晁衡的诗音律和谐，对仗工整，体现了高度的中国文化修养。诗中将他恋唐忆亲及临别酬友的复杂的思想感情表现得淋漓尽致。大家看后，无不赞叹。王维当即写下了《送秘书晁衡监还日本国》：

> 积水不可极，安知沧海东。
>
> 九州何处远，万里若乘空。

向国惟看日，归帆但信风。

鳌身映天黑，鱼眼射波红。

乡树扶桑外，主人孤岛中。

别离方异域，音信若为通。

接着赵骅写下了《送晁补阙归日本国》，包佶写下了《送日本国聘贺使晁巨卿东归》。三人的诗中处处渗透着中日友好的感情，赞扬了晁衡并表达了对其依依惜别的深情。晁衡听着友人们的吟诵，深深地为他们真挚的情谊所感动，不禁泪水夺眶而出。

天宝十二年（753年）十月十五日，晁衡跟随第十一次遣唐使踏上了归国的道路。他们从长安出发，专程到了扬州，邀请鉴真和尚东渡日本传播佛教，鉴真欣然同意。他们分乘四艘大船，从苏州出发，直驶日本。天有不测风云，当船队驶到琉球（今台湾省）时，遇上了大风，晁衡所乘船与其他船只相失，被风吹回了安南（今越南一带）。晁衡九死一生，由陆路返回长安，此时已是天宝十四年（775年）了。

李白与晁衡在长安时情谊很深。晁衡归国时李白正在江南，因而未去送别。当他听人说晁衡返国途中遇风溺水而死时，不禁失声痛哭，当即写下了一首悼念晁衡的诗《哭晁卿衡》：

日本晁卿辞帝都，征帆一片绕蓬壶。

明月不归沉碧海，白云愁色满苍梧。

玄宗见晁衡又回到长安，非常高兴。但不久，安史之乱爆发，玄宗被迫退位，肃宗李亨即位。肃宗对晁衡仍十分信任，任命他做左散骑常使、镇南都护等职。直到唐代宗大历五年（770年）晁衡病死于长安，享年七十岁。代宗追赠他为潞州大都督。

晁衡是日本在中国的著名诗人，他将自己的一生都奉献给了中国，历经玄宗、肃宗、代宗三朝，这在中日交往史上是绝无仅有的。可惜他的著作未能全部留传于世，只留下了诗篇，他的诗篇显示了卓越的汉学造诣，即使是在盛唐诗林中也是毫不逊色的。晁衡与唐代诗人的交往，显示了中

日两国人民的深厚友谊，为后世树立了典范。

隐者与和尚：寒山与拾得
yǐn zhě yǔ hé shàng：hán shān yǔ shí dé

710 年左右，正值大唐帝国繁荣昌盛时期。在长安近郊的咸阳，一个中国历史上富于传奇色彩的人物，出生在半耕半读之家，他就是后人所称的"寒山"。寒山与他的好友拾得，后来被清雍正皇帝亲封为"和合二圣"。

寒山的童年、少年和青年时期正处于开元盛世。和许多年轻人一样，他爱好舞枪弄剑，经常驰骋于平陵。

寒山也非常热衷于功名，三番五次应举。可惜的是尽管博览经史，文武兼修，到头却是屡屡受挫，过着贫穷潦倒的生活。"囊里无青蚨，箧中有黄绢。行到食店前，不敢暂回面"（《箇是》），正是他当时生活情况的真实写照。

俗语说："穷在闹市无人问，富在深山有远亲。"本来乡邻都夸他有才华，兄长、妻子也都寄予厚望，可是他连年考场失利，家境已相当贫寒。兄长、乡邻开始与他疏远，甚至连自己的结发妻子也开始怨他无能，这一切使他对人世生活绝望。于是他看破红尘离家出走，决定远离尘世，到大自然中去。

虽然寄身于山水之中。然而，他却未能忘情于故乡、家人及其亲友，时时怀念他们。

这期间，也许是尘缘难舍，使他动摇了去山中归隐的决心，尤其是妻子的影子总是在眼前晃来晃去，于是他又回到家中。然而，回家的情形却使他彻底伤心，"却归旧来巢，妻子不相识"。经过这样一番磨炼，寒山决心彻底归隐山林。

经过反复斟酌，寒山最后选择天台山作为隐居的处所。天台山风景秀丽，人迹罕至，寒山以寒岩洞内为永久安身之处。另外，寒山在此隐居还

有一个重要原因：天台山是一个宗教氛围很浓的地方，历史上有名的桐柏观、福圣观都在这里，当时的国清寺是重要的佛寺，寒山在这里可参禅悟道。从此，寒山无拘无束自由自在地生活，也不为功名利禄而奔波，再也不会遭到冷眼和责难，心灵在青山绿水中得到休息和安慰。

寒山在天台山隐居，常独自游戏于山水之间，自言自语，"仙书一两卷，树下读喃喃"。

看诗中所描写的生活，哪里有半点凡人俗气，完全是神仙过的日子。由此，可想象出诗

寒山拾得图。此图画唐贞观年间高僧寒山与拾得二人。图中左边破衣蓬发者为拾得，右边为寒山。

人在青山绿水间与花鸟为伴的快乐生活。

天台山的山山水水不但给寒山带来无限快乐，而且寒山在天台山的国清寺还遇到一位知己——拾得。

拾得本是一个孤儿，是被国清寺的丰干禅师从道旁拾来的，因此取名"拾得"。拾得被丰干禅师带到国清寺中一直为僧，从此不再为衣食而奔波，倒也安然。

然而好景不长，相传拾得有一次在打扫完佛像后，就在佛像下睡着

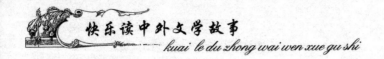

了，做了一个梦，梦见自己得到佛祖的点化，要苦渡成佛。于是醒后，就变得疯疯癫癫，或叫噪凌人，或望空漫骂。寺中的僧人都以为他疯了，要赶他出去。然而丰干禅师念他是孤儿，就留他在寺中为僧，砍柴、挑水、干些粗活。

寒山经常到国清寺与丰干禅师谈禅。谈禅之时，拾得站在一旁静听。时间久了，拾得非常佩服寒山的才华，经常将寺中僧人吃剩下的饭菜藏在巨竹筒内，偷藏在寺内。如果寒山来了，就偷偷交给他，这样也解决了寒山的饮食难题。后人念及三人的情意，合称寒山、拾得、丰干三人为"天台三圣"。

寒山与拾得二人在天台山的山水之中，参禅悟道，互唱互和，活至百岁。至于二人何时离开人世，人们一无所知，但他二人的名字却是家喻户晓。20世纪五六十年代，寒山的名字飞渡到太平洋彼岸，成为美国"披头士"的理想英雄。

24. 边塞诗人高适写《燕歌行》
biān sài shī rén gāo shì xiě yàn gē xíng

高适是唐代杰出的边塞诗人，作于开元二十六年（738年）的《燕歌行》是他最杰出的诗作，也是整个盛唐边塞诗中被人千古传诵的名篇。

高适出生在唐武则天久视元年，正是唐朝逐渐繁荣的时代。然而，高适家境非常贫寒，有时甚至过着"求丐取给"的生活。然而，高适是有心志之人，即使在这样的困苦环境中，仍然孜孜不倦地读书，勤习武艺，终于学成了一身本领。

唐玄宗开元年间是边疆多事之秋。西南的吐蕃、东北的奚、契丹、突厥等族战事频起。开元十八年（730年），东北契丹将领可突于杀其王李邵固，率领国人及奚人共降突厥，并频繁入侵大唐边境，东北战事爆发。唐玄宗派在和吐蕃作战取胜的信安王李祎率领裴耀卿、赵含章分路出击。高适认为等待许久建功立业的机会终于来了，他于开元二十年（732年）奔赴蓟州，打算从军边塞，为国效力。

高适"单车入燕赵"，开始了他第一次边塞生涯。他希望和许多唐代仕人一样，通过加入幕府而获得升迁的机会，于是写了《信安王幕府诗》寄给信安王。诗中谈了自己对战争的看法和投身边塞的热情。然而，诗寄出后，如石沉大海，杳无音信，使高适大失所望。他只好在开元二十一年（733年）冬天离开边塞。

此次边塞之行，虽然没有给高适仕途带来好运，但他有机会品尝了边塞战士生活的艰苦和目睹了边塞各种复杂

图为唐代彩绘甲马武士俑。盛唐许多文人都满怀从军报国与立功边塞的强烈渴望，在他们的诗中，投笔从戎的慷慨豪情随处可见："倚剑对风尘，慨然思卫霍"；"功名只向马上取，真是英雄一丈夫"。……体现了强烈的尚武精神。

的社会矛盾。因此，高适更加关注边塞形势。

开元二十六年（738年），高适从长安应举落第，回到宋中。碰巧，他的好友畅判官从边塞回来。谈话之间，畅判官将自己思成征事作的一首《燕歌行》请高适指教。高适读后，不禁想起八年前出塞时目睹的边塞生活和惨壮的战斗情景，心情激越，便就《燕歌行》这个题目和了一首诗。

高适的《燕歌行》谴责了在皇帝鼓励下的将领骄傲轻敌，荒淫失职，造成战斗失败，使广大士兵饱受战争的痛苦。士卒们怀抱爱国之心从军边

塞，不但在边塞过着极其艰苦的生活，而且忍受着抛妻别子的痛苦，而那些身受皇恩的将帅，不但不能体恤、关怀士卒，而且还纵情于酒色。将帅为了向皇上邀功请赏，随意挑起事端，拿士卒的生命当做儿戏。正像诗中所写的那样，"战士军前半死生，美人帐下犹歌舞"。士卒们在战场奋力拼杀，不顾生死，已经死伤过半，而那些领兵的将帅却在帐中尽情享乐；战士手持战刀，将帅手把酒杯；战士怒视敌人，将帅眼看美人；一边是喊杀震天，一边是轻歌曼舞；一边是刀光剑影，一边是美人团扇……两种鲜明的对比，两种不同的生活境况，深刻地揭示了边关将帅的腐化生活和士卒的悲惨遭遇，让人们看到了当时兵将苦乐不均的现象。

诗中不但思想内容深刻，而且还描绘了边塞极度荒凉的景色。汉将与单于对峙的狼山，"绝域苍茫"，光秃秃的，极度荒凉。两军在这里展开了生死搏斗。战斗失去了将帅的指挥，焉有不败之理。大漠深秋，枯黄的塞草在晚风中瑟瑟抖动，一抹残阳消失在远处的孤城中。身受朝廷之恩的边将由于骄逸轻敌，在敌人的猛烈攻击下无力还击；被打得稀稀落落的士兵，尽管拼尽了最后的力气，也未能冲出重围。当初那豪气"横行"的影子早已消失，所剩的只是大漠穷秋，孤城落日。诗中对塞外大漠的环境渲染，有力地烘托了战场上"力尽"势孤"斗兵稀"的悲壮气氛，对"身当恩遇常轻敌"的边帅提出了强烈的控诉。

在诗文中，诗人还从沙场的白刃格斗宕开一笔，写了长安少妇和戍卒的两地相望，相见无期的情景："少妇城南欲断肠，征人蓟北空回首。"想到离别后，妻子痛哭流涕的样子，征人心中无限惆怅。这样使诗歌的意境显得更加深沉，时空感更加恢弘，既有大气包举之势，又催人泪下。

诗人还以概述的手法描写边塞士卒单调的艰苦生活。白天看的是"杀气三时作阵云"；夜间听到的是"寒夜一声传刁斗"。在最后诗人不禁感叹道："君不见沙场征战苦，至今犹忆李将军。"诗人在此追忆八百年前处处爱护士卒的李广，意义尤为深远，暗含对当今那些昏庸无能将帅的讽刺。以此结束全篇，意境显得更加雄浑而深远。

高适的《燕歌行》被后人称为高适的"第一大篇"。不但如此，它在整个盛唐边塞诗中也是鲜有匹配的名篇。

诗史中的"双子星座"
shī shǐ zhōng de shuāng zǐ xīng zuò

在唐代诗坛上，有两位最杰出的诗人：李白与杜甫。他们被称作诗史中的"双子星座"。他们一个豪放浪漫，一个沉郁现实；前者诗文意气昂扬，故袅袅上升，飞入云霄，似野鹤闲云，随风飘逸；后者诗文沉郁敦厚，故沉沉下坠，潜入心海，感慨激荡，回旋纡折。加之两人深厚的友情，他们如同天空中两颗璀璨的明星，光耀生辉，流传后世，为人称颂。

浪漫与现实是两种截然不同的创作风格，如双峰对峙，各有特色，不可替代。

李白（701—762 年）是盛唐诗坛的泰斗，在这位伟大的浪漫主义诗人的诗作中，浪漫主义精神和浪漫主义的表现手法达到了高度的统一。

李白生活的时期，是唐朝在经济、政治、军事和文化等方面都发展到了空前繁荣的时期。因此，李白的诗文，有许多是赞美祖国壮丽的山河、歌颂建功立业的理想，表现的是盛唐文化熏陶之下的理想主义、英雄主义的浪漫精神。但在大繁荣的背后，社会矛盾开始激化，统治阶级日益腐化荒淫，政治也越来越黑暗。这种社会状况使李白的中后期诗文包含了丰富的社会内容。李白中后期的诗作，多以抒情的方式，揭露封建社会压抑人才的黑暗现实，表现了对劳动人民疾苦的关心。在他的诗中，两种内容都得到了充分的表现。

如《大鹏赋》、《明堂赋》、《大猎赋》等表现出李唐王朝蒸蒸日上的蓬勃景象；《行路难》、《翰林读书言怀》、《古风》等用浪漫的创作手法，表现出诗人郁郁不得志、受小人排斥的苦闷心情；《丁都护歌》等则表现下层劳动人民的生活。

《梦游天姥吟留别》充满了浪漫主义精神。全诗以"梦游"的形式，描绘了一个千变万化、与污浊现实相对立的奇异美妙的神仙世界。浩荡无

图为李白和杜甫像。李白浪漫飘逸，诗酒豪迈，狂放不羁而有"诗仙"的美誉；杜甫则身处穷困之境而有救世之怀，以其家国天下的现实关怀而被尊为"诗圣"。

际的天空，太阳照耀着黄金白银建成的宫阙。用霓虹做衣，以飘风为马，用猛虎鼓瑟，鸾凤驾车的各种神仙，飘忽而降。这种幻想的超现实情节，深刻地表现了李白要求摆脱黑暗现实束缚的斗争精神。而且这种斗争精神又与他那种傲岸不羁、蔑视权贵的思想紧密联系在一起。结尾处写梦醒后的思想活动，除却表现了诗人想逃避现实的消极因素之外，更包含着他绝不与黑暗现实妥协、绝不与权贵同流合污的可贵品质。

总之，李白的诗文，充满了奇特的想象，大胆的夸张，是浪漫主义的典范。

杜甫（712—770 年）是我国文学史上伟大的现实主义诗人。他的诗极具丰富的社会内容、鲜明的时代色彩与强烈的政治倾向，并且充满着热爱祖国、热爱人民，不惜牺牲自我的崇高精神。

杜甫终生关切人民，只要一息尚存，总希望国泰民安，看到人民过点好日子："尚思未朽骨，复睹耕桑民。"（《别蔡十四著作》）在"三吏"、"三别"、"羌村三首"等诗中，杜甫不仅反映了人民的痛楚，也大胆地、深刻地批评了现实的弊端，表达了下层人民的思想感情与要求。"安得广厦千万间，大庇天下寒士俱欢颜"，多年饥寒的体验，使杜甫加深了对人民的同情，有时甚至忘却了自己。当自己居住的茅屋为疾风所破时，他宁愿"冻死"来换取天下穷苦人民的温暖。

杜诗渗透着爱国热忱。如《闻官军收河南河北》、《春望》、《丽人行》等。即使是一些写景、咏物之作，也无不渗透着人民的思想感情和无私精神，如《春夜喜雨》、《月夜》等。

杜诗通过鲜明的艺术形象高度概括了当时的社会生活面貌，概括性与形象性达到完美的统一。"朱门酒肉臭，路有冻死骨"，仅仅十个字，就概括出了封建社会阶级剥削的赤裸裸的现实，且有强烈的议论性，形象鲜明，对比强烈，撼动人心的思想力量包蕴在动人的艺术形象中。

李白与杜甫是浪漫主义与现实主义的代表。李、杜的诗歌把浪漫主义与现实主义推向了一个新的更高、更成熟的阶段。

都说"文人相轻"，但李、杜之间的友情如他们的诗歌，为后人所称道。

天宝三年（743年），李白"赐金还山"来到洛阳，三十三岁的杜甫正在洛阳姑父家中寓居。闻听此事，杜甫鼓起勇气，去拜会名震天下的狂客李白。

初次见面，李、杜两人就有似曾相识、心心相通之感。一见如故，情真意切，不忍分离。于是，他们携手同游梁园。在开封又遇青年诗人高适。三人看到残宫剩阙，慷慨怀古，借饮酒吟歌，抒发各自的情感，排遣心中的忧思。

分手以后，李白和杜甫又在鲁郡（今曲阜）相会。

天宝四载秋天，李、杜两人在山东曲阜相聚，并拜访了范十。范十也曾当过小官，因为厌烦官场生活，向往大自然中悠然自得的田园生活，便辞官归隐。李白与杜甫费了一番周折，叩开了隐士的大门。他们三人吃着新鲜蔬菜和山果，尽情干杯，谈论天下奇闻轶事，高兴之时就吟诗高歌。三人欢聚十来日，互相告别。杜甫《与李十二白同寻范十隐居》就写出了他与李白交游情景及深厚的友情："余亦东蒙客，怜君如弟兄。醉眠秋共

被，携手日同行。……不愿论簪笏，悠悠沧海情。"李白的《鲁郡东石门送杜二甫》，也表达了两人相处的深厚感情。

此次别离，两人以后再未曾相见。但他们的心是相连的，都在想念挚友和相聚时那欢快的情景。如李白的《沙丘城下寄杜甫》，杜甫的《不见》。李白最困难时，杜甫为李白鸣不平，给李白安慰和支持："不见李生久，佯狂殊可哀。世人皆欲杀，吾意独怜才。敏捷诗千首，飘零酒一杯。匡山读书处，头白好归来。"两人虽然不能见面，但都在想念对方，给对方大力的支持。

公元762年十一月，六十二岁的李白病死于安徽当涂。八年后，杜甫也在穷困中死去。

李、杜两位伟大诗人，不仅以他们无与伦比的创作，达到了中国诗歌创作的浪漫主义和现实主义的新的高峰，而且也给人类留下了无价的文学财富，他们纯真的友谊、坦荡的胸怀成为后人学习的榜样。

繁星闪烁的夜空，有两颗耀眼的星座，相互注视，相互关怀，永世不变。

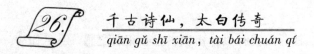

26. 千古诗仙，太白传奇
qiān gǔ shī xiān, tài bái chuán qí

李白是中国诗歌史上最浪漫、飘逸的诗人之一，他在诗中塑造的形象以及流传下来的关于他的各种各样的传说使他在人们心目中从"人"转变为"仙"。一千多年以来，他被人们称颂为"谪仙"、"诗仙"。

李白生活在富庶安定的盛唐时期，当时的社会环境培养了青年人对事业前途强烈追求的愿望。李白一生最大最主要、为他长期所追求而始终不渝的志向只有一个，就是辅佐皇帝，治理天下，干一番大事："申管、晏之谈，谋帝王之术。奋其智能，愿为辅弼。"李白非常自负，他常常以大鹏良骥自况，作有《大鹏赋》，他在诗中也说："大鹏一日因风起，扶摇直上九万里，假令风歇时下来，犹能簸却沧溟水。"

但是，李白的伟大志向还有其与众不同之处，带有自己极其鲜明的特色。"近者逸人李白，自峨眉而来。而其天为容，道为貌，不屈己，不干人，巢、由以来，一人而已。"李白是企图将积极入世的政治抱负和消极出世的老庄思想、隐逸态度结合起来，由隐而仕而终归于隐，以退为进而急流勇退。李白二十六岁时，为了实现他的政治理想，"仗剑去国，辞亲远游"。他的漫游有恣情快意的一面，但也有他的政治目的。他没有也不屑于参加科举考试，因为这和他的"不屈己，不干人"的性格以及"一鸣惊人，一飞冲天"的宏愿都不相符合。因此，在漫游中，他有时采取类似纵横家游说的方式，希望凭自己的文章才华得到知名人物的青睐，如向韩朝宗上书；有时则又

现代画家傅抱石绘《李太白象》，取材于李白《月下独酌》诗，传神地表现出李白睥睨一切的豪迈气度。

沿着当时已成风气的那条"终南捷径"，希望通过隐居学道来树立声誉，直上青云。他尝自言"隐不绝俗"，说出了隐居以求仕的目的。

李白三十岁前后的漫游时期，诗歌风格已经完全成熟了。他的创作充满着对于理想追求的浪漫豪放特色，其具体的表现就是对于任侠和求仙的向往与赞颂。任侠表现了一种对于自由快意的生活的追求和对于一些不合理现象的反抗；求仙，就其积极方面的意义说，表现了一种对于现实生活的蔑视，要求在精神上解放自己。李白在江陵时遇到隐士司马承祯，司马承祯曾说他有"仙风道骨"。他又和道教中人胡崇阳、元丹丘等人来往过。

他的诗集中也有许多关于游仙学道的诗，如"尧舜之事不足惊，自余嚣嚣直可轻。巨鳌莫载三山去，我欲蓬莱顶上行。"表现了一种对于高度自由的追求，一种要求解放自己的情绪，因此，他倜傥不羁，蔑视一切束缚人的既定的社会秩序。

李白在漫长的漫游生活中，以其杰出的"诗文创作"名播海内。742年，在道士吴筠的推荐下，唐玄宗召他入京。"愿为辅弼"是李白一向的抱负，与皇帝见面的机会到了，他自然很高兴，以为以后就可以顺利地施展自己的才能了："仰天大笑出门去，我辈岂是蓬蒿人！"扬扬得意之情溢于言表。到了长安，受到玄宗隆重接待："皇祖下诰，征就金马。降辇步迎，如见绮皓。以七宝床赐食，御手调羹以饭之……置于金銮殿，出入翰林中。问以国政，潜草诏诰，人无知者。"（《草堂集序》）说明当时李白确受玄宗信任，自己也觉得鹏程无限。"待我尽节报明主，然后相携卧白云"，他已想到功业可就："尽节报明主"，然后功成身退："相携卧白云"，表明他坚信可以实现自己的理想了。

天宝二年（743年）秋天，由于他遭谗言毁谤，思想发生了很大变化。李白在《玉壶吟》中对佞臣进谗表示了愤慨："君王虽爱娥眉好，无奈宫中妒杀人。"而唐玄宗只是把他当做御用文人看待，让他写作一些华丽的点缀升平的新词，增加宫廷生活的乐趣而已。李白在繁华的长安找到了一些谈得来的朋友，一起饮酒酣歌，寄托他的狂傲与愤懑。

在长安三年，李白对中央统治集团的腐化和罪恶，有了较清楚的认识。

李白的傲岸态度显然不见容于上层社会。他曾经在皇帝筵前吃醉了酒，抬起脚让皇帝的近侍和心腹高力士脱靴，引起了高力士的忌恨。据说杨贵妃很喜欢李白的《清平调》，高力士进谗言说："李白用赵飞燕来比您，太看不起您了。"于是杨贵妃也就恨起李白来了。李白在长安实在住不下去了，只好离开了。

李白自从744年离开长安，以后十年又是在各地漫游中度过的。这时描述求仙的诗则较多了起来。他把自己对于自由解放的要求，合理世界的

今日太白堂（四川江油）。徜徉其间，怎会不生无尽的想象？

憧憬和游仙的想象结合起来，寄托了自己的傲岸不群和对现实不满的情绪。诗人不禁高呼："安能摧眉折腰事权贵，使我不得开心颜！"诗人并不能找到另外的出路，只能把自己寄托于天姥梦境。《古风》十九更典型地说明了诗人游仙和"入世"的矛盾。诗人已经登上了云台，然而"俯视洛阳川，茫茫走胡兵，流血涂野草，豺狼尽冠缨"。他对祖国命运的关怀和对人民的热爱，是多么的深刻和执著啊！一个天上，一个人间；一个理想，一个现实，两者构成了鲜明的对照。

这时，安史之乱已经爆发，永王李璘三次征召李白，李白认为这是报效祖国、"兼济天下"的好机会，参加了永王幕府。但是李白的爱国热诚和建功立业的理想不久就被皇室内部的斗争所粉碎，李璘被肃宗出兵消灭，李白也获罪浔阳。第二年流放夜郎，行至巫山遇赦放还。《早发白帝城》表现了他喜悦畅快的心情："朝辞白帝彩云间，千里江陵一日还，两岸猿声啼不住，轻舟已过万重山。"

遇赦后，李白相信朝廷还会征召自己，对实现自己的理想仍然抱有信心。肃宗上元二年（761年），李白暮年从军，不幸半途生病，次年病逝于当涂。"天夺壮志心，长吁别吴京"，他对失去最后一次建功立业的机会感

到非常难过。逝世前李白作有《临路歌》：

> 大鹏飞兮振八裔，中天摧兮力不济。余风激兮万世，游扶桑
> 兮挂左袂。后人得之传此，仲尼亡兮谁为出涕！

他一向喜爱以大鹏自比，他喜爱像庄子《逍遥游》中所描写的"其翼若垂天之云"、"抟扶摇而上者九万里"的那种自由无碍的境界。他虽然始终都有很强的自信心，而且富有乐观的情绪，但"中天摧兮力不济"，一代"诗仙"在生命的感慨中结束了他的一生。后人传说他醉酒入水捉月而死，其实这传说表现了后人对他的永久的怀念。

应诏长安与长流夜郎
yīng zhào cháng ān yǔ cháng liú yè láng

天宝元年（742年），四十二岁的李白，因好友元丹丘在玄宗的妹妹持盈法师（玉真公主）的面前极力夸奖他的才学，使玉真公主对李白产生好感，并在玄宗面前推荐李白，这样，怀抱壮志的文坛巨子——李白，经历了一次政治上的大辉煌。

李白接到朝廷的诏文，真是大喜过望，稍做准备，就匆匆上路，这在他的《南陵别儿童入京》里表现得很明显："仰天大笑出门去，我辈岂是蓬蒿人！"李白前半生游历大半个中国，遍访贤人名士，胸怀旷世奇才，也有治国谋略，却报国无门。如今朝廷召见，他以为"奋其智能，愿为辅弼"的抱负一定能实现，因此，李白踌躇满志地快马加鞭，日夜兼程赶到长安。

李白来到长安，住在招贤馆，等待玄宗的召见。闲来无事，一天他到紫极宫游玩，遇见了太子宾客贺知章。当贺知章看完李白的《蜀道难》，连声说："好，太好了！这首诗真可谓是天地为之惊，鬼神为之泣啊！"贺知章看完诗又仔细看看李白说："看到这么绝妙的诗，再看你不同凡夫的相貌，好像是太白星下凡了。""李谪仙"的称号从此而来，并从此传开。

两人越说越投机，越说越高兴，不约而同走到一家酒馆小酌续谈。尽兴之后，两人抢着付钱，可笑的是两人都忘了带银子，结果贺知章把佩带上的小金龟押在了店家。临分别时，贺知章对李白说："虽说我不是当朝重臣，但可经常面见皇上，我会面奏皇上，请皇上亲自召见你。"

由于贺知章的推荐，不多几日，玄宗就召见了李白。在庄严辉煌的金銮殿上，玄宗看到李白气宇轩昂，不同凡人，心里很高兴，说："爱卿仅仅是一名普通百姓，名声却能被朕得知，不是爱卿有真才实学，怎么会有如此高的名声？世人独知汉武帝有司马相如，从今以后，也知朕有李太白。"最后封李白为"翰林待诏"。这个职位就是在翰林院里，随时准备皇帝下诏，为皇帝起草文书，为皇帝宴游做助兴诗文，虽然是个小角色，但在当时的文人心目中，还是相当荣耀的。这时，李白有些飘飘然了，一是他可以经常面见皇帝，可以实现他的报国之志；二是因为玄宗的赏识，使他身价倍增，这使以前看不起他或欺辱过他的人，如今在他面前也点头哈腰，巴结他，奉承他。

李白在翰林院里，等待玄宗的召见，希望能在玄宗面前阐述治国策略。可玄宗并不常召见他，有时召见他，也不过是给皇帝和杨贵妃当侍从，陪他们游玩，或者为皇帝助兴写几首新歌词。如《清平调》三首：

> 云想衣裳花想容，春风拂槛露华浓。
> 若非群玉山头见，会向瑶台月下逢。
> 一枝红艳露凝香，云雨巫山枉断肠。
> 借问汉宫谁得似？可怜飞燕倚新妆。
> 名花倾国两相欢，长得君王带笑看。
> 解释春风无限恨，沉香亭北倚栏干。

李白奉诏又作了《宫中行乐词八首》、《龙池析色初青，听新莺百啭歌》、《春日行》、《白莲花开序》等诗文。这些诗文有些是李白有感而发，有的是为了迎合玄宗和杨贵妃的欢心，因为他知道，如果玄宗对自己不满意，他的辅佐天子"济苍生，安社稷"的理想就很难实现。此时的李白，

李白《蜀道难》诗意图。"蜀道之难，难于上青天"将蜀道之难描摹得淋漓尽致。

对侍候娘娘赏花，为梨园写歌词的生活已感厌烦，可他天真地在等待，等待玄宗的重用。虽然他已发现如今的皇帝已不是为百姓生活幸福，国家富强励图变革，广招贤才的明君，但他希望玄宗能改变，重塑大唐明君的形象。

李白内心很苦闷。他狂傲不逊的性格，嗜酒如命的习惯，蔑视奸恶小人的做法，得罪了一些人，高力士就是其中一个。

高力士是宦官总管，玄宗和杨贵妃的红人。玄宗沉湎于后宫歌舞美女之中，有些文表进奏都先呈给高力士，然后再送给玄宗，有许多事，高力士就决定了。这样的红人，文武百官巴结都来不及，可李白却没有把他放在眼里。

有一次，李白奉诏为玄宗起草诏文。当时他已喝得有些醉意，正准备起笔写诏文，抬眼看到身旁不男不女的高力士，一脸奴才小人相，心里想：我得教训教训他，让他难堪。想到这里，李白启奏玄宗说道："臣此装束，很受约束，有碍臣尽其所能。"玄宗说道："你随便一点不妨。"李白便摘掉帽子，脱下皮袍，拿笔抬脚就要上御榻，此时他好像才发现靴子还没脱，于是，他顺势抬脚，对旁边的高力士说："劳驾，请帮忙把靴子脱下来！"高力士一愣，心里有些恼怒，可他不敢发作，他本想玄宗能制止，可玄宗没吱声，他高力士再大的胆子也不敢说什么，奴役惯的双腿已经屈下，帮李白脱下了靴子。李白心情特别高兴，不管高力士失神的样子，笔走龙蛇，草书诏书。

李白豪气冲天的性格，使得他在翰林院中越来越受束缚，嗜酒如命的习惯，加之他得罪了像高力士这样的红人，使得他的日子过得很不舒服。高力士为李白脱靴，自认为是奇耻大辱，心胸狭窄的他怎能放过李白呢？他就像一只饿红眼睛的野狗，随时准备对李白下口。

一天，高力士在后宫走动，见杨贵妃正依窗吟唱李白写的《清平调》，唱到"借问汉宫谁得似，可怜飞燕倚新妆"时，高力士认为时机已到，走到杨贵妃跟前说："娘娘，你认为这首诗写得怎样？"杨贵妃说："当然好了，李白把我比作汉朝时的美女赵飞燕。"高力士又凑前一步说："娘娘可知赵飞燕是娼家出身？又可知她的悲惨结局？奴才认为，李白这是绕着弯骂娘娘。""好你李白，竟敢骂到我的头上，有你好日子过！"杨贵妃怒气冲冲地走了。高力士见他蓄谋已久的计策成功了，望着杨贵妃的背影，得意地奸笑几声。

李白对御用文人的生活日渐厌烦，高力士等人对他的排斥也日趋加紧，又有杨贵妃在玄宗面前搬弄是非，使玄宗对李白很冷淡，几乎不召他进宫。李白对宫廷内幕的了解，使他对"盛世"越来越怀疑，对玄宗也越来越失望，他看不到真正的圣明天子，因此，李白去意已定，这在他的《送裴十八图南归嵩山》一首可看出。

天宝三年（744年）春，李白看到自己不能被朝廷的"大臣"及皇帝所容，于三月上书玄宗请还山，玄宗很快批准，自此挥泪一去，终身不复入长安。

这是李白政治上的一次大辉煌，也是一次大跌落。

天宝十四年，安禄山以二十万之众反于范阳，仅仅一个多月就攻占洛阳。第二年六月，攻陷潼关，玄宗仓皇奔蜀，长安随即陷落。龙楼凤阙在摇晃，玉阶丹墀在倾斜。中原横溃，生灵涂炭，大地在震动。

此时，李白正在南逃途中。消息传来，他日夜痛哭。几天之间，头上就好像铺了层霜雪。一路之上，他感到自己好像是去国万里的苏武，亡命入海的田横，心中充满了国亡家破之感，前途漫漫，不知何处是自己的归处。偏偏子规鸟声声啼血："不如归去！不如归去！"他不禁仰天长叹："归心落何处？日没大江西！"他本来想去越中，后来终于沿江而上，到了庐山屏风叠隐居。

李白虽避居山中，心中却如巨浪滔天，常常是夜中不能寐，日里心茫然。他的心也常常飞到千里之外，飞到中原上空，看到洛阳城里生灵涂炭，一大群豺狼作威作福；飞到秦川上空，看见烈火焚烧着唐王朝列祖列宗的陵庙；飞到黄河上空，看见两岸的人民"如风扫落叶"一样飘落在沟沟洼洼。他的心飞遍了四海神州，却只能看着全国人民西望长安，掩面而泣。虽有济苍生的凌云之志，却更有无可奈何之情，只能慨叹："苦笑我夸诞，知音安在哉？""吾非济代人，且隐屏风叠。"就这样，李白在深山勉强度过了几个月的隐居生活。转眼已到了至德元年的岁暮，寂寞苦闷的李白见到了他阔别多年的老友韦子春。此时的韦子春是永王李璘幕下的司马，此来的目的就是邀李白入永王幕府，而且还是"辟书三至，人轻礼重"，三顾茅庐。

但李白还是太天真了，在永王军中，他以为自己像乐毅登上了黄金台，为自己报国有路的幻想所陶醉，而永王根本就没封过他一官半职。在东进途中，李白更是浮想联翩，诗情汹涌，接连写下了《永王东巡歌十一首》。他满以为李璘出师东巡是奉朝廷之命，旨在"救河南"，"扫胡尘"，一清中原。李白还在歌颂他们"圣主"和"贤王"之时，就已堕入了玄宗和肃宗父子之间、李亨和李璘兄弟之间的争权夺利的旋涡之中。而他还不明察，以为借之可以立功报国。但是好梦总是容易早醒，内战终于在金陵附近展开。永王璘兵败而死，李白亦被以"附逆作乱"的罪名投入浔阳监狱。这一年是唐肃宗至德二年春。

不久，宋若思上书推荐李白为可用之才。谁知肃宗降下旨来却是：长流夜郎！而且这次是"放死"，没有生还的希望，是比之入狱更为残酷的打击。李白对此除了深感愤怒之外，更为痛心的是对封建统治者的失望。

唐肃宗乾元元年春天，五十八岁的李白，从浔阳出发，踏上了流放之路。从安禄山作乱起，自春及夏，从宜州到杭州，匆匆来去，居无定所。而今，他又与老妻别离，再见似乎已很遥远。"憔悴一身在"、"双飞难再得"，他的夫人宗氏和宗氏的弟弟宗璟一直把李白送到离浔阳五里的乌江才黯然分别。他走的是长江水路，经江夏，上三峡，再走向他的流放地

李白《早发白帝城》诗意图

——夜郎。李白到了江夏，太守韦良宰是李白故人，把李白留下来休息了三两个月。张镐和魏颢也为李白送来了关怀。

"夜郎万里道，西上令人老。"走上了流放长途的李白，心情是异常沉重的。途经的一草一木无不与他自己的身世际遇相连，勾起他无限感伤。

站在白帝城头，李白百感交集。他想起青年时代从这里出三峡，下长江，东游金陵与扬州……那时的大唐王朝光辉灿烂，自己也意气风发；后来国事日非，自己也每况愈下。再后来战乱一起，社稷风雨飘摇，自己也陷于九死一生的境地，他这一生与大唐的国运竟是如此的如影随形，翘首

北望，悲从中来；展眼南望肝肠欲绝，就在这个时候，一个意外的消息传来了：乾元二年二月，朝廷因关中大旱，宣布大赦，赦书规定："天下现禁囚徒，死罪从流；流罪已下，一切放免。"李白是流罪，也在放免之列。这样，在经历了十五个月的流放之后，还没到达夜郎，李白又重新获得自由。他高兴得几乎发狂，他以为自己否极泰来了，他幻想马上就要重见太平盛世了，朝廷既然赦免了他，就可能还要起用他，他的亲朋好友一定在等待着他的归来。于是在一个朝霞满天的黎明，他踏上了东去的小舟，趁着新发的春水，飞似的顺流而下，在船上写下了他的《早发白帝城》：

> 朝辞白帝彩云间，千里江陵一日还。
>
> 两岸猿声啼不住，轻舟已过万重山。

28. "酒仙"李白：斗酒诗百篇
jiǔ xiān lǐ bái : dǒu jiǔ shī bǎi piān

李白一生才情奔逸，经历坎坷传奇，留下许多令人惊叹的名篇与传说。其中关于"酒"的故事更是流芳百世，引为佳话。

最有名的传说当属"李白一斗诗百篇"（杜甫《饮中八仙歌》）了。据说李白在长安时，有一次醉眠酒楼，得唐玄宗召见填词。李白说道："我醉欲眠君且去。"李龟年无奈，只得令人将他抬至宫中。当时园中牡丹盛开，香艳怡人。玄宗命其作词，他却请求赐酒，自称"臣是斗酒诗百篇，醉后诗写得更好"。果然，三篇著名的《清平调》饮罢即成。李龟年等乐师即时演唱，玄宗玉笛伴奏，一时君臣同乐，好不热闹。这件事后来被杜甫写作"李白一斗诗百篇，长安市上酒家眠，天子呼来不上船，自称臣是酒中仙"。生动记载了李白以酒为趣，以酒作诗的独特性格。

另有孟棨《本事诗》所载李白酒后"拜舞颓然"，竟能"取笔抒思，略不停辍，十篇立就，文不加点"，更是传神。可见，李白虽然免不了囿于酒中及时行乐之嫌，却由于他总是酒后诗兴横溢，妙笔生花，得到了"醉圣"、"酒仙"的雅号，在中国文学史上实为仅有。

正因此，历来有许多诸如"李太白醉写吓蛮书"、"醉后水中捉月而死"的传说，也有"会须一饮三百杯"、"愁来饮酒二千石"的夸张之词。虽不可信，但都充分说明了李白一生与酒结下的不解之缘，说明李白的酒情结。

李白在生活中的确是须臾不离酒的，这与他傲岸不屈、狂放不羁的个性完全相符。他酒兴大发的原因，主要是基于追求自由的精神品质。

李白一生嗜酒，关于他与酒的故事很多。传说他小的时候十分爱喝酒，以酒为食。有一天，他的父亲实在气不过了，就把他装进了盛满酒的酒坛子里。几天过后，他的父亲打开酒坛子一看，发现酒全没了，而李白呢？却因饮酒过多而在酣然大睡……

李白在仗剑远游和长安三年时期，多半是豪迈和乐观自信的。因此饮酒只是为了一种精神的解放，真正是"酒酣益爽气，为乐不知秋"。腰缠万贯的李白过着豪纵的生活，对前途也充满了乐观进取精神，每每于酒后表

太白醉酒图。杜甫诗云："李白一斗诗百篇。"李白自己诗曰："五花马，千金裘，呼儿将出换美酒，与尔同销万古愁。"李白与酒已成为不可分割的两个意象。

现出不受拘束的傲岸来。

李白还常救济一些怀才不遇的"落魄公子",曾有一年间"散金三十余万"之说。他希望在饮酒挥霍中广结天下有识之士,"结发未识事,所交尽豪雄"。可见李白是以酒交友的。其时贺知章、杜甫等人颇与李白相投。他们都要求摆脱社会羁绊,总是在酒后的高谈阔论中获得超俗的酣畅。

李白晚年仍不失放浪纵恣,但心境却不相同。晚年的李白更为嗜酒如命。李白一生才华过人,曾被当时名士贺知章称之为"谪仙人"。他生活的时代,已是唐朝由盛转衰之时。早年的唐玄宗举贤任能、励精图治,颇有其祖李世民之遗风。但后期的唐玄宗,却终日沉湎于歌酒声色之中,内宠杨贵妃,外用李林甫、杨国忠为相,兼信宦官高力士。唐王朝危机四伏,就在这种情况下,李白走向仕途,他怀抱鸿鹄之志,准备为国尽力。然而,现实一次次熄灭了他的理想。第一次长安之行,无功而还。第二次长安之行,成为翰林,又因得罪权贵,以"赐金还山"名义被赶出长安。永王南下,三次请其出山,他本以为能够大展宏图,却不想无意识地卷入了皇家内部斗争,随着永王的失败,他也被牵连,以五十七岁的高龄,被长流夜郎,在去往夜郎的途中遇赦。这时候的李白依然怀有报国之志,但不免有些消沉,并且经济情况也十分窘迫,只能靠着亲友接济度日。长安三年,使他在豪放的生活表象下,产生了许多曲高和寡、孤寂彷徨的怅惘和苦闷,也对唐朝统治集团内部的腐化堕落有了较清醒的认识。离开长安后的十载漫游中,生计渐窘,仙道难求,诗人更沉溺于酒了,但此时饮酒更多的是为了消愁。他说:"穷愁千万端,美酒三百杯,愁多酒虽少,酒倾愁不来。"足见他内心的烦闷。酒既是享乐之物,又包含了诗人对人事无常的感慨,怀才不遇的愤懑。

经过安史之乱后,诗人更是每况愈下。社会动乱,个人遭遇不幸,家人星散,使他内心充满了生离死别的悲愁。国家出现转机,李白流放归来后,才又恢复了以前酣饮高歌的生活。他常"愁来饮酒二千石,寒灰重暖生阳春"。可见尽管经历了苦难,诗人豪迈乐观的气度并未改变。诗人正是在酒中显露他浪漫飘逸的性格的。

年青时代，李白写了许多意气风发、愤发图强之作。如《短歌行》"北斗酌美酒，劝龙各一觞"，豪情激荡，来势汹涌。"酒隐安陆"十年间，诗人在多首诗中塑造了一个才华横溢、狂放不羁的抒情主人

唐代的酒具制作精细，纹饰瑰丽，显示出唐代的审美情趣，也反映了唐人重视饮酒的习俗。唐代视饮酒为政和民乐的象征，开放酒禁，所以才有李白等一批酒仙文人。

公形象。诗人借西晋山简这位纵酒放达的人物，吟诵着奔放的酒的意象。"遥看汉水鸭头绿，恰似葡萄初发醅；此江若变作春酒，垒麹便筑糟邱台！"我们从中看到诗人热情豪放的个性完全渗透在酒的形象当中了。

但李白的饮酒诗并不都是自由浪漫、坦然无忧的。如《月下独酌》（其一）中，就已在酒中平添了许多孤独感。"花间一壶酒，独酌无相亲。举杯邀明月，对影成三人。……醉时同交欢，醉后各分散……"一缕愁绪弥漫在月下独酌之人的心头。而李白最为成熟也最为人所熟知的自然是《将进酒》。在这首诗中，奔涌而出的是诗人那种人生如梦的感慨、怀才不遇的苦闷。"钟鼓馔玉不足贵，但愿长醉不复醒！古来圣贤皆寂寞，唯有饮者留其名。""五花马，千金裘，呼儿将出换美酒，与尔同销万古愁。"政治上的失意，对社会黑暗的不满，使诗人心中郁结了难解的愁肠。他只能在酒中表达自己的理想、志趣和不平。诗中既有他不愿同流合污的高洁操守，也表达出诗人济世无路的愤慨，从而使诗歌具有了震撼人心的威力。

总之，李白前期的诗多以酒为乐，后期的诗中"酒"总是与"愁"相

连，这与他的人生经历、仕途起伏密不可分。

需要指出的是，李白的饮酒诗之所以富有魅力，不在于酒本身，而在于这些诗充分表现了李白的思想和性格。正是李白自身狂放不羁的性格使酒与他相伴一生，使酒在他的诗中起到了独特的抒情效果。

李白在这痛苦的挣扎中，将豪情化为豪饮，终因饮酒过多，酒精中毒，以"腐胁疾"于上元二年（762年）病死当涂。在临死之前，他将自己的作品托付给自己的族叔李阳冰，请求他为自己的作品作序，这就是《草堂集》，可惜已经失传了。而李阳冰的序，也就是今天极为重要的研究李白的资料——《草堂集序》。李白，这一文坛巨人，终于在报国无门、"鬓先秋，泪空流"中逝去。在临终之前，他写下了《临路（终）歌》："大鹏飞兮振八裔，中天摧兮力不济。余风激兮万世，游扶桑兮挂左袂。后人得之（兮）传此，仲尼亡兮谁为出涕？"他依然将自己比作大鹏，然而却因力量不足，而从高空九万里中折落下来，壮志未酬身先死，这是李白一生的悲剧。

与李白病死一说同时存在的还有一说，那就是李白酒醉逐月，落水而死。这种说法也是有其合理之处的。李白在李阳冰那里呆了一年多，虽靠

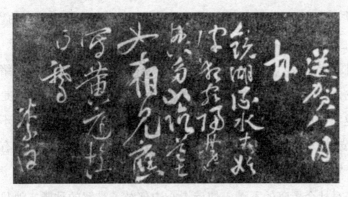
李白《送贺八归越》手迹石刻

这个族叔接济，却因同族叔关系甚笃，一直过得很自在。由于有"腐胁疾"病，众人都劝他少饮酒，他笑笑不理。一天，闲来无趣，他便独自一人来到采石矶，找到一个船家，令其沽几斤酒，然后泛舟水上，一边观看水上风光，一边饮酒，还不时地同船家唠上几句，渐渐地，太阳落下山去，月亮出来了，李白也有了几分醉意，船家知他身

体不好，便劝他少喝两口，可是今晚的李白似乎豪情大发，他仿佛又回到了壮年，回到了绝不"摧眉折腰事权贵"时的傲岸的李白。他记起了自己曾大笑着去往长安；记起了老皇帝李隆基曾亲自为他调羹；记起了自己曾让高力士脱靴……他记起了很多很多，然而现在，自己已经年老了，已经病入膏肓了，已经不可能再为国家效力了，而国家也已经支离破碎了，人民已处于流离失所的苦难之中。于是他对着明月，不禁高歌道："大鹏飞兮振八裔，中天摧兮力不济。余风激兮万世，游扶桑兮挂左袂。后人得之（兮）传此，仲尼亡兮谁为出涕？"想到了自己一生的理想，却因"力不济"而尽化云烟了。这一生，他究竟追寻到了什么呢？没有人理解他，孔子已过世千年，谁还会为他而哭泣？想到这儿，他忽然看到水中的月亮，那光灿灿的月亮离他竟是如此的近，近得似乎触手可及。他笑了，他伸出手，他想，这一辈子难道这么近的一轮明月都碰不到吗？他探出了手，又探出了身子，终于揽住了明月。……迷迷糊糊的船家一抬头，发觉自己最钦佩的李学士居然已经在水中了。喊已经来不及了，他睁大了眼睛，看到了一个令人难以置信的场面：李白正怀抱明月，坐在一头白鲸上，向天上飞去……

无论是哪种说法正确，李白都确实去了。他留下了近千首的优秀诗篇，也留下了千百年来人们对他的赞颂和深切怀念。人们为他的死编织了最美好的梦，他已同这个美好的梦一起长留在人们的心中……

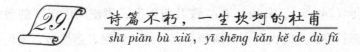

29. 诗篇不朽，一生坎坷的杜甫
shī piān bù xiǔ, yī shēng kǎn kě de dù fǔ

杜甫，字子美，是我国古代最伟大的现实主义诗人。玄宗先天元年（712年）出生在河南巩县的一个传统的仕宦家庭。他的十三世祖是晋代名将杜预，对此，杜甫常以此为荣，这对诗人一生的政治抱负，起着一种楷模和鼓舞作用。他的祖父杜审言是武则天时期的膳部员外郎，父亲杜闲为兖州司马、奉天县令，母亲是当时著名学者崔融的长女。可以说他的祖先

杜甫画像。深沉凝重的面孔，使人联想起他所经历的乱世沧桑。这些反映在他的诗中，是一份沉重，一份悲凉。

多半是太守、刺史、县令，因而这样的家庭有田产还不用纳税，男子也不用服兵役，在社会上有很多封建特权。

杜甫降生后，他的家庭声势已大不如从前那般显赫了，渐渐衰落下来，但每逢元旦聚会和婚丧嫁娶，远近的亲友都来观礼。由此，人们可以理解杜甫庸俗的一面。他中年时期在长安那样积极地营谋官职，不惜向任何一个当权者寻求引荐，这和他家庭的传统是分不开的。

杜甫三十五岁之前，是读书和漫游时期。这时正值开元盛世，家里的经济状况也较好，是他一生中最为惬意的时期。诗人自七岁时就开始作诗，"读书破万卷"地刻苦学习，为他的创作准备了充分的条件。二十岁时，他结束了书斋生活，开始了为时十年的"漫游"。他先南游吴越（江苏南部、浙江），后游齐赵（山东、河北南部）。游齐赵时，曾先后和苏源明、高适、李白等人结伴遨游，登高怀古，豪饮狩猎，赋诗作文，生活十分开心。这期间大大开阔了他的眼界，但由于这种生活不可能使他深入地认识社会现实，因此在诗歌创作上，其佳作不多，只能算是他诗歌生涯中的准备阶段。

天宝五年（746 年），杜甫怀着"致君尧舜上，再使风俗淳"的政治抱负来到唐都长安。这时大唐帝国渐趋衰落，统治阶级日趋腐败，人民日益痛苦。李隆基做了三十年的皇帝，眼看着海内升平，社会富庶，觉得国内再也没有什么可值得忧虑的了，太平思想麻痹了他早年励精图治的精神。他开始骄奢淫逸，纵情声色，迷信仙道，不理朝政，把内事交给阉臣高力士，把外事交给"口蜜腹剑"的奸相李林甫。高权势极大，李阴险奸诈，他们互相勾结，狼狈为奸。尤其是李林甫，他排挤当时比较开明的宰相张九龄，诬陷迫害很多正直的文臣武将。这时的长安被阴谋和恐怖的气氛笼罩着，几年前那种轻快、浪漫的风气已荡然无存了。

初到长安，杜甫漫游时代的豪放性格还没有消逝。他在咸阳的客舍里过天宝五年的除夕夜时，还能和客舍的客人们在明亮的烛光下叫喊着一起赌博。接触了长安的社会现实后，豪放的性格逐渐收敛，充满了对过去生活的无限怀恋。来长安的目的就是要做官，而且他还想做大官。到长安的第二年，他满怀热情参加科举考试，本以为一定能够成功而走上仕途，不料却被奸相李林甫一手扼杀。李林甫最嫉恨文人，因为这些人来自民间，不识"礼度"，他恐怕他们批评朝政，对他不利，于是耍弄阴谋，致使这次应征的举人无一人及第。揭榜后，他还上表玄宗祝贺说："野无遗贤。"

走投无路，杜甫只好"毛遂自荐"。唐玄宗在天宝十年（751年）举行祭祀大典，杜甫趁机写了三篇《大礼赋》，献给了玄宗皇帝。没想到这三篇赋竟然产生了奇效。玄宗读后，十分赏识，让他在集贤院前等候并命宰相考试他的文章，这成为杜甫在长安十年中最值得炫耀的经历。他在一年内名声大噪，考试时集贤院的学士们围绕着观看他，杜甫无限荣耀。可是幸运却一闪而过，考试后他一直在等候消息，但除了博得个"词感帝王尊"外，仍未得到一官半职。杜甫极度失望，但他并未完全断了念头。754年，他又接连进了两篇赋《封西岳赋》和《雕赋》，他在这两篇进表中仍是渴望做官，把他的穷苦生活写得十分悲凉。

政治上遭到打击后，他的经济状况也发生了巨大的变化。他的父亲在奉天（今陕西乾县）令的任上病故，他在长安一带流浪，日益贫困。为了维持生活，他不得不低声下气地充当几个贵族府中的宾客，如当时的驸马郑潜曜、汝阳王李琎等，给权贵们写信，希望得到他们的引荐，以便获得官职，这在当时成为一种社会风气。杜甫抱着谋求功名富贵的愿望开始向这些人投诗，如《赠韦左丞丈》、《赠翰林张学士》、《投赠哥舒开府》等，他甚至不得不违背自己的心意通过鲜于仲通向杨国忠发出"有儒愁饿死"的哀号。但这些人是不会关心杜甫的死活的，尽管杜甫的诗写得"格律精严"，却没有得到回应。

天宝后期唐王朝的政治危机越来越重了。天宝十一年（752年），李林甫死，杨贵妃的兄长杨国忠当权，干尽了祸国殃民的勾当，当时最高统治者已完全腐败了。政治失意以及物质生活的贫困，都使杜甫诗歌的政治性进一步加强，因为他有可能深入现实，接近人民，认识到当时政治的罪恶本质。

当时，唐王朝内部奢靡腐朽，对外穷兵黩武。政治失意的杜甫居无定所，经常在长安城内外困游，有感而发，写了不少揭露统治阶级腐朽和反映社会黑暗的诗篇，如《丽人行》和《兵车行》。

天宝后期，唐王朝政治腐败，边疆战争失利，民生渐趋凋敝，玄宗李隆基的奢侈生活却有增无减。开元末年武惠妃死后，玄宗耐不住寂寞，到处寻觅丽人，最后看中了儿子寿王李瑁的妃子，蜀中司户杨玄琰的女儿杨玉环，就是后来的杨贵妃。

杨玉环姿色丰艳，能歌善舞且精通音律，智慧过人。玄宗为了达到他不可告人的目的，采取了以退为进的对策。先把杨玉环封为道士，让她离开寿王府，住进太真宫中。天宝四年（745年）八月，李隆基把"太真道士"封为"贵妃"，接着又封她的父亲为兵部尚书，她的叔父为光禄卿，兄长杨铦为

虢国夫人游春图。此图描绘的是天宝十一年，唐玄宗的宠妃杨玉环的三姊虢国夫人及其眷从出游赏春的情景。

殿中少监，杨琦为驸马都尉。可谓"一人得道，鸡犬升天"，杨氏一族无上荣耀。

748年，玄宗又追加杨玉环的三个姊妹为韩国夫人、虢国夫人、秦国

夫人。杨家的姊妹穷奢极欲，她们的居所富丽堂皇，每顿饭的一般费用有时相当于中等人家十年的产业，每人每月用于脂粉消费的钱财达十万。杨氏家族炙手可热，以至当时民间流传着这样的民谣："生男勿喜，生女勿悲，君今看女作门楣。"

春天，玄宗带着贵妃和杨氏姊妹从南内的兴庆宫穿过夹城游曲江、芙蓉院，冬季到骊山华清宫去避寒；贵妃和杨氏姊妹五家日常用品的丰足，出游时仪仗的气派，达到了难以想象的地步。每每临幸华清池，杨家作为随从，并且每家为一队，每队穿一色的衣服，五家合队，互相映衬，如花团锦簇。队伍走过，满道都是金钿、绣鞋、碧玉和珠宝。

杨玉环的哥哥杨钊也因妹妹的身份而得以亲近玄宗，并被赐名国忠。751 年的十一月，李林甫死后，杨国忠被封为右丞相，当时还身兼四十多职，独揽大权，势倾天下。可见，杨贵妃的得宠带来了杨氏一族的奢华。他们荒淫无度，操纵国家大权，唐玄宗在娇媚的杨贵妃面前已完全昏庸了。

"宫中行乐秘，少有外人知"，玄宗一干人等的荒淫无耻，令杜甫难以忍受了。困顿长安的杜甫在几年来的不平经历中，对朝廷的上层统治已非常不满，却仍然对这个日渐衰落的大帝国抱有期望，他希望玄宗能从纸醉金迷的生活中猛醒，重现开元盛世的繁荣。但是，杨玉环得宠后，一切都已变得那么渺茫了。广泛的社会接触使杜甫看到了劳苦大众的疾苦，对上层社会的生活方式万分痛恨。天宝十二年（753 年）三月三日，杨家兄妹同到曲江春游时，杜甫有感而发，写下了《丽人行》。

《兵车行》是杜甫在困守长安期间写的一首批判穷兵黩武战争政策的新题乐府。他将矛头直接指向最高统治者，同时也揭示出战争给人民带来了巨大灾难，这也是他第一首反映人民疾苦的作品。

征兵保卫国家本无可厚非，但太平盛世，不惜人力、物力发动战争，势必导致国力衰弱而给国家、人民带来灾难。盛唐征兵源于唐王朝的拓展疆域政策。皇帝们沉醉于唐帝国的美好梦幻，但从不满足。到了唐玄宗天宝时期，李林甫专政，奸臣弄权，把开元时代一些清明的政治风气破坏无

余。在玄宗的授意下，边将们十分好战，不断挑动战争。在开元末年和天宝初年还能在边疆战场上获得一些胜利，可后来就不同了。

天宝十年（751年）的一年时间内，唐王朝频繁发动对西北、西南少数民族的战争。鲜于仲通讨南昭，高仙芝击大食（今阿拉伯），安禄山伐契丹，结果无一不折兵过半，大败而还。鲜于仲通征讨南昭的八万兵马，死者达六万。杨国忠等人还向朝廷掩盖事情的真相，仍大量征兵。为此，杨国忠下令御史分道抓人，套上枷锁送到军中。"行者愁怨，父母妻送之，所在哭声震野"，真实地再现了盛唐征兵时的悲伤场面。

长安以北渭水河上有座咸阳桥，这里连接着通往西域的大道，朝廷用暴力征来的士兵开往边疆都要从这里经过。被困长安的杜甫几年来仕途失意，生活日益贫困，他不满于统治者的种种行为，由于想要做官而又不得不压抑自己，因而在客舍中百无聊赖。为缓解烦躁的心绪，他经常到长安附近走动。这也使得他有机会接触社会下层的劳动人民，了解社会底层人民的疾苦，对他的文学创作帮助很大。

751年，杜甫有一天路过咸阳桥，恰巧赶上朝廷征兵经过这里。杜甫站在桥边，望着不远处的情景，无限感慨。官道上来往战车隆隆作响，战马嘶鸣，出征的士兵们个个在腰上挂着弓箭，但却迟迟不愿走，父母妻儿纷纷赶来送行，扬起的漫天尘土遮蔽了整座咸阳桥。他们知道这就是生离死别，都牵衣跺足拦在道上痛哭，悲惨的哀号声夹杂着车马声直冲云霄。

杜甫想到自己可以免服兵役，觉得既幸运又非常惭愧，不禁一阵心酸。他见一位士兵站在路边，便走上前去询问："小伙子，你们要上边疆杀敌立功，为什么还不情愿呢？"那位士兵叹息声中带着一丝浓重的哀怨，跟杜甫谈了起来：这年月皇帝征兵太频繁了，有的人十五岁时就去黄河以北驻边抗敌，四十岁回来后又被征往西北边疆去屯田。出征前还是个包着头巾的少年郎，可回来后已头发斑白但还是免不了再次戍边。边疆战士们死伤无数，他们的鲜血已积成海水，可是皇帝开拓边疆的想法还不改变。你听说过没有，华山以东的二百个州县，成千上万个村庄几乎完全荒废了，到处是荆棘丛生。即便是健壮的农妇进行耕作，田里能收多少东西？

关中的士兵有吃苦耐劳的品行，却因此常被调来调去，这与驱赶鸡狗有什么两样？

杜甫听后沉默不语了。他住在长安，天子脚下，繁华大都市，视野局限性很大，平时很难有了解百姓疾苦的机会。那位士兵接着说："老人家关心我们，我很感激，可是我们这些当兵的又怎敢申述怨恨呢？就说今年冬天吧，被征调关西的士卒始终没有得到休整，皇帝还急着派人来催收地租。没人种地，这地租从哪里来呀！人们总结出一条：生男孩是件倒霉的事，反倒是生个女孩好。生个女孩还可以嫁给近邻常在身边，生个男孩却只能抛尸荒野了。你没看青海那边，自古以来出征的士兵的尸骨没人收拾，终年暴露在野外，一批批新鬼满腹怨恨，一群群旧鬼哭声阵阵，每到阴天下雨，那凄惨的哀叫便连绵不断，非常恐怖。"

听了士兵的一番话，杜甫难以抑制自己沉重的心情，所见所闻打动了这个中年诗人的心。回到客舍，咸阳桥头的那一幕久久萦绕在他的面前。他更加认识到了统治者的荒谬和盛唐征兵带给人民骨肉分离的种种悲惨结局，奋笔疾书写下了著名的《兵车行》。

此后，他将妻子接来，寓居于少陵以西的地方（今西安城南）。仕途失意的杜甫开始逐渐关注人民的生活。天宝十三年秋天，长安城阴雨绵绵，秋收大受影响，物价飞涨，杨国忠却挑选长得较好的谷子拿去给玄宗看，说该年雨水多，但是没有损害庄稼。扶风郡太守如实奏报了灾情，杨国忠便叫御史审问他，以后便没有人敢说了。

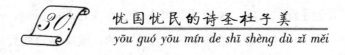

忧国忧民的诗圣杜子美

yōu guó yōu mín de shī shèng dù zǐ měi

755 年十月，杜甫终于被任命为河西（陕西合阳）尉。但由于这个职位是"分判众曹，收率课调"，实际上就是直接剥削人民，杜甫拒绝接受。后来，改任了右卫率府曹参军，看守兵甲器仗，管理门禁锁钥。这对杜甫是莫大的嘲弄。不久，他便开始厌倦了官场的生活。同年十一月初冬，他离开长安去奉先探亲。这是安史之乱爆发的前夜,他已预感到了事情即将到来。回家团聚,却听到了小儿子去世的噩耗,他悲愤交加,回想在长安十年的坎坷遭遇,把现实的政治危机和对所见所闻的疑虑都写到了《自京赴奉先县咏怀五百字》中。杜甫已不再是当年充满豪情壮志的宦族青年了,在长安的贫困生活中接近人民,逐渐形成了"穷年忧黎元"的进步思想,写出了"朱门酒肉臭,路有冻死骨"的不朽警句。

困守长安期间,他和几个好友经常往来。任广文馆博士的郑虔,诗人高适、岑参,和被调到长安做国子监司业的苏源明。他们有时和杜甫一起出游,并彼此作诗唱和,这使得在仕途上一再碰壁、穷困潦倒的杜甫有了一丝安慰。困守长安使杜甫的理想和现实产生了强烈的反差,想到国家的前途和人民的命运,他已心潮澎湃,黯然神伤了。

756年正月,安禄山在洛阳自称大燕皇帝,这样便给唐王朝集兵潼关准备了时间。同年五月,杜甫带领家人从奉先到了白水,寄居在他的舅父崔顼的高斋中。这里十分寂静,但杜甫的心却闲适不下来。他感觉山林中仿佛有兵气弥漫,水光里闪动着刀光剑影。

当时哥舒翰年老病残,监军李大宜与将士们终日饮酒赌博,与娼妇们取乐。士兵连饭都吃不饱,怨声载道,因而战斗力很低。唐玄宗和杨国忠见哥舒翰按兵不动,怀疑他另有阴谋,一再催促出战。哥舒翰明知必败,但出于无奈,贸然出兵,只三天便全军覆没,他本人也被俘而投降了安禄山。

潼关失守,附近各地的防御使便都弃职而逃,白水也沦陷了。杜甫在局势急骤转变中开始了流亡生活。他带领全家人掺杂在流亡的队伍中,向北流亡。一路上,他们历经磨难,饥寒交迫,没有吃的,就摘路边的野果吃,没有住的,就在树木下面过夜,最终在鄜州(今陕西富县)西北的羌村安顿下来。

就在杜甫从白水到鄜州在起伏不断的荒山穷谷里奔波时,玄宗带着杨贵妃、杨国忠和皇亲贵戚、心腹大臣们,瞒着百官和百姓,逃往四川。途中路过马嵬坡,龙武大将军陈玄礼发动兵谏,军士们杀了杨国忠,玄宗被迫缢死杨贵妃后向成都逃亡。留在关中的太子李亨在灵武（今宁夏灵武西北）即位，身边只有不到三十人的文武官员。杜甫听到了这个消息后，立即把复兴的希望寄托在了李亨身上，于是他只身北上延州（今延安），想出芦子关（今陕西横山县）投奔灵武。

他起程的同时，叛军的势力已膨胀到了北方，鄜州一带陷入混乱状态。他在路上进退不能，不料被叛军捉住，送到了已沦陷的长安。也许是因为杜甫既没有地位，也没有名声，叛军并未把这个年龄才四十五岁却已

"兵气涨林峦，川光杂锋镝。"

满头白发、未老先衰的诗人放在眼里，他在长安没有受到严格的看管，仍有一定的活动自由。就这样，杜甫愤懑地在敌人的压迫下艰难度过了八个月痛苦的俘虏生活。这是他的不幸，但他得以亲眼看见长安陷落后的悲惨景象，写出了不少政治性很强的诗篇，使他也进一步关心国家的命运和同情人民的痛苦，写出许多思想内容丰富的作品。

长安陷落后，只两三个月，雄壮华丽的京城便面目全非了。宫殿不是被毁，便是住满了叛军。安禄山报复性地对留在长安的宗室妃嫔和随玄宗入川的官员留在长安的家人展开了大规模的屠杀。一时间，人民处于水深火热之中，长安城极度恐怖。肃宗即位后，迅速召集兵马，准备东征收复两京。

至德元年（756 年）十月，新宰相房琯亲自领兵，分三路收复两京。房琯是一个善于慷慨陈词而不善用兵的读书人，中路和北路的兵马二十一日在咸阳东的陈陶与叛军相遇，全军溃败，四万人血洒战场；南路兵马也败于青坂。叛军凯旋回到长安，痛饮高歌。

757 年正月，叛军发生内讧。安禄山被杀，史思明继续用兵围攻太原。杜甫身在长安密切关注着战局的发展，他认为延州的芦子关是防守空虚之地，一旦被叛军攻克，便可直取唐朝反攻的大本营。他忧心忡忡，写下了《塞芦子》一诗，指出芦子关的战略地位："焉得一万人，疾驱塞芦子。"

杜甫困居长安，除去为国家焦虑外，自然也时常怀念他的家属，担心千里之外的兄弟姊妹。当他得到杜颖从平阴寄来的书信后，得知他们还活着，但也很忧虑："两京三十口，虽在命如丝"。

757 年的春天终于来了，大自然不因为人间的悲剧而失去它的美丽。沦陷的长安，仍是鸟语花香，春光明媚，而忧国忧民的杜甫却另有感受写出了著名的《春望》：

国破山河在，城春草木深。

感时花溅泪，恨别鸟惊心。

烽火连三月，家书抵万金。

白头搔更短，浑欲不胜簪。

这年四月，长安西郊处在大战前夕。叛将安守忠、李归仁率大军驻防在清渠，与潏桥的郭子仪军相对垒，战争一触即发。一天，杜甫走出城西的金光门，奔向凤翔。这回出奔，他冒着很大的生命危险穿过两军对峙的前线，躲进了山林，沿着崎岖的小路前行，最终逃离了长安，获得了新生。

杜甫陷贼长安，使他身心都受到了很大的折磨。但从那以后，杜甫也真正了解到了劳苦大众的生活，更加热爱祖国和人民，并拿起了笔创作出了许多反映与批判现实的不朽作品。杜甫最终由地主阶层知识分子走到了忧国忧民的人民作家道路上来。

肃宗乾元二年（759 年），杜甫离开洛阳回到华州。一路上，到处呈现

杜甫《月夜》写意图

出战争所带来的不安景象。他经过新安、石壕（今河南陕县东）、潼关，所接触到的都是老翁老妪的愁眉苦脸，在官吏残酷的驱使下忍受着无处申诉的痛苦。杜甫把看到的、听到的、亲身经历的人民的悲剧用诗的方式表现出来，写下了《新安吏》、《石壕吏》、《潼关吏》和《新婚别》、《垂老别》、《无家别》六首诗，即"三吏"与"三别"。

安史之乱爆发后，几年的工夫，唐王朝的人口减少了，壮丁更为缺乏，尤其是河南陕西一带，壮丁缺乏，既影响战争，又影响生产。759年冬末，杜甫回到洛阳看望他战乱后的故乡。杜甫到洛阳时，路上相当安定，城市也恢复了旧貌，可是相州兵败后，一切又都发生了突变。当时军队急需补充兵马，在充实军队时，那些一向当惯了统治者爪牙的吏役们为了拼凑兵额，任意捕捉，毫无原则，做出了许多残酷的事，使寂寞萧条的东京道上鸣咽着令人难以忍受的哭声。

杜甫从洛阳回华州，路过新安县的时候，恰遇县吏征兵，县里壮丁早已征完，只好征用十八岁的"中男"。杜甫在《新安吏》中写道：

肥男有母送，瘦男独伶俜。

白水暮东流，青山犹哭声。

莫自使眼枯，收汝泪纵横。

眼枯即见骨，天地终无情！

杜甫对人民的疾苦表示了深切的同情。他用有母的"肥男"来衬托孤苦的"瘦男"，行人走了，但哭声仍不绝于耳。"天地终无情"实际上是在指责朝廷。虽然如此，但杜甫想到抵御叛军是人民的职责，这个战争本身是正义的，于是立即转换口气来安慰这些青年：

就粮近故垒，练卒依旧京。

掘壕不到水，牧马役亦轻。

况乃王师顺，抚养甚分明。

送行勿泣血，仆射如父兄。

杜甫从新安往西，到了石壕村，晚间投宿在村里一个穷苦的人家。半夜里有差吏敲门来捉人，这家里的老翁跳墙逃走了，家里只剩下一个老太婆和一个衣衫不全的儿媳带着一个吃奶的孙子。老太婆和差吏交涉了许久，说了许多哀求的话，差吏还不肯让步，坚持要人。最后没有办法，她只有牺牲自己，让差吏把她在当天夜里带走，送到河阳的军营里去充军。杜甫亲身经历了这段故事，写下了《石壕吏》。他用"吏呼一何怒，妇啼一何苦"来表现当晚军吏与老妇交涉的紧张场面，并借老妇的口来叙述这一家人的苦难。

杜甫继续西行，到了潼关。关上正在加紧修筑工事，预防叛军史思明来攻。他又写了一首《潼关吏》："士卒何草草，筑城潼关道。……连云列战格，飞鸟不能逾。胡来但自守，岂复忧西都？"杜甫看到了潼关士兵修筑关城的辛苦，但又怕重蹈哥舒翰因杨国忠促战而轻于出战以致惨败的覆辙，请求潼关吏转告守关的将军，千万不要再学哥舒翰：

哀哉桃林战，百万化为鱼。

请嘱防关将，慎勿学哥舒！

这些就是杜甫诗中流传最广也最为读者所喜爱的"三吏"，这三个故事都是杜甫从大量的社会见闻中挑选和概括出来的。

杜甫在从洛阳到潼关的路上，看见了新婚的少妇，晚间结婚，第二天早晨丈夫便被召去守河阳，她自己觉得嫁给征夫，不如委弃在路旁；他又

看到一个老人，子孙都阵亡了，如今也被征去当兵，老妻卧在路旁啼哭，她知道这一去不会再有回来的希望；还有从相州战败归来的士兵，回到家中，但见田园被荒草埋没，当年同乡的人们不是死了，就是各奔东西，没有消息，当他扛起锄头去耕种已荒芜的田园时，县吏听说他回来了，又把他叫回去在本州服役。这三个人，杜甫每人为他们写了一首诗，用他们自己的口吻，诉说他们自身的痛苦，也表现了他们高尚的爱国热情，这就是著名的"三别"。

《新婚别》中的新娘子，是一个淳朴的农家妇女，盼望嫁一个好丈夫，同他白头偕老。可是，万万没有料到，就在新婚的第二天早晨，丈夫就被官府召去当兵。她诅咒朝廷兵役政策的残酷，发出了"嫁女与征夫，不如弃路旁"的抗议；但当她想到大敌当前，便强压内心的痛苦，喊出了"勿为新娘念，努力事戎行"的爱国呼声。

《垂老别》中的老人家为了国家的统一和人民的生存，献出了全部子孙，现在征兵征到了他的头上。他对官府滥抓壮丁极为不满，但一想到国家的灾难，便立即将悲愤化为力量，爱国激情加上复仇的怒火，使他以衰老之身，毅然投杖应征："万国尽征戍，烽火被冈峦。积尸草木腥，流血川原丹。何乡为乐土？安敢尚盘桓？弃绝蓬室居，塌然摧肺肝！"

《无家别》中归乡的战士虽又被征召，但也不断安慰自己："虽从本州役，内顾无所携。近行止一身，远去终转迷。家乡既荡尽，远近理亦齐。"

"三吏"与"三别"客观地反映了安史之乱给广大人民所造成的惨重灾难，沉痛地控诉了安史叛军的血腥罪恶和唐王朝的祸国殃民，揭露了唐王朝滥抓壮丁的暴行，同时热情歌颂了人民的爱国精神和英雄气概。

杜甫写"三吏"和"三别"是在内心无限矛盾中写出来的杰作，忧国忧民的思想在作品中尽情地展露出来。要同情人民的苦难，就要反对朝廷的征兵政策，但要想救国、救民，就要拥护官军征兵抗战。杜甫较好地处理了这种矛盾，为我们留下了史诗般的作品。如果他还在长安做左拾遗的话，这绝对是不可能的。

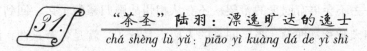

31. "茶圣"陆羽：漂逸旷达的逸士

chá shèng lù yǔ：piāo yì kuàng dá de yì shì

陆羽是唐代著名的品茶逸士，他用毕生心血著成了《茶经》一书。此书的问世，使唐人饮茶的风俗更加盛行，陆羽也被后人尊称为"茶圣"。

陆羽（733—804 年），字鸿渐。他本是一个弃婴，被龙盖寺智积禅师在水边拾到并抚养长大。龙盖寺是当时有名的大寺院，寺中僧人众多，大多数僧人都爱饮茶。据《封氏闻见记》载，唐开元中，各寺夜晚参禅，不进晚餐，却允许僧人饮茶。又据知，有百岁老僧答唐宣宗问，其长寿妙法即"臣少也贱，素不知药，唯嗜茶"。可见，当时僧人饮茶已成为一种风气。通过饮茶，体悟佛理，因此有"茶禅一味"之说。陆羽的师父智积禅师也是一位饮茶成癖的名僧，对饮茶、品茶都有深厚的研究，这对陆羽后来成为"茶圣"有很大影响。陆羽少年为僧时，经常为师父煮茶，智积禅师则从旁指点。这段经历不仅培养了他对茶道的兴趣和爱好，而且是他日后对茶学研究的启蒙。

陆羽少年时期在寺院中生活，寺院里的高僧整日诵经念佛，淡泊名利，追求极乐世界。在这种氛围的影响下，陆羽形成了飘逸旷达的性格。他才学过人，文词俊雅。青年陆羽曾与关中名门望族、世代书香门第的柳澹"交契深至"，足见陆羽儒学功底的深厚。由于他诗名远播，朝廷曾征他为太子文学，他坚持不去任职，视功名利禄为天上浮云，而喜爱那种不受拘束、寄情山水的逸士生活。

陆羽隐逸山林之中，往往独行野中，口念经文，吟诵古诗，很是快活，自号"桑苎翁"，又号"东岗子"。陆羽在漫游期间，从未放弃过对茶学的研究。他漫游各大茶山，亲自采摘，煎煮茶叶，品尝其味。他还尝遍百川大河的水，辨其优劣，各立品位，雕刻在石壁上传于后世。这些生活经历，为他以后撰写《茶经》奠定了基础。他不但研究茶叶，而且对于盛茶的器盏，如碗、瓯、杯都有一套独到的见解。陆羽特别推崇邢、越的茶器，后来他把这些写入《茶经》中，结果邢、越生产的白瓷茶具大为畅销，风靡全国，全国士庶争相购买，"天下无贵贱通用之"。

陆羽在考察各地名茶期间，还结交了不少文人名士，如颜真卿、张志和、孟郊及女诗人李季兰等，并且与他们交往甚密。他们常常一同探讨茶道文化，促进茶文化在知识分子之间的普及。据说，唐代三大诗人李白喜饮"仙人掌茶"；杜甫爱用寿州黄瓷饮茶；白居易也经常吟唱"小盏吹醅尝冷酒，深炉敲火炙新茶"（《新茶》）。可见当时饮茶在士人之间已广为流传。同时，陆羽也从与

陆羽的塑像

这些文人士大夫交谈中，积累了许多咏茶诗和有关茶的典故。

在陆羽结交的众多朋友之中，皎然与陆羽关系最为密切。皎然是一位和尚，俗姓谢。他从小出家为僧，居住在杼山。当时，皎然、灵澈和陆羽同住在妙喜寺，陆羽在寺旁建一亭，"以癸丑岁、癸卯朔、癸亥日落成"，颜真卿书名之为"三癸亭"，皎然在上赋诗一首，时称"三绝"。皎然对茶道造诣极高，在《饮茶歌诮崔石使君》中首创"茶道"一词。皎然经常与陆羽赋诗论茶："九日山僧院，东篱菊也黄。俗人多泛酒，谁解助茶香？"（《九日与陆处士羽饮茶》）从诗中也可以想象得出二人论茶的情景。

陆羽对茶非常喜爱，在自己居住的地方都栽满茶树。相传，陆羽居住上饶（今江西省上饶市）时，在城北广教寺栽了几亩茶树。每当春天来临时，茶花开放，香气四溢。在茶香四溢的茶山中，陆羽根据自己半生对祖国各地茶的考察和对茶的精辟见解，撰写了《茶经》。

《茶经》大约作于唐代宗大历年间（766—779 年），分上、中、下三卷十门，叙述茶的生产和特性，采茶所用的器物，茶叶加工，品种，烹饮

的茶具，煮茶的方法，饮茶的风俗，茶的产品与等级的鉴定及有关茶的典故、传说和药方等，可谓是一部茶学的百科全书。相传，现在市场上出售的用纸囊包裹的茶砖就是陆羽所创制的二十四种茶之一。

陆羽撰写完《茶经》之后，并没有像司马迁著《史记》那样，藏之名山，传于后人，而是与皎然在杼山（今湖州市南埠、龙溪、弁角三乡交界的妙峰山）举办茶会。陆羽在文人聚会之际，亲书《茶经》于白绢，置于壁上，手执茶具，边操作边讲解《茶经》要旨。茶道从煎到饮，都有一套程序，举手投足都有规范动作，处处显示出高雅。当时文人荟萃，品茶吟诗，盛况空前。

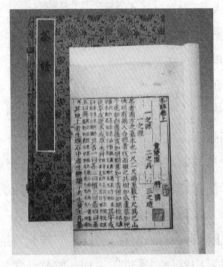

图为《茶经》书影。被称为"茶圣"的陆羽曾是一名优秀的演员，曾有十年的舞台生涯，并编写过一些滑稽剧的剧本。但他的传世之作却是《茶经》。

陆羽不断举办杼山茶会，《茶经》迅速传扬，茶道也不胫而行，"王公朝士无不饮者"。陆羽因此名声远扬，朝野上下没有不倾慕他的，都希望与他一饮为快。

陆羽此时对茶的品悟可以说达到炉火纯青的地步。他在顾渚自栽自采，有时也到别处采茶。如到栖霞寺采茶时，他的茶友皇甫冉就做《送陆鸿渐栖霞寺采茶》诗歌咏："借问王孙草，何时泛碗花？"采茶的学问是"不可见日，以指不以甲，则多温而易损；以甲不以指，则速断而不柔"。陆羽不但对采茶精通，而且对天下之水了如指掌。

据《煮茶记》中记载，代宗年间，李季卿被贬为湖州刺史，走到维扬，碰巧遇到陆羽。李季卿早已仰慕陆羽大名，心中非常高兴，相邀至扬子驿站。李季卿说："我早已闻知茶圣的大名，今日与你相见，真是幸会。扬子江中的水，天下闻名。如今二者妙在千载一遇，何不煮茶尽兴呢？"于是命手下士卒洗净器具，深入扬子江心，取南零（扬子江水中最凉处）之水。不一会儿，手下士卒抬水回来，陆羽看看水，用勺扬着水说："水是江水，但不是南零之水，酷似江岸之水。"手下士卒忙辩解说："我深入扬子江心南零取水，怎么会不是呢？"陆羽不再说话，把桶中的水倒入盆中，快到一半时，陆羽停下，说："剩下的才是真正的南零水。"士卒听后，吓得连忙跪下说："乞请大人原谅！我本去南零取水，舟到岸边之时，不小心，把水碰洒半桶，只好以江岸之水冒充南零之水。陆处士，真乃神人，小人所言都是实言，不敢再隐瞒。"士卒说完，在场所有的人不禁惊骇，暗自佩服陆羽。

唐代自陆羽以后，许多人致力于茶道研究，给光辉灿烂的唐代文化增添了绚丽的一笔，形成了中国独特的茶道文化，并且远扬东瀛，派生了日本茶道，促进了中日文化的交流。

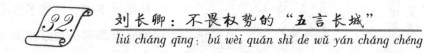

32. 刘长卿：不畏权势的"五言长城"

liú cháng qīng: bú wèi quán shì de wǔ yán cháng chéng

刘长卿（709—780？年），字文房，河间（今河北河间）人。他是中唐前期颇有代表性的诗人，名噪中唐诗坛。他的诗已得到当时人的普遍关注。唐代以后，随着时间的推移，评论家对他的评价越来越高。这些评论虽然未免言过其实，但也说明了刘长卿地位的重要。

刘长卿青壮年时期大部分是在贫困、窘迫中度过的。他长期为谋取功名而四处奔走，但却屡试未中，一无所获。虽然身处大唐盛世，可却像一只"羽毛憔悴"的鸟儿（《全唐诗·刘长卿集》），孤苦无依。在这种境遇下，他开始写诗，并取得了一些成就。这些诗多以酬赠感遇和边塞生活为题材，对现实生活有比较深刻的反映，显示出一些盛唐的气象，同时，中唐之气也初现端倪。

刘长卿的及第一般认为是在开元二十一年，这一年他考中了进士。不久，安史之乱爆发，诗人南行扬州、苏州一带避难。后来，被授官为长洲

大房有集十卷高仲武论其诗体虽不新奇甚能炼饰又谓其足以誂挥风雅至谓其思锐才窘识者不以为然元裕之曰学诗家有白首不能道长卿一句者

刘长卿画像。刘长卿的诗风格含蓄温和。他的创作中，成就较高、功力颇深的是那些吟咏山水、反映隐逸生活的作品。

（今江苏苏州）尉，此时，他已四十四岁。进入仕途的刘长卿历经坎坷，屡遭不幸，曾两度被贬。第一次是暂任海盐令的当年，由于"刚而犯上"（高仲武《中兴间气集》卷下），遭到小人谗害，身陷囹圄，继而被贬为南巴（今广东电白县东）尉。过了十多年闲居流寓生活之后，刘长卿又被任命为淮西鄂岳转运留后。可是好景不长，灾难再次降临。由于他刚直不阿，触怒了郭子仪的女婿即鄂岳观察使吴仲孺，被诬陷贪污钱款二十万贯（《旧唐书·赵涓传》）。刘长卿有口难辩，推审后，被贬为睦州（浙江建德）司马。两次贬谪，都使他悲愤至极。刘长卿所受到的冤屈既反映了当时政治的黑暗、法令的败坏，同时也进一步表现了他不畏权势的刚直品格。

两次贬谪，不仅使刘长卿的心灵受到强烈的打击，而且也影响到了他的诗歌创作。被贬南巴之后，刘长卿的诗反映现实的内容渐渐减少，慨叹迁谪、感叹个人遭遇成为主要内容，"盛唐气象"淡化，中唐之气更加明显。

唐德宗即位之后，刘长卿任随州（今湖北随县）刺史。他本想有所作为，但在任期内，两次遭逢地方节度使的叛乱。后来，随州被淮西节度使李希烈的叛军攻陷，刘长卿可能因为弃城出走，不久被罢官。这段时间是刘长卿创作的衰落时期，大多数创作都是抒写惊秋、叹老等个人情怀的诗歌和一些应酬之作，成绩甚微。

刘长卿的诗作，现存五百多篇，收在《刘长卿集》中。

后人习惯上把刘长卿叫做"五言长城"，那么这个称誉是怎么来的呢？《新唐书·秦系传》中记载："（秦系）与刘长卿善，以诗相赠答。权德舆曰：'长卿自以为五言长城，系用偏师攻之，虽老益壮。'"刘长卿本人的确比较自负，可以认为"五言长城"是刘长卿的自我加冕。刘长卿的诗中，五言、六言、

刘长卿《逢雪宿芙蓉山主人》诗意图。诗为："日暮苍山远，天寒白屋贫。柴门闻犬吠，风雪夜归人。"

七言、杂言都有，但五言诗，尤其是五律诗写得最多，也写得最好，为时人所不及，所以他才把自己称为"五言长城"。"五言长城"所包含的意思大概是：在他之前和同时代的五言诗尚还薄弱，而他的五言诗则像长城一样牢不可破。当然，这只是推断而已。

刘长卿的诗风格含蓄温和。他的创作中，成就较高、功力颇深的是那些吟咏山水、反映隐逸生活的作品。他往往用严格的律体、凝练自然的词句描写山水景物和田园风光，抒发感情，意境清新如画，在风格上自成一家。

刘长卿还在一些诗歌中透露出他被贬谪的失落感和忧愤情绪。如《过长沙贾谊宅》就很有代表性。这首诗虽在咏史，但实际上是以贾谊的遭遇

自况，同时也议论到了皇帝，不满之情跃然纸上。在《新年作》中，他更直接地抒发了远谪异乡的伤感和伤春惜年之情。刘长卿的这类诗虽然格调不高，但却写得细腻委婉，很有艺术底蕴。

反映现实的作品在刘长卿的诗歌创作中也有一些。但刘长卿的这类作品为数并不多。他在诗歌中对"安史之乱"给人民和社会造成的灾难也有所涉及。如《穆陵关北逢人归渔阳》就描写了幽州城战乱后的荒凉、残破的惨状，在诗的结尾处表达了他感时忧民的情怀。此外，如《疲兵篇》、《送李中丞归襄州》等，写了戍边将士的疾苦和他们所受到的不公平待遇，感情深切，令人动容。

由于思想和生活比较狭窄，刘长卿的诗歌内容和形式都缺乏更多的变化，所以有人批评他"大抵十首以上，语意稍同，于落句尤甚，思锐才窄也"（《中兴间气集》），这是有一定根据的。但不管怎么说，刘长卿仍可称得上是中唐前期一位有特色的诗人，在文学史上应该占有一席之地。

高雅闲淡、古拙朴实的韦应物
gāo yǎ xián dàn、gǔ zhuō pǔ shí de wéi yīng wù

韦应物画像

中唐诗人韦应物于开元二十五年（737 年）出生在京兆（今西安市）一个官宦家庭，他的高祖父、曾祖父都是初唐位至三公的大臣。尽管父辈没有给他留下什么殷实的家业，但作为宰相的曾孙，韦应物仍可以享受世袭的特权，所以十五岁就入宫成为三卫郎。韦应物做玄宗的侍卫时，还尚未发愤读书，多半时间和皇亲贵族一起过着骄奢与腐化的生活。不过，少年韦应物的这种娇宠岁月，只有五年。安史之乱爆发后，长安沦陷，玄宗逃往西蜀，韦应物自然也就失去了职位。

在长安沦陷时期，韦应物亲眼目睹到了战争对社会的严重破坏，也从中受到了深刻的教育。他叹悔"读书事已晚"，于是在悔恨之中开始发奋读书。经过努力，他在二十七岁中了进士，从此踏上了仕途生活。韦应物历任洛阳丞、高陵宰、户县令、栎阳令、滁州刺史、江州刺史、苏州刺史等地方官，死时大约五十五岁。在近三十年的仕宦生涯中，韦应物清白正直，体贴百姓，从政期间可以说是一位实践儒家仁政爱民思想的地方良吏。另一方面，他笔耕不辍，创作了大量的诗歌作品，并以其高雅闲淡的风格闻名于唐代和后世。

韦应物是从盛唐过渡到中唐之间的一位有多方面成就的重要诗人。留传至今的韦诗，约有五百六十余首。他的诗作在当时就有很大影响。白居易在《与元九书》中曾作过这样的评论："近岁韦苏州歌行，才丽之外颇近兴讽。其五言诗，又高雅闲淡，自成一家之体，今之秉笔者，谁能敌之？"在后人眼里，韦应物也是一位可以和王维、孟浩然、柳宗元比肩的重要诗人。

韦应物诗作的内容是丰富的。反映战乱、抨击权贵、关切人民、吟咏田园、描绘山水、歌唱友情、悼念亡人等题材，他都有所涉猎，但抒写最多的是其闲居生活和归隐心情。这主要源自于诗人在他的一生中，从初仕到归林一直都在重复着仕而隐、隐而仕的循环。这种仕隐交替的特殊经历也是形成韦诗"高雅闲淡"风格的原因之一。《唐国史补》卷载："韦应物立性高洁，鲜食寡欲，所居焚香扫地而坐。"独居时的韦应物俨然一位平和散淡的高士，他的诗歌创作取向是与这种心性分不开的。

诗人从寂冷乏味的"群斋"环境起笔，继而引出了全椒山中的友人——隐居苦修的山中道士。随着诗人的笔触，我们看到了这位道士跋山涉水、躬身拾柴、煮吃"白石"等生活情景。这里没有尘世的喧闹，没有官场的污浊，高山、空谷、绿树、碧溪组成了一幅清冷幽静的画面，宛如远离人间的仙境。接着诗人直抒胸臆，畅叙友情：多想为处于凄风冷雨之中的友人送去一瓢酒，让他暖暖身子；然而叶落空山覆盖了他的行迹，不知在何处才能找到他的身影。诗作最后两句，尤其余味无穷。我们仿佛看见

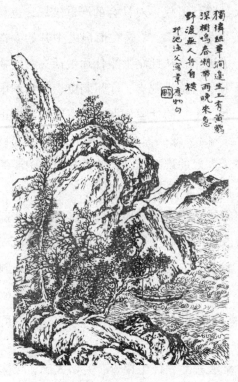

独怜幽草涧边生，上有黄鹂
深树鸣。春潮带雨晚来急，
野渡无人舟自横
邛沧渔父写韦应物句

《滁州西涧》写意

诗人的友人宛若仙翁，穿游在白云深处。

诗作以清新淡雅的笔法为读者绘制了一幅雨中春涧图：低处的涧边幽草、空中的深树黄鹂，还有风潮中的横舟。这里的色彩有浓有淡，浓淡相宜；这里的景物有动有静，动静相得。它们浑然一体，令人感到美不胜收。由于韦应物这首诗的影响，滁州西涧的知名度同滁州的另一胜景——醉翁亭一同成为古今游客的向往之地。穿梭往来的游客们流连忘返于滁州城外的秀峰奇木中，意在寻觅西涧野渡之所在，亲自体验昔日韦应物所营构的那种天然意境。诚然，诗人这样描绘名不见经传的滁州西郊自然景物，也是不无寄托的，它传达出了出行人待渡的怅惘情怀。

韦应物性情淳厚，对知交故友和家中亲人感情很深。因此，他也常借自然景物抒发对亲朋故友的真挚情怀。如《赋得暮雨送李胄》一诗，抒发了离别时分的恋恋浓情。其中"漠漠帆来重，冥冥鸟去迟。海门深不见，浦树远含滋"等诗句既生动地摹写出雨中的独特景物，亦形象地表达出诗人沉重的离情别绪。可谓情景交融的佳构。

韦应物中年丧妻后，曾写下了大量的悼亡诗。妻亡后，他常常触景生悲。如"迢迢芳园树，列映清池曲。对此伤人心，还如故时绿。风条洒余霭，露叶承新旭。佳人不再攀，下有往来躅"（《对芳树》）。显然，诗人在这里是以乐景写哀情，可以说是倍增其哀。它将诗人凄苦、孤独、怀念的感情表现得淋漓尽致。

韦应物诗作的高雅闲淡风格还表现为语言上的简洁朴实以及略带古拙。韦诗极少用典，也很少用比喻、象征手法，以描述性为主的诗歌语言有着较高的透明度。同时，他用字也很平常。苏东坡曾说过"韦应物、柳宗元发纤秾于简古，寄至味于淡泊"（《书黄子思诗集后》）。论柳宗元未必确切，但这样论韦应物却是精当无比的。

诗作以"质直"的农家语，描写了农村的风物和农民的辛劳；也真切地写出了农民遭受剥削的惨重生活，揭示了权贵的享乐是建筑在劳动人民的血汗基础上的。诸多丰富的内容，在韦应物的笔下流出来，朴实、自然，似乎毫不费力，却令常人感到难以企及。

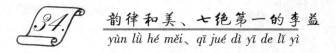

韵律和美、七绝第一的李益
yùn lǜ hé měi、qī jué dì yī de lǐ yì

李益（748—827 年），字君虞，陇西姑臧（今甘肃武威）人，家居郑州（今属河南）。其诗音律和美，尤工于七绝。以边塞诗著称，情调偏于感伤。明代胡应麟说他的七绝"可与李白、龙标（王昌龄）竞爽"，又说："七言绝，开元之下，便当以李益为第一。"

李益是中唐前期的著名诗人，与卢纶、钱起、郎士元、司空曙、李端、苗发、皇甫曾、耿、李嘉祐同沨在"大历十才子"之列。他继承盛唐高适、岑参边塞诗派的传统，所写从军诗，比较全面深刻地反映了当时的民族矛盾，其成就实有胜于"十才子"之作。尤其七绝一体，为唐代第一流的作品。

李益于代宗大历四年（769 年）初登进士第，然而他起初的仕途并不是很顺畅。他的前半生曾三次从军塞上，长期的军旅生活为其提供了大量的创作素材，尤其第一次出塞时期，创作了许多有名的七言绝句，为世人称道。

大历九年，诗人投笔从戎，入渭北节度使臧希让幕府，诗人"平生报国愤"，所以颇乐于此。

此外,《夜上受降城闻笛》、《从军北征》等都较为著名,不仅在当时为人所传诵,就是在今天读来犹感精妙。他的边塞从军诸作,在当时有的施之图绘,有的被之管弦。他的诗每成一篇,便有乐工索之,谱以雅乐,供奉天子。可见其诗的影响是多么巨大。

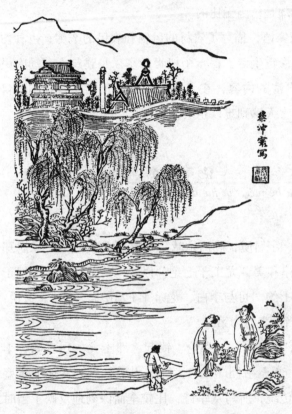

李益《汴河曲》写意图。"汴水东流无限春,隋家宫阙已成尘。行人莫上长堤望,风起杨花愁煞人。"诗人面对汴河,表达了吊古伤今之情和历史沧桑之感。

李益的边塞诗视野开阔,内容丰富,思绪深沉,有着浓郁的生活气息。既有抒写慷慨从戎、立功沙场、以身许国的(如《塞下曲》);又有从不同的侧面表现丰富的边塞军旅生活的(如《暖川》)。他的这些诗里不仅写尽了荒漠凄凉,也写了草原春色;不仅描绘了自然风光,也再现了边塞少数民族游牧生活的社会风情。字里行间,自然流露出诗人对边塞和边塞人民的亲切之感。长期的边塞生活,使得他有着深刻的切身体验,对征人寄予深切的关怀与同情,从而也使得其边塞诗最能牵动广大征人的心。在描写边塞生活的同时,也写出了赴边士卒久戍思乡的愁绪,如《夜上受降城闻笛》,这就为李益的边塞诗,在雄浑的底色上,染上了一层悲凉的色彩。

李益的边塞诗,继承了盛唐高岑边塞诗的传统,开拓诗的题材,反映了历史事实，其中有不少历史史实，都可在诗中找出佐证，这也就形成了他独特的艺术特色。

如果说李益的边塞诗风格是雄浑深婉，那么其生活抒情小诗还表现了清奇秀朗之致。这些诗的艺术特色反映了南国风光对他诗歌创作的影响，也体现了南朝诗人和乐府民歌的传统。如《春夜闻笛》：

> 寒山吹笛唤春归，迁客相看泪满衣。
>
> 洞庭一夜无穷雁，不待天明尽北飞。

此诗是诗人在政治上失意时所作，即谪迁江淮时所作，写初春之夜闻笛所引起的思归之情。诗人把迁客的归心似箭、欲归无期、失意冷落等复杂情感，通过"洞庭一夜无穷雁，不待天明尽北飞"反衬出来，构思新奇，手法委婉，别有一番韵味。

诗人还用细腻的笔触，揭示出内心的柔情，音韵和谐，清新喜人。如《写情》：

> 水纹珍簟思悠悠，
>
> 千里佳期一夕休。
>
> 从此无心爱良夜，
>
> 任他明月下西楼。

这是一首咏闺愁的抒情诗。诗由水纹珍簟领起，水纹珍簟，是编有水波纹图案的贵重竹凉席，往往有龙凤之像，由物及人，由此产生了绵绵的愁绪……不知为何与相爱者的约会竟毁于一夜之间，于是便毫无道理地把怨恨抛向了良夜，所以夜色越是美好，越增添了女主人公的哀愁，她也只得任明月下西楼，自己独坐空房，形影相吊了。这首诗情真景切，意趣盎然，把女主人公复杂的内心世界描绘得特别细腻，且音韵和谐，给人以美的启迪。

李益诗虽古近各体均有佳作，但是还是以七言绝句成就最高。"七言绝，开元之下，便当李益为第一。"此语尤为中肯。李益的绝句含蓄凝练，

风格独特，可与王昌龄并驾齐驱。虽然他的某些应酬官场的排律呈现出一副古奥呆板的面孔，但却丝毫抹杀不了其七言绝的影响。七言绝第一，李益当之无愧！

 "郊寒岛瘦"：唐代两大苦吟诗人
jiāo hán dǎo shòu：táng dài liǎng dà kǔ yín shī rén

　　我国历史上有许多空有诗才而不得志的人，他们往往一生穷愁困苦，经历曲折，但在诗歌的创作上却能独具特色，竞放异彩，大诗人孟郊和贾岛就是如此。孟郊虽然比贾岛大二十八岁，但两个人都以"苦吟"著称，而且他们的诗风也颇有相通之处。因此可以这样说，郊岛的诗作在中晚唐的诗坛像一朵寒瘦的秋菊，初看似有憔悴、悲枯之意，然而恰恰是这些寒瘦的花瓣，给人们带来一缕缕别样的幽香，使人感受到一种特有的魅力。所以，后人多以"郊寒岛瘦"来加以评价。

　　孟郊有着凄苦的经历，人生的诸多不幸他都品尝过、体验过。孟郊共兄弟三人，父亲孟庭玢，曾任过昆山县尉，后来"卒于任所"，三兄弟只靠母亲裴氏抚养。而且孟郊的先妻又早逝，他续娶了郑氏，这其中的孤苦穷愁自是不能尽述。

　　孟郊从小受父亲影响，很早就显示出超凡的才气，他想通过地方官来求职谋生，所以开始了离家"北游"的生活。他曾到过河南、江西等省，后又到达长安、苏州等地，然而他的奔波与劳碌并没有给他带来任何结果。这期间，他还曾赴京应举，可是仍然没有摆脱失意的痛苦。后来，他有幸与韩愈相识，"韩愈一见，以为忘形之契，尝称其字曰东野，与之唱和于文酒之间"，可见二人友谊情深意笃至此。后来，他们又同场应试，可结果却仍让人悲观不已：韩愈、李观、欧阳詹等后辈都同榜登第，唯孟郊又一次名落孙山。怎样才能排遣那份缠绕于心的失意和悲切的痛苦呢？但孟郊并没有灰心，他一次次地赴京，一次次地失败，直到贞元十二年（796年），孟郊四十六岁，才终于考中了进士。他登科后再也无法掩饰自己内心的得意之情："昔日龌龊不足夸，今朝放荡思无涯。春风得意马蹄疾，一日看尽长安花。"（《登科后》）然而，高中皇榜并没有改变

孟郊、贾岛画像

他悲苦的命运。孟郊虽中了举，却没有得官，他仍旧到处依人，生活贫寒之至，直到五十岁的时候，才被选为溧阳尉。然而，那种久积于心的失意与牢骚更平添了几分郁闷之情。这也难怪他到任后，整天沉浸在离任所不远处的投金濑，耽于吟咏，荒废公务，从而引起县令的强烈不满，结果，上级派来了假尉代理，同时他那本来就很微薄的收入也被无情地分去了一半，其生活之困苦就可以想见了。所以，孟郊不得不离开溧阳，经过韩愈等人的推荐，到东都留守郑余庆手下做了转运判官。他的生活刚刚开始稳定，可是他的三个儿子却又在数日之内全部夭折了。老年丧子之悲，白发人送黑发人之痛怎能不让这个失意之人更加失意呢？旧痛未解又添新愁，第二年他的老母也病逝，他只得在家守孝。元和九年（814 年）郑余庆镇兴元，又奏孟郊为其军参谋。孟郊与妻一同前往。然而刚走到阌乡（今河南灵宝），却突然暴病而终，时年六十四岁。其后世的料理全由他生前的好友集资而成，孟郊就这样走完了辛酸、凄苦的一生。

孟郊的一生穷困潦倒，"拙于生事，一贫彻骨"，以至到了"穷饿不能养其亲，周天下无所遇"的地步。所以，他自己也常作诗曰："秋至老更贫，破屋无门扉。一片月落床，四壁风入衣"（《秋怀十五首》之四），以及"霜气入病骨，老人身生冰。衰毛暗相刺，冷痛不可胜……"（《秋怀十五首》之十三），家徒四壁，贫病交加，只有一片冷月，一副饥肠。好在

友人赠炭，才"暖得曲身成直身"，然而却无法掩饰"借车载家具，家具少于车"的苦痛。所以，他生活的凄苦和经历的坎坷，使他的诗歌更富于感染力。他在抒写自己的贫寒生活时，虽无修饰，却字字寒心，句句动人。然而，孟郊除了"自诉穷愁，叹老嗟病"外，还叙写了仕途的失意和对社会的抨击，文笔是那样尖锐、犀利和深刻，突出地表现了对社会的不平之鸣。另外，他还对劳动人民的痛苦生活加以细致的描写："无火炙地眠，半夜皆立号。冷箭何处来，棘针风骚劳。霜吹破四壁，苦痛不可逃……寒者愿为蛾，烧死彼华膏……"（《寒地百姓吟》）以及对缝在"密密麻麻"的针脚里的爱的歌颂："慈母手中线，游子身上衣。临行密密缝，意恐迟迟归。谁言寸草心，报得三春晖。"（《游子吟》）已成为家喻户晓的经典之作。所以，孟郊的一生是不幸的，"才行古人齐，生前品位低。葬时贫卖马，逝日哭惟妻"（贾岛《吊孟协律》）。他的作品虽有"寒"、"酸"之气，但仍不乏一系列针砭时弊、反映民生疾苦的佳作，如《织女词》等有着深刻的社会意义。

孟郊不幸至此，被韩愈称为"孟郊再生"的贾岛也是不幸的。他出身寒微，三十岁之前曾是佛家弟子，他虽远离尘世，但却喜欢吟诗作文，后来在韩愈的劝说下还俗，举进士，但竟屡试不第。这对于四十多岁的贾岛来说，不免积愤于心，于是他作了《病蝉》："病蝉飞不得，向我掌中行。折翼犹能薄，酸吟尚极清。露华凝在腹，尘点误侵睛。黄雀并乌鸟，俱怀害尔情。"诗中比较直露地斥责了统治者。所以，当他再次应试的时候，就因为"吟病蝉之句，以刺公卿"，不仅被视为"僻涩之才无所采用"，还与平曾等一起落得个"举场十恶"的坏名。这样一来，更加拉大了他和仕途之间的距离，直到花甲之年，才当了长江主簿。传说，有一天，他在钟楼上与人吟诗唱和，正巧宣宗微行，听得吟咏之声便登楼而至，当宣宗来到贾岛的书案上拿起他的诗来读的时候，贾岛因为不认识宣宗，就斜眼看他，还夺卷而回说："郎君何会耶？"宣宗自然惭愧而去。后来，贾岛追悔莫及，想要跳楼，宣宗惜其才，马上下诏释罪，贬他为遂州长江主簿。当时，贾岛心里非常清楚长江的蛮荒之僻和主簿官职的卑微，但还是不顾垂

暮之年，偕夫人前去赴任。后来，他在迁普州司仓参军时，染疾卒于
官舍。

贾岛《剑客》写意。"十年磨一剑，霜刃未曾试。今日把示君，
谁有不平事?"

　　贾岛古刹清灯的生活和仕途坎坷的经历使他的性格愈加孤僻，尤其是
他生活的困顿与窘迫，已经到了相当的程度："拄杖傍田寻野菜，封书乞
米趁朝炊。"（张籍《赠贾岛》）在他的生活中，韩愈和令狐绹都给了他很
大的帮助。韩愈常常送衣送粮，令狐绹也总是在飞雪的时候，送去焦炭。
所以，贾岛在任期间，仍然"手不释卷，吟诗不辍"，他写了不少给令狐
绹的感谢诗。贾岛不仅生活窘迫至此，他的晚景也是相当悲凉的。贾岛一
生，同样是既无子，又贫寒。所以，他的诗也如诗人一样瘦硬，"尽日吟
诗坐忍饥，万人中觅似君稀。僮眠冷榻朝犹卧，驴放秋田夜不归……"
（王建《寄贾岛》）因此，他的诗多吟"枯树寒萤、破阶秋恐"，以"极力
渲染其凄苦幽冷的生活境遇，给人以怪僻寒瘦的感觉"。因此，贾岛的诗
中很少涉及时政，当然也有"十年磨一剑，霜刃未曾试。今日把示君，谁
有不平事?"（《剑客》）等质朴、率真、豪放、雄健之作，但总的看来，
由于生活面较狭窄，再加上自己凄苦的身世，所以对现实多采取旁观的态

度，多数作品缺乏思想意义。

由此可见，孟郊、贾岛在人生旅途上有着太多相似的遭遇：仕途的曲折和艰辛，生活的窘迫和凄凉，老无子息的悲哀和苦痛等等，尤其是诗风上"寒"、"瘦"笔法更是相得益彰：一个苦寒到了"厚冰无裂文，短日有冷光。敲石不得火，壮阴夺正阳"（孟郊《苦寒吟》）的地步，一个到了"坐闻西床琴，冻折两三弦。饥莫诣他门，古人有拙言"、"鬓边虽有丝，不堪织寒衣"（贾岛《朝饥》）的程度。所以，郊岛在寒瘦的技法上掀起了一次高潮，对后世的影响很大。

卢仝：怪辞惊众玉川子
lú tóng：guài cí jīng zhòng yù chuān zǐ

唐代是孕育诗歌的肥沃土壤，也是造就诗人的伟大时代。那个时代诗人辈出，风格多样，不仅有仙才、鬼才，更有奇才、怪才，诗人卢仝就可以称为"怪才"，也许他并不很著名，但他别样的诗风却带给人们一种奇异的芬芳和独特的享受。

卢仝是河南省济源县人，号玉川子。据说，在济源县东漯河北，有一泉名曰玉川泉，卢仝常到玉川泉汲水烹茶，所以也称玉川井；又因为玉阳以东都是玉川，所以其县也号玉川。卢仝好茶，曾作《茶歌》。传说在济源县西北二十里石村北的玉川有他的别墅，而且那里还有他的烹茶馆。

卢仝虽然长得较黑，却是个性格高古、孤僻，并少与人交往的人。他从小就喜欢博览群书，吟诗弄墨，所以特别擅长做诗。卢仝的家境非常贫寒，搬到洛阳后，仍然是断瓦残垣笼罩下的几间破屋，屋里也是除了一堆书外一贫如洗。卢仝从小就憎恶世俗庸俗之流，所以终年闭门读书。他上有高堂老母，下有妻子儿女，一家十几口人，这样沉重的家庭重负靠他一个人去养活支撑，可见其生活的艰难程度。卢仝终日吟诗，没有生活来源，所以，他家里总是隔三差五就断了炊。好在邻居是个心地善良的和尚，可怜他们，就把每次自己化缘讨来的米分给他们一些，使他们在困苦中还能熬些日子。

韩愈做河南县令的时候，非常敬重卢仝的德操，所以总是多方面关照他，还经常送给他一些钱物，但这些毕竟都是杯水车薪。因此，韩愈劝卢仝说："凭你的才华，去拜谒一下东都留守或是府尹等大官，一定能谋得个不错的官职。"可是卢仝不等他说完，竟然用双手把耳朵堵住，根本就不听他的话。所以，韩愈说卢仝是真正的隐士，完全不同于那些以隐居为名，却以图高官之人，他是一个真正用圣人的处世原则来要求自己的人，他博大的心胸曾让韩愈叹服不已。

这就是卢仝，在他身上表现出来的诸多优秀品质，因为与世俗上的许多东西不合拍，所以，人们自然就会把他看成是一个"怪人"。因此，他的这种思想反映在诗歌创作上也就会相应地形成自己"险怪"的风格。他"深恨元和逆党，宦官专横，杀害唐宪宗"，就写了一首《月蚀》诗，来加以讽刺。其诗虽"脍炙人口"却"过于恢诡艰深，使人难以卒读"。再如他的《与马异结交诗》中有一段是这样写的：

……不知元气之不死，忽闻空中唤马异。马异若不是祥瑞，空中敢道不容易。昨日仝不仝，异自异，是谓大仝而小异。今日仝自仝，异不异，是谓仝不往兮异不至。……平生结交若少人，忆君眼前如见君。青云欲开白日没，天眼不见此奇骨。此骨纵横奇又奇，千岁万岁枯松枝。半折半残压山谷，盘根虺节成蛟螭。忽雷霹雳卒风暴雨撼不动，欲动不动千变万化总是鳞皴皮，此奇怪物不可欺。卢仝见马异文章，酌得马异胸中事。风姿骨本恰如此，是不是，寄一字。

马异，是与卢仝同时代的人，他也是"赋性高，词调怪涩"。所以，卢仝听说后，觉得与自己的志向非常一致，就很想和他交朋友。于是，就给马异写了这样一首诗。这里，卢仝巧用文字，来戏写二人的交谊，其手法新奇让人可叹。我们知道，"仝"是"同"的异体字，所以，卢仝"遂立同异之论，以诗赠答"。这首诗因为写得奇怪，所以遭来许多人的诽谤，韩愈在《寄卢仝》诗中也说："怪辞惊众谤不已。"马异接到卢仝的诗后，也写了一首《答卢仝结交诗》来酬答，其中对卢仝的诗也给予了很高的评价。其中有几句是这样写的：

> 有鸟自南翔，口衔一书札，达我山之维。开缄金玉焕陆离，乃是卢仝结交诗。此诗峭绝天边格，力与文星色相射。长河拔作数条丝，太华磨成一拳石。

可见，卢仝、马异如出一辙。所以，有人评价卢仝是"以怪名家"；"玉川之怪，长吉之瑰诡，天地间自欠此体不得"；"唐诗体无遗，而仝之所作特异，自成一家，语尚奇谲，读者难解，识者易知。后来仿效比拟，遂为一格宗师"。所以，卢仝的诗歌，自是别具韵味，给唐代诗坛增添了一道美丽的风景。

 韩愈：唐代古文运动领袖
hán yù：táng dài gǔ wén yùn dòng lǐng xiù

唐代中期，我国出现了一位杰出的文学家、哲学家和政治家，他发起和领导了著名的"古文运动"，维护儒家思想，反对佛教、道教，拥护中央集权，忠君爱国，他就是韩愈。

韩愈，字退之，唐代宗大历三年（768 年）出生在父亲韩仲卿的官任地，一说是在上元（今江苏南京市），一说是在洛阳（今属河南）。他的祖籍在孟州河阳（今河南孟县）。韩愈三岁的时候父母就去世了，由长兄韩会夫妇抚养他。七岁时，韩愈刻苦攻读，能诵经史。十二岁时，长兄韩会逝世，韩愈的大嫂郑氏担负起抚养全家的重任，日子过得异常清苦。在艰苦环境中成长起来的韩愈少年老成，胸怀大志，寒窗苦读，决心走上仕途，为君王效力，同时也改变家庭的困境。

但是，对于韩愈这样的贫家子弟来说，仕途不可能是一帆风顺的，当他满怀希望和信心开始实现自己的远大理想时，前面等着他的却是艰辛坎坷和无尽的荆棘。

德宗贞元二年（786年）秋，十九岁的韩愈背着书籍和行李，离家赴长安求官。他自以为学而优则能仕，而且对自己的才学非常自负，所以，希望一蹴而就。没料到事实未能如其所愿，他连考了三次都名落孙山，直到贞元八年（792年）才考中进士。这次成功也算是他的运气好，因为此时德宗锐意改革，并启用了古文改革家陆贽、梁肃。陆贽亲自主持这次考试，并录取了韩愈等八位有真才实学者为进士。

韩愈画像。韩愈是唐代古文运动的倡导者和奠基人，"唐宋八大家"之一，"韩孟诗派"的开创者之一。

中进士后，韩愈再接再厉，又三考博学宏辞科。可幸运之神并未照顾他，又是三考皆不中。这之后，韩愈到了洛阳，被宰相董晋看中，辟为观察推官，才正式开始了他的仕途生涯。

走上仕途的韩愈一路坎坷，时而高迁，时而被贬，有时做着三品大员，不久又是个小小县令。他的一生中做过三次国子博士。这也是他在文学上颇有成就的时期。

贞元十七年（801年）初冬，韩愈终于得以进朝廷任职——被委任为国子监四门博士。国子监是唐朝的最高学府，长官称"祭酒"，职掌儒家经典。国子监下设七个学馆：国子学、太学、广文馆、四门馆、律学、书学、算学。各学馆的主讲教员称"博士"，辅助教员称"助教"、"直讲"等。国子学、太学、四门学都是综合性学校，课程内容基本相同，但招收的学生的家庭出身却是有区别的。四门馆招收的是中下层士子，因此四门博士官阶较低，仅七品。

韩愈得此小官，内心很不满足，觉得与他的理想相距甚远，可高官又做不上，只有等待时机了。在此期间，他广泛结交有识之士，热诚奖掖推荐韩门弟子及学馆生员。

第二年春天，礼部又举行进士考试，由权德舆主考，陆傪辅佐。由于韩愈认识陆傪，便向陆傪推荐了侯喜、李翊等十八人。其中有四人当年即考中进士。此后又有六人中举，一时韩门大盛。此时韩愈三十几岁，官职不高，而在文坛上已有了一定的声望。

韩愈不仅刻苦学习理论和进行创作，而且非常关心青年后学的进步，常给他们具体的指导和帮助。这种行为和他的声望招致别人的嫉妒和诽谤，纷纷指责他"好为人师"。韩愈面对责难，无所畏惧。为了纠正当时社会上不重视求师学习的不良风气，韩愈写了著名的《师说》，公开答复和驳斥了对他的讥笑和诽谤，对那些耻于从师而学的人给予激烈的批判。

贞元十九年（803年）七月，他和柳宗元、刘禹锡等擢升为监察御史。十二月，他被贬为连州阳山（今广东连县）县令。德宗死，顺宗即位，大赦天下，韩愈也在被赦之列，但未官复原职。不久，顺宗因病逊位，宪宗即位，大赦天下，韩愈仍未被召回。直到宪宗元和元年（806年）夏天，韩愈奉召回长安，被任命为权知（暂时代理或试用期）国子学博士，开始了他第二次国子博士生涯。

起先，宰相等人非常欣赏韩愈的诗文，有意让韩愈担任朝廷文学官，可是后来有人嫉妒韩愈而散布流言蜚语，朝廷就没有正式任命他。韩愈虽说权知国子博士，是个正五品的官，可是到处受到诽谤打击，难以得志，便上书朝廷，要求调到东都洛阳的国子监任职。

元和二年秋，韩愈前往东都洛阳，仍是权知国子博士。直到元和四年，韩愈才得到朝廷的任命，"权知博士"改成了"真博士"。三年的赋闲生活并没有使韩愈意志消沉，他依然关心国家大事，依然结交朋友和奖掖后学。他和李渤、温造、石洪、卢仝、皇甫湜、李翱、贾岛等经常往来，相互切磋，繁荣和发展了古文和诗歌的创作，促进了古文运动。

韩愈这段时间的生活非常丰富，他常把朋友们召集起来喝酒，给这样的聚会起个名字叫"文字饮"，以区别那些富家子弟的声色娱乐。酒席上他们以联诗句为乐，题目有《会合》、《城南》、《斗鸡》、《纳凉》、《秋雨》、《征蜀》等，内容多是谈古论今、抒发情感等。此时韩愈的散文较少而诗作繁富，除联句外，诗中的《南山》被誉为"古今杰作"。

元和四年（809年）夏，韩愈改授都官员外郎，不久被降职为河南令。元和六年入朝为职方员外郎，但为时不长，次年二月因为华阴令柳涧辩罪，再次被降职为国子博士。

韩愈虽然才识过人，可是屡次遭到贬黜，心中难以平静，惆怅郁闷，不久作《进学解》一文以自嘲。文中以一博士先生教导弟子却遭弟子的挖苦责难来发泄自己心中的不平，笔调诙谐有趣，富有讽刺意味。

当朝宰相武元衡、李吉甫、李绛读到这篇文章以后都非常赞赏，说："韩愈的学识非常精深博大，文笔雄健，是个修史的好材料呀！"元和八年（813年），韩愈升官为比部郎中（刑部属下负责掌管督办钱粮物资的官员）、史馆修撰（中书省属下史馆负责编修国史的官员）。

韩愈是唐代古文运动的领袖，他用毕生的精力倡导和从事古文运动，尤其是在促进唐代文风、文体改革，发展唐代散文方面，做出了巨大的贡献。

北宋文学家苏轼对韩愈的一生有过一个著名的评语，说韩愈"文起八代之衰，而道济天下之溺；忠犯人主之怒，而勇夺三军之帅"。前两句是评价韩愈领导的"古文运动"的历史贡献；后两句赞扬韩愈的忠勇爱国精神。

韩愈立志于散文改革，以极大的精力倡导了散文改革的古文运动，为古文运动提出了一整套理论主张，解决了前代古文家没有解决或没有解决好的问题。可以说，他在中国古代散文理论的发展上作出了具有划时代意义的贡献。他又毕生致力于散文创作，写下了大量优秀的古文，这些古文独具魅力，为当世和后世的散文树立了典范，并成为中国传统典籍中经典的、正统的文体，为中国古代散文的发展开拓了一条广阔的道路。

38. 韩愈因谏迎佛骨被贬官潮州
hán yù yīn jiàn yíng fó gǔ bèi biǎn guān cháo zhōu

唐代中期，名义上是儒、释、道并重的时代，其实是释、道两家的天下。佛教非常盛行，僧侣阶层地位优越，享有许多特权。他们维护统治阶级的利益，从思想上麻痹人民，给社会带来极大的危害。

位于陕西扶风的法门寺，现在还有佛骨（舍利子）珍藏。

唐宪宗任贤用能、刻苦自励，经过一段时间的努力，开始显示出一些业绩，有了一些"中兴"的意思。但他在这点小成绩面前却骄傲起来，渐渐要求奢侈的享受和尽情的挥霍。不仅如此，他为了像秦始皇、汉武帝那样追求长生不老，做个永久的皇帝，开始四处寻找一种不死的"仙药"，因而就逐渐喜欢那些神仙佛道一类的东西。

此时，韩愈因跟从裴度征讨淮西吴元济的叛乱有功，升任刑部侍郎。他从来就是反对佛教，痛恨道教和方士的虚妄。在《谢自然》一诗中，他斥责这种无聊的迷信，慨叹秦始皇和汉武帝的愚蠢。他在《故太学博士李君墓志铭》中写了唐宪宗热衷于仙药前后的事，当时有五六个有地位的人由于服食"仙丹"中毒而亡，以此表示了韩愈对方士和仙药的憎恶情绪。

皇帝喜欢的事情大臣们当然会极力奉承，以求升官发财。有些人，如皇甫镈、杜奇英等人就因此被重用。这些一步登天的人在京城里为所欲为、横行霸道。方士柳泌哄骗宪宗说能采到长生不老之草炼药，因而被宪宗任命为台州（今浙江临海）刺史，还可以穿尊贵的官服。一时间，朝野上下求神拜佛，乌烟瘴气。

宪宗元和十四年（819年），朝廷里发生了佛骨事件。原来，凤翔县的法门寺里有一座护国真身塔，塔内收藏着一节指骨化石，僧人们纷纷传说是释迦牟尼佛的遗骨，被称为"佛骨"。佛骨每三十年展览一次，据说能使国泰民安，五谷丰登。

这年正月，宪宗派杜英奇带领着三十名宫女，手捧香花，到法门寺去迎佛骨。杜英奇一见发财的机会来了，忙打点上路。路上假传圣旨，向沿途州县敲诈勒索。沿途除红毡铺地、磕头膜拜等方式隆重接待外，还必须"布施"，即捐钱来表示虔诚，而这钱也大都落入了杜英奇的腰包。

佛骨送到皇宫，供奉了三天，又在长安城内各寺院轮流公开展出。这件事轰动了整个长安城。上至王公大臣、绅士富户，下至普通百姓，争着向寺院布施，有的甚至因此而倾家荡产。那些没钱的穷人遵从和尚的教导，烧去头发或烧自己手指，用苦行来表示礼佛的诚心，以求能供养佛骨。供奉佛骨的寺庙非常热闹，每天从早到晚都人来人往，熙熙攘攘。一时间搞得满城风雨，百姓不安，不仅影响了生产，而且浪费了无数资财。

在此之前，韩愈以刑部侍郎的身份在东都洛阳巡视公务。回京的时候，正赶上佛骨在各寺院展出，街上人烟稀少，很多铺面和作坊都关着门，而寺院里却是人山人海。韩愈向路人打听，才大体了解了事情的经过。他连忙回府，又向家人了解了事情的详细经过。他再也不能容忍这种劳民伤财的愚蠢行为继续下去，执意向皇帝进谏，力图阻止这件事。

韩愈是一个儒家的忠实信徒，封建正统思想的维护者。他反对佛教和道教，因为这会浪费大量的国家财富，而托佛求福更是痴心妄想。他先找来了自己的学生张籍商讨此事。

韩愈把自己的想法和打算全部告诉了他。张籍听了微微蹙起眉头，替老师担心。回想德宗年间，韩愈担任监察御史时，德宗实行"宫市"，太监们到集市上强抢强拿，粗暴蛮横，商人们怨声载道，纷纷要求罢免宫市。韩愈对此气愤不过，上书德宗请求废止宫市。德宗却大发雷霆，把他贬为阳山（今广东连县）县令。如今，他又想上书谏阻宪宗喜爱的佛事，真可谓太岁头上动土，吉凶难料呀！

张籍深知老师的禀性，知道劝阻他是不可能的，一时满腹的话不知从何说起，只是眼含热泪，凝望着这位年过五旬、两鬓染霜的老人。韩愈气愤地说："我深知只要一上奏章，必定是触犯天颜，只要皇上肯听我的建议，就是粉身

法门寺中安放佛指舍利的铜浮屠

碎骨又何惧？"

不久，韩愈不顾朋友、亲人的劝阻，不顾刚刚戴上的乌纱帽，毅然地写出了《论佛骨表》一文，递与宪宗，以谏阻宪宗。

文章的一开始说明佛教未传入中国之前，国泰民安，国君都享有高寿。然后举例，说黄帝在位一百年，活了一百一十岁；少昊在位八十年，活了一百岁；舜和禹年龄都是一百岁；商汤王、周文王都活了九十多岁。那时天下太平，百姓安宁，并不是因为佛教而造成的。接着列举事实说明

佛教传入后相继出现的动乱局面：汉明帝诚心礼佛，在位仅十八年，其后祸乱不断，福运不长；南朝的宋、齐、梁、陈以来，礼佛更加虔诚，可惜在位的时间更短。由此可见越是对佛敬奉的君主，越没有好下场。然后，文章联系现实，历数了佛教蛊惑人心、伤风败俗、危害百姓、挥霍资财的种种罪恶。文中指出：皇上令群僧到凤翔迎接佛骨，并接入皇宫，又让各寺轮流供奉。老百姓看到皇上这样诚心敬佛，以为自己更应该舍身事佛，这样就造成了为信佛而倾家荡产，本应该做的事也抛弃不做了。长此以往，一定会有断臂割肉、烧发焚身、伤风败俗的事情发生，最终造成极大的灾难，被别国所耻笑。文章最后谈到，佛祖本是外国人，不通中国语言，不懂中国礼仪。如果活着到中国的话，皇上只要接见他一次，赏赐些财物，礼送出境就可以了。现在一节死去多年的人的朽骨，皇上怎么能让这样污秽不堪的东西进入皇宫大内呢？恳请皇上派人把它投入水火之中，以断绝天下人的痴心妄想，这正是圣君应该做的。如果佛真有灵，降下灾祸，我愿全部承担，毫不怨恨后悔！

韩愈的这篇文章言辞恳切，分析透彻，说理有力，深刻感人。奏章不久到了宪宗的手里，他看罢奏章，非常吃惊，竟然有如此狂妄胆大的臣子！有这样不知死活指责皇帝过失的臣子！最可恶的是，他竟敢说信佛的皇帝都短命，这不是在咒我早死么！岂能容这种不知高低的狂徒在我身边。于是向大臣们说道："韩愈说朕奉佛太过，朕还能容他。可是作为人臣，竟咒朕短命，狂妄到如此地步，不可饶恕。"坚决要杀死韩愈。

韩愈因此再次厄运当头。幸亏有宰相裴度、崔群等大臣的极力劝谏，才使宪宗渐渐息了雷霆之怒，免了韩愈的死罪。韩愈逃脱了杀身之祸，但刑部侍郎的乌纱难保。不久，朝廷下诏，贬韩愈到离长安七千六百多里的南方海边的潮州（今广东潮安）做刺史，韩愈从此开始了第二次贬官生涯。

由于韩愈上《论佛骨表》于宪宗，宪宗大怒，欲杀韩愈，幸亏宰相裴度等人的劝阻，韩愈才幸免一死，贬为潮州刺史。

潮州离长安近八千里。据当时的一般情况，被贬逐到那里的人，很少

能有生还的希望。当时，韩愈的小女儿正在病中，听说爹爹谏迎佛骨险遭
杀身之祸，受到惊吓，病情转重，危在旦夕。然而，韩愈是戴罪之身，不
容停留。那些执法的差役更是如狼似虎，把韩愈当成重犯，即日便押解着
上路，不许他和家人告别。韩愈仰天长叹，无奈撇下病重的女儿和家人，
只身上路了。

在蓝田县蓝田关，他的侄孙韩湘冒着风雪赶来送他，韩愈悲叹地写了
一首《左迁至蓝关示侄孙湘》诗。这首诗描写了自己的不幸遭遇和悲愤心
情，他忠心耿耿地上表谏迎佛骨，却得到贬官潮州的下场，一腔怨愤何处
诉说！

韩愈离京不久，他的妻儿家小也被驱出京城。重病的小女儿被迫随家
上路。一家人沿着韩愈押解的方向追赶。全家追至商山（今陕西商县东
南）时，终于追上了韩愈。可是小女儿已病入膏肓，路途上又无药可治，
勉强见了爹爹一面后，就身亡了。韩愈悲痛欲绝，老泪纵横，把女儿草草
埋葬于路边。可是戴罪之身，还得继续赶路，于是全家同往潮州。

一路上，韩愈百感交集，心情十分矛盾。有时他对自己敢于直言上书
而感到骄傲，有时又想何必与世为敌、太岁头上动土而危及自身和家属的
安宁呢？这种种无情的遭遇对韩愈的心理打击实在是太大了，他甚至开始
后悔自己做事的直率，对即将赴任的潮州也产生了恐惧。

然而离潮州还是越来越近。经过两个多月的跋山涉水，终于在元和十
四年（819 年）三月十五日到达潮州上任了。

韩愈明白，要想生还，只能彻底改变自己原来所持的直言无忌的态
度，尽量使自己恭顺从命，这样才有可能得到皇上的宽恕，赦免罪过，结
束放逐的命运。

不久，韩愈向宪宗写了《潮州刺史谢上表》。在文章的开头，韩愈承
认自己狂妄愚陋，不识礼节，触犯了皇上。皇上不仅免了他的死刑，而且
还有官做，所以上书深谢皇恩。文章接着推崇宪宗的神圣、威武、仁治，
大肆称颂宪宗的文治武功，并建议宪宗制定乐章，祭告神明，巡视泰山，
举行封禅大典。文章最后对自己的文学才能有些自吹自擂，但又悲叹自己

戴罪被贬之身，不能参加封禅这一千古难逢的盛会。

韩愈摆出一副乞怜讨好的模样，期望宪宗能开恩赦免他，把他调回京城任职。可是在这篇文章里，他的话说得极有分寸，他只承认"不识礼度"，"言涉不敬"，却只字不提宪宗过度信奉佛教的问题。这从另一侧面说明，他并没有承认自己的行为有什么错误。

元和十四年七月，宪宗册尊号为"元和圣文神武法天应道皇帝"。为了祝贺这一盛典，韩愈再次写了《贺册尊号表》，以求宪宗能宽恕他，不仅能加薪，而且能有一个好的职务。这篇文章没有任何实质性的内容，全都是漂亮的奉承话。说什么陛下功德无量，天地感动；说什么百姓安定，祥瑞齐降；说什么陛下美名四扬，名实相当，圣明超今冠古。

韩愈说这些奉承话的目的，无疑是引起宪宗的注意，请宪宗重用自己。的确，《谢上表》和这个《贺册尊号表》引起了宪宗的注意，博得了宪宗的好感，甚至使宪宗理解到自己错怪了韩愈的好意，误解了韩愈的一片忠心。宪宗也为自己的行为感到后悔，并有意要重新启用韩愈。

韩愈一方面上表驳得宪宗的好感，另一方面也尽一个地方官的责任，为百姓做点好事。他写了五首祭神文：祭湖神文、祭止雨文、祭城隍文、祭界石文及大神文。目的是祈求神灵的保祐，让老百姓丰衣足食，让潮州界内安定祥和。

不久，韩愈得悉潮州西面的水潭中有大鳄鱼，吞吃了不少老百姓家的牛、羊。为除此鳄鱼，他想出了办法：鳄鱼最怕硫磺，如果把死猪羊涂上硫磺抛入水中，鳄鱼闻到猪羊身上的硫磺味，也许以后就不敢再吃老百姓养活的家畜了。这样就可以为百姓除掉这个害人的东西。

第二天，韩愈带着十几名随从人员，来到城西的水潭边，把准备好的一猪一羊推入水潭中。接着，韩愈拿出连夜写好的《祭鳄鱼文》，高声朗读起来。文中写道：刺史受天子之命来这里治理百姓，而鳄鱼却常来吃百姓的家畜，使百姓不安，同刺史作对。刺史虽然懦弱，但也不容鳄鱼如此嚣张。潮州南面是大海，那里有很多食物，鳄鱼可以到那里去。现在命令你们三至七日之内离开此地，如不服从，那就是不听从朝廷命官。刺史就

要选拔猛士，用强弓毒箭射入水中，来杀尽鳄鱼！

说来也巧，几天过后，潭中没有了鳄鱼的影子，百姓的家畜再也不受鳄鱼的侵害。这件事被争相传颂，并且说得越来越神。老百姓都非常感激韩刺史，从此，韩愈在潮州的名声大振。

韩愈在潮州办的另一件大事就是兴办学校。除掉鳄鱼害后不久，韩愈上呈了一份《潮州请置乡校牒》。在这篇文章中，主要说明了治理国家不能光靠政令刑罚，还要依靠德、礼等人伦教化。在选择教师上，他选了德才兼备的赵德。文中还提到他自己掏腰包来建校舍等项办学投资。这件事又使韩愈的政治砝码加重了一些。

宪宗收到了韩愈的表章以后，对韩愈有了重新认识，他谅解了韩愈过去的行为，并对自己对韩愈的处罚有了后悔的意思，但对韩愈咒他短命的事依旧耿耿于怀。

不久，宪宗召集大臣，提出要再次启用韩愈，征求大臣们的意见。此时，宰相裴度站出来替韩愈求情，并说韩愈在潮州驱鳄鱼，建乡校，做了很多仁德之事，宣扬了陛下的仁义圣明，百姓齐谢皇恩。因此，皇上理应召他回京，官复原职。

而宰相皇甫湜本来就嫉妒韩愈，连忙出班阻挠，说韩愈毕竟狂妄自大，还诅咒圣上短命，先不忙调他回京，可以酌情调到近点地方做官。于是宪宗听从了皇甫湜的谏议，将韩愈调为袁州（今江西宜春县）刺史。

韩愈在潮州只有几个月，为潮州地方做了一些好事。潮州百姓为了怀念他，特地为他立碑修庙。

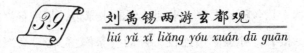

39. 刘禹锡两游玄都观

liú yǔ xī liǎng yóu xuán dū guān

刘禹锡（772—842 年），字梦得，河南洛阳人，与白居易齐名，是中唐时期著名诗人。他的诗充满着遭贬而不改其志的乐观爽朗，也有被贬后理想无法实现的满腹惆怅。

贞元九年（793年），刘禹锡二十多岁，第一次应试便幸而中进士。次年，又以文"登吏部取进士科"，授太子校书。贞元十九年冬被擢升为监察御史。唐顺宗即位时，有一段时间体弱多病，很少过问政事。刘禹锡与出身寒微、才华横溢的王叔文相交甚密，王叔文也非常欣赏刘禹锡的诗文及人格，"尝称其有宰相器"。于是他们二人与王伾、柳宗元等共同成为革新派的代表人物。刘禹锡因此再次受到提拔，改任屯田员外郎，兼判度支盐铁案。这些雄心勃勃的有志之士共同商榷的改革方案，顺宗看后言听计从，但引起守旧派的强烈不满。守旧的大宦官们极力削减革新派的力量，进行残酷的打击和无耻的诽谤，后来又勾结藩镇发动"宫廷政变"，顺宗被迫退位，致使革新运动以失败告终。这些思想进步的政治家有的被害，有的被贬。刘禹锡幸免于杀身之祸，因"扶邪乱政"的罪名被贬至朗州达十余年。

图为刘禹锡画像。刘禹锡被远贬长达二十多年，"巴山楚水凄凉地"的生活，激荡了他的诗情，滋润了他的诗笔。他对民歌的学习和汲取，更是结出了硕果。

在朗州这段时间里，刘禹锡笔耕不辍，以诗歌为武器，表达自己的愤慨，来昭示自己不屈的斗争精神。正如《咏史二首》之一中写道："世道剧颓波，我心如砥柱。"刘禹锡在朗州以幽默的笔调给曾任御史中丞的窦群写了一封复信《答容州窦中丞书》，信中仅用二百八十多字，有力地讽刺和抨击了儒生们的趋炎附势、见风使舵、欺世盗名、摇唇鼓舌的丑恶、虚伪的本质。语言辛辣，字字如针般直接扎入道貌岸然的"伪"儒生们："世之服儒衣冠、道古语、居学官者，为不鲜矣。求其知所以然者几何人？……异日见道大行，则言益重，使儒者之的悬于舌端，不得让也。由是知辱教之喜，可胜既乎？!"刘禹锡讽刺那些儒生们："今夫挟弓注矢、溯空而发者，人自以为皆羿可矣。"窦中丞口口声声自诩为儒生，刘禹锡给予有力的回击。这也是刘禹锡虽身陷困境也不变其节，不向守旧派摇尾乞怜的有力写照。"永贞革新"失败后，韩愈大肆宣扬天能"赏功"、"罚祸"的谬论，刘禹锡的好友柳宗元作《天说》，以折韩愈之言。刘禹锡作《天论》，进一步发挥了柳宗元的唯物主义哲学思想，在更为深广的层次上来讨论天人关系问题。《天论》上、中、下三篇，有力论证了"人能胜乎天者，法也"的观点。

815 年，刘禹锡又从朗州被召回京都。暮春时节，他随好友柳宗元到城外玄都观踏青。络绎不绝的行人都在议论刚刚看花回来。在刘禹锡任屯田员外郎时，玄都观并无什么花可言。带着迷惑他步入玄都观，观里盛开的桃花尽收眼底，他欣赏着迷人的景色，忽生感慨，联想到横行霸道、权倾京师的保守派，恨之入骨，于是借赏花为题，带着极度的蔑视，写下了《元和十年自朗州承召至京戏赠看花诸君子》的嘲讽诗："紫陌红尘拂面来，无人不道看花回。玄都观里桃千树，尽是刘郎去后栽。"这首诗深刻地揭示了宦官、守旧派们得势的史实，讽刺当朝的尽是红极一时的势利小人。因其针对性强，形象鲜明生动，很快在长安城内流传开来。"有素嫉其名者，白于执政，又诬其有怨愤……"，因此守旧势力群起而攻之，刘禹锡遂因"语涉讥刺，执政不悦"而再度遭贬为播州刺史。柳宗元考虑到刘禹锡母子二人到偏僻的播州生活困难，自愿与其对换。后来宪宗改授他为连州（今广东连县）刺史。

到连州后，他并未因宦官、藩镇的群劾而动摇他的战斗意志，反而激起了他的强烈愤慨。他的诗多为歌颂各地平定的叛乱。817 年，被称为"汉家飞将"的李愬亲自挂帅平叛了藩镇势力占据的蔡州。刘禹锡得知这个胜利的喜讯后，立刻作《平蔡州三首》诗表达自己的喜悦心情。蔡州的平定引起"狂童"李师道的恐慌，渐生归顺之意，但后来贼心不改，继续霸占淄、青等十二州，引起龙廷震怒，遂发兵声讨这股负隅顽抗的藩镇势力，凯旋而归。被李师道祖孙三代强占达五十四年之久的淄、青等十二州的人民载舞欢歌。刘禹锡在其诗《平齐行二首》中淋漓尽致地描绘了这次恶战的始末，也写出了将士、百姓雀跃欢呼的激动场面："帐中虏血流满地，门外三军舞连臂"，"朝廷侍郎来慰抚，耕夫满野行人歌"。从诗中看出唐王朝结束藩镇割据，求天下统一太平真是人心所向。

元和十三年（818 年），佛、道两教盛行，唐宪宗为求长生不老，下诏求方士，找灵丹妙药。同时，人民受到麻痹，有病纷纷拜神求道，不找郎中。具有耿介性格的刘禹锡了解到这种现状后，不改其英雄本色，在《答道州薛郎中论方书书》中借赞扬薛郎中来宣扬医疗的作用，要"寄余术百艺以泄神用"，"率以弭病于将然为先，而攻治为后"。再一次批判了"祷神佞佛"等迷信谬论。

十四年后，刘禹锡再度被召回长安城。同一个时节不一样的心情，再度旧地重游，难免有些感慨。时光才过去十几年，却事过境迁，昔日玄都观里盛开的桃花杳无影踪，昔日栽种桃树的道士也不知去向，昔日热闹非凡的玄都观而今变得冷冷清清，偌大的一个道观死气沉沉，庭院里布满了青苔，开满了野菜花。这多像朝政的巨大变化呀，不久前还大红大紫的权贵，转眼间风消云散。诗人再度置身于玄都观中，思绪万千，带着胜利者的自信，又挥笔而就一首新诗，此即《再游玄都观绝句》并引：

> 余贞元二十一年为屯田员外郎，时此观未有花。是岁出牧连州，寻贬朗州司马。居十年，召至京师。人人皆言：有道士手植仙桃，满观如红霞。遂有前篇，以志一时之事。旋又出牧。今十有四年，复为主客郎中，重游玄都，荡然无复一树，唯兔葵燕麦动摇于春风耳。因再题二十八字，以俟后游。时大和二年三月。

百亩庭中半是苔，桃花净尽菜花开。

种桃道士归何处？前度刘郎今又来！

此诗战斗性更加强烈。时人评曰："其锋森然，少敢当者。"的确，诗人是名副其实的胜利者。势利小人即使能嚣张一时，终究只是历史的过客；只有怀抱理想、意志坚强的革新人士，才能笑傲春风，成为历史的创造者。两游玄都观，景色是那样的不同，前后两首诗作，却贯穿着同样的战斗精神。这是诗人对现实的揭露，更是诗人崇高人格的自我写照。作品

刘禹锡易茶图（杨柳青年画）

为后人留下了历史的记录，更展现出进步人士在与恶势力斗争中不屈不挠的高大形象。

刘禹锡写寓言的体例主要有两种，一是寓言散文，二是寓言诗。寓言是用假托的故事或自然物的拟人手法来说明某个道理或教训的文学作品，常常有讽刺或劝诫的性质。寓言散文则是具有寓言特点的一种散文体。长庆二年（822年），刘禹锡任夔州刺史，在此期间创作了寓言散文——《因论七篇》，包括：《鉴药》、《讯氓》、《汉牛》、《儆舟》、《原力》、《说骥》和《述病》。这些寓言体的散文既不是标准的议论文，也不是标准的寓言体。如《鉴药》篇，主要讲述了自己求医看病，医生对症下药后药到病除，可是他听信俗人之言，为求补益，在痊愈后继续服药，反而产生严重的后果。刘禹锡在这里阐述了"过犹不及"的人生哲理。其他几篇也类似，都是从个人经历见闻中生发哲理性感悟，因而他在《因论》篇首引言中说："造形而有感，因感而有词，匪言匪寓，以因为目，《因论》之旨也云尔。"

寓言诗则是运用诗的语言讲述简短生动的故事，具有寓言特征。刘禹锡被称为中国最著名的寓言诗人。他善于观察，善于思考，用其政治家独特的眼光冷静地观察社会，冷静地分析社会，创作了一大批影射现实的寓言诗。

刘禹锡为官学写民歌
liú yǔ xī wéi guān xué xiě mín gē

　　刘禹锡少年时代家居江南，"安史之乱"波及江南比较少，因此他在安定的环境中接受了良好的教育，又受诗僧皎然、灵澈诗风的熏陶，少年时就显现出他的文学才能。793 年，刘禹锡二十二岁便中进士，踏上仕途之路后可谓风风雨雨，多半过着贬谪生活。

　　顺宗李诵抱病即位时，唐王朝的内部矛盾日趋尖锐，藩镇割据，宦官统治禁军，国库匮乏，支大于收，官府横征暴敛，人民生活在穷困潦倒之中。针对这一社会现实，以王叔文为代表的"二王刘柳"等有志之士，为了救民出苦海，改变满目疮痍、生灵涂炭的现状，于 805 年进行了历史上有名的"永贞革新"政治运动。刘禹锡在这次运动中充分发挥了其卓越的才干，如他自己所述："尽诚、徇公。"但这次运动仅仅维持了一百四十六天，在藩镇、宦官的联合诽谤打击下宣告失败。王叔文被赐死，王伾含冤归向黄泉，刘禹锡、柳宗元等八人同时被贬为司马，史称"二王八司马"事件。刘禹锡从此走上了贬谪之路。他先被贬至朗州，十年后，被召回长安城，由于写诗"语涉讥刺"被贬为连州刺史，五年后又到夔州当刺史。

　　刘禹锡在朗州时，就对民歌产生了兴趣，他在《上淮南李相公启》中说："氓谣俚音，可俪风什。"他创作的《采菱行》以其轻松愉快的曲调歌唱了少女采菱的盛景，这是他学写民歌的起点。816 年，刘禹锡被贬为连州刺史，他闲庭信步到了连州城下，偶然登上城楼，看见农民在田间劳作的场景，有所感慨，挥笔而就《插田歌并引》："农妇白纻裙，农夫绿蓑衣。齐唱田中歌，嘤咛如《竹枝》。但闻怨响音，不辨俚语词。时时一大笑，此必相嘲嗤。"诗中借白描手法，以清新的笔调赞美了插田歌唱的劳动场景。劳作结束，秧苗整齐，村落上空炊烟袅袅，"黄犬往复还，赤鸡鸣且啄"，写到此处，诗人笔锋一转："路旁谁家郎，乌帽衫袖长。"有力嘲讽了一心向上爬的计史。在连州，刘禹锡渐渐了解了民俗民情。唐穆宗

"杨柳青青江水平，闻郎江上唱歌声。"刘禹锡《竹枝词》写意。

长庆二年，"诗豪"贬至被称为"竹枝词"故乡的夔州，开始正式学习民歌。作品以清新见长。《竹枝》原是古代流传下来的音乐、舞蹈于一体的民歌。竹枝词是一种"语言通俗，音调轻快"的诗体，形式都是七言绝句，多歌咏民俗风情和男女恋情。荆湘、巴渝间的民歌引起刘禹锡浓厚的兴趣，他开始有意识地学习民歌。《竹枝词序》说：

四方之歌，异音而同乐。岁正月，余来建平，里中儿联歌《竹枝》，吹短笛，击鼓以赴节。歌者扬袂睢舞，以曲多为贤。聆其音中黄钟之羽，卒章激讦如吴声，虽伧伫不可分，而含思宛转，有淇澳之艳。昔屈原居沅、湘间，其民迎神，词多鄙陋，乃为作《九歌》，到于今荆楚鼓舞之。故余亦作《竹枝词》九篇，俾善歌者扬之，附于末。后之聆巴歈知变风之自焉。

刘禹锡仿写《竹枝词》，广泛汲取了当地民歌的营养，开辟了一条文人诗与民歌相结合的广阔道路。现共有十一篇作品传世。这些民歌体小诗抒情写景生动活泼，清新自然，情调淳朴健康，意蕴深远。如《竹枝词九首》其二云：

　　山桃红花满上头，蜀江春水拍山流。

　　花红易衰似郎意，水流无限似侬愁。

　　这首小诗细致描绘了巴山蜀水的美丽图画，韵律自然，借桃花流水抒发心上人的薄情与女子的愁情。又如《竹枝词二首》其一云：

　　杨柳青青江水平，闻郎江上唱歌声。

　　东边日出西边雨，道是无晴却有晴。

　　这首民歌琅琅上口，最为后人所称道。一对青年男女在杨柳青青的江畔邂逅，男子佯装不知，唱起了优美的情歌，声声拨动着女子的心弦。在焦急中等待的女子渐渐听出了歌中所饱含的深情，又有所怀疑。刘禹锡便以"东边日出西边雨"来表达女子的复杂心情，采用六朝民歌谐音双关的表现手法，以"无晴"谐"无情"，以"有晴"谐"有情"，把两种不相关的事物统一成一种耐人回味的美妙意境，男女青年表达爱情的方式也委婉含蓄而富有情致。刘禹锡的民歌作品除《杨柳枝词》外，还有《踏歌行》、《堤上行》、《浪淘沙》等作品，大多都是对爱情的歌唱，富有浓郁的民间特色，浓郁的乡村生活气息："濯锦江边两岸花，春风吹浪正淘沙。女郎剪下鸳鸯锦，将向中流匹晚霞。"（《浪淘沙》）

　　《踏歌词》四首学习江淮民歌的清新风格，语言精当，含蓄婉转，语意双关。

　　春江月出大堤平，堤上女郎连袂行。

　　唱尽新词欢不见，红霞映树鹧鸪鸣。

　　诗中借"新词"来喻指革新思想。可见孤直耿介的刘禹锡即使身处风景旖旎妩媚的田园，也不忘自己的鸿鹄之志；即使革新道路艰难曲折，也要坚持不懈地努力走下去。如："年年波浪不能摧"，"少时东去复西来。"

表现了诗人永不低头乞怜、不随波逐流的精神。刘禹锡的民歌体小诗自成一家，形成了独树一帜的特点，既有生活的热情，也有冷静的思考，借以表现自己的高尚气节和不屈的性格。

在唐代诗人中，刘禹锡堪称"奇才"（王安石语）。他最注重学习民歌，诗作"词意高妙"。到晚年任苏州刺史时，返洛阳途中，他也没放弃民歌的写作，语言愈发精炼。如《杨柳枝词九首》中的一首：

> 塞北梅花羌笛吹，淮南桂树小山词。
>
> 请君莫奏前朝曲，听唱新翻杨柳枝！

刘禹锡的民歌小体对后人影响很大。"缘于民歌，又高于民歌。"李煜《虞美人》词中的"问君能有几多愁，恰似一江春水向东流"这一千古吟唱的名句，便承袭《竹枝词》。后世文人的竞相传诵，使刘禹锡创作的新诗体亘古不衰，堪称诗史上一大创举。清代王士祯《带经堂诗话》中评："《竹枝》咏风上，琐细诙谐可人，大抵以风趣为主，绝句迥别。"翁方纲也说："以《竹枝》歌谣之调，而造老杜诗史之地位。"

41. 柳宗元笔下的寓言故事
liǔ zōng yuán bǐ xià de yù yán gù shì

柳宗元（773—819 年），字子厚，河东人，唐朝中期著名的思想家、文学家、教育家。二十一岁中进士，官至监察御史里行、礼部员外郎。后因参加王叔文为首的政治改革失败，被贬为永州司马，后改贬为柳州刺史。819 年卒于任所，年仅四十七岁。

柳宗元在唐代文学史上以诗文并称，不仅是出色的诗人，也是杰出的散文家，为唐宋散文八大家之一。柳宗元尤其善于写寓言，以浅白生动的故事讲出幽深精微的道理，来讽刺腐败的社会政治，来描摹冷酷的世态人情。他的寓言短小精悍，言尽旨远。

寓言在我国起源很早，先秦散文中就有以寓言故事说理的模式。但在这些散文里，寓言一直被当成文章的附属，为阐述全篇的观点提供论据，始终未能独立成篇，得到应有的发展。随着哲学思辨的发展，逻辑思维逐步深化，理论著作和文学作品日益各行其道，寓言创作作为一种文学样式，不但未得到人们的肯定，反而越来越受轻视。可以说，从先秦至唐代，真正称得上在寓言小品方面有所建树，为寓言作出贡献的，唯有柳宗元。

柳宗元画像。柳宗元怀抱远大的理想，有济世之才，却难以施展。他长期被贬蛮荒之地，但他不仅政绩卓著，而且用神来之笔再现了自然之美，表达了胸中之情，为后人留下了吟诵不尽的名篇佳作。

那么，柳宗元何以对寓言情有独钟呢？

一方面，这与他的人生经历有关。柳宗元出身于官宦之家，虽家世渐由显赫入衰微，但无论从生活上还是从仕途上，他在三十岁以前都是比较顺利的。他二十一岁登进士第，三十一岁为监察御史里行，并参加了王叔文集团的改革：罢宫市、免进奉、擢用忠良、贬谪赃官等，上利国家，下利人民。可惜好景不长，这场政治革新持续不到七个月，就遭到保守派势力和宦官的反攻而失败。顺宗退为太上皇，不能再为王叔文集团撑腰；宪宗即位，视王叔文等人为异己，加以整治处罚。柳宗元在劫难逃，被一贬再贬，做了永州司马，他的政治生涯就此走向另一个极端。这件事情对半生顺利的柳宗元打击很大，百般郁闷集结胸中难以排遣，当时的政治环境又使他不能直抒胸臆。于是，寓言成了他最好的寄托方式，用这种曲折的笔法来写他想说而不能直接说出的话。

从另一方面来看，柳宗元既是文学家，又是思想家，他对儒释两家的研究都有所造诣。他一生的主导思想是儒家思想，可他却笃信佛教，受佛学影响至深。天竺国是佛教的发源地，也是寓言盛行的国度。据说释迦牟尼传教时常用譬喻说理，用民间流行的寓言故事讲解佛经。柳宗元在当时文人中独爱写寓言，与他熟读佛经不无关系。

黔驴技穷，已成为一个寓意深刻的成语。

柳宗元的寓言作品有十篇左右，如《蝜蝂传》、《罴说》等，都已为人熟知，但其中影响力最大的还要数他的《三戒》：《临江之麋》、《黔之驴》、《永某氏之鼠》。

应该说《黔之驴》流传最广，"黔驴技穷"、"庞然大物"等成语，即使没读过作品的人也能信口说出。文中的驴是个无能而愚蠢的形象，最初它凭着身形庞大、声音洪亮迷惑住了老虎，使其不敢对它轻举妄动。可驴吓唬老虎只吓得了一时而吓不了一世，日子久了，老虎就渐渐弄清了它的底细："计之曰：'技止此耳！'"这头只会一蹄一鸣的驴的下场当然是被虎"断其喉，尽其肉"才算罢休，也许它至死都不知道老虎怎么敢这样放肆！这则故事表面上是说驴不该过早地把自己的全部"才能"抖搂出来，实际上是在劝诫那些无才无德的人不要试图以貌似威武的外表战胜对手，没有真才实学终究是不行的，因为一旦撩开虚伪的面纱，等待他的只能是可悲的结局，所以作者最后感叹道："今若是焉，悲夫！"

《临江之麋》中的小麋鹿是个很可怜的形象。它被人猎捕到家里养着，主人未对它下手，家里的狗却一直对它垂涎，只是害怕主人才"与之俯仰甚善"。狗和麋鹿相处了很长时间倒也平安无事，皆如人意，于是麋鹿"忘己之麋也，以为犬良我友"。后来麋鹿外出，看见别家的许多狗，走过去要和它们玩闹，根本没把它们当成敌人，那些狗可不管别的，"共杀食之，狼藉道上"。麋鹿的错误在于没有分清敌我，过分轻信别人，所以至死都没弄清是怎么回事。柳宗元称麋鹿是"依势以干非其类"，显然是包含着麋鹿和狗的故事之外的故事。

《永某氏之鼠》中的老鼠才真是可恨又可恶的小人的化身。它们仗着主人怕犯忌而对它们不予理睬，就肆意妄为，造成"某氏室无完器，椸无完衣，饮食大率鼠之余也"，着实害人不浅。好在这样的日子不会永久地继续下去，某氏搬家之后，新来的主人"杀鼠如丘，弃之隐处，臭数月乃已"。老鼠得到了它该有的报应。柳宗元为那些"以其饱食无祸为可恒也哉"的人预知了将来，告诉他们若是一味地"窃时以肆暴"，那就会和老鼠一样遭报应的。

柳宗元在《三戒》的序中说写作此篇的目的是厌恶世间之人"不知推己之本，而乘物以逞"，奉劝那些人好自为之，不要至死不悟。

《三戒》是柳宗元贬居永州时的作品。他当时的心境寂寞苍凉，虽然报国之心犹在，究因横遭殃祸而郁闷难解，思想上矛盾重重。他此期的作品大多讥讽尘俗冷酷丑恶的世态人情，往往三笔两笔就能勾勒出世人世事不可告人的本来面目。在写作技法上柳宗元也称得上娴熟醇厚，通过看似平淡的故事讲出意味深长的哲理。他丰富的想象力加上清隽含蓄、幽默诙谐的语言，创造出了许多独树一帜的形象，像虎、驴、蝜蝂等，已成为人们形容某一类人的典型。

总之，柳宗元可以称得上是我国历史上著名的寓言作家，他把我国寓言创作提高到一个新的水平，开辟了另一片天地。

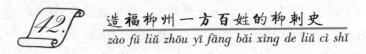

42. 造福柳州一方百姓的柳刺史
zào fú liǔ zhōu yī fāng bǎi xìng de liǔ cì shǐ

　　元和十年（815 年）正月，贬居永州的柳宗元迎来了政治上的转机：朝廷下诏召他回京。

　　柳宗元接到诏书后，忧喜交集，既担心进京后会遭到更大的迫害，又对有机会进京重返政界感到高兴。他在贬居永州的漫长岁月里，表面上寄情山水，悠闲自在，但他内心里时刻准备着，期盼有朝一日能为国效力。所以，一接到诏书，立即收拾行装，离开愚溪，踏上进京之路。经过一个月的长途跋涉，回到了令他魂牵梦绕的京城。这次与柳宗元同时被召的，还有刘禹锡、韩泰、韩晔、陈谏四人。

　　柳宗元等人到京以后，当时的宰相韦贯之很同情他们的遭遇，打算安排他们在朝廷任职。但是，他们的政敌、握有实权的武元衡等人，嫉妒他们的才干，又怕他们在朝廷任职威胁到自己的权势，把他们当做心腹之患，想方设法排挤他们。偏偏就在这个时候，刘禹锡写了一首《戏赠看花诸君子》："紫陌红尘拂面来，无人不道看花回。玄都观里桃千树，尽是刘郎去后栽。"这首诗嘲讽了那些飞黄腾达的新贵们，他们大为恼怒，以此作为"无悔过之心"的证据，向唐宪宗提出坚决反对柳宗元等人在朝廷任职的意见。这正合唐宪宗的心意，于是很快作出决定，改贬他们五人出任远州刺史。

　　柳宗元本是满怀希望而来，期盼重返政界，施展抱负，实现自己的政治理想，但事与愿违，遭到意外的惩罚，被贬为柳州刺史，官职虽稍有提升，却被打发到更僻远、更艰苦的地方去了（按古代里程，柳州比永州远两千余里）。理想又一次破灭，前途更加迷茫，使他的心情十分沮丧。但君命不能不从，柳宗元只得去柳州赴任。

　　柳州是府治，下辖五个县。在唐代，这里是一片蛮荒之地，树木参天，杂草丛生，毒蛇猛兽，随处可见。正如他在《寄韦珩》的诗里所说的

柳州柳侯祠

那样："阴森野葛交蔽日，悬蛇结虺如蒲萄。"这里曾经一度被中原人视为畏途险境，因此，朝廷往往把一些所谓犯了大罪的官吏贬谪到这个地方。据史书记载，从秦汉到北宋，这里一直是谪放罪人的地方。南宋以后，这种情况才逐渐有所改变。当时的柳州土地荒凉，人口稀少，社会很不安宁，偷盗、抢劫事件频频发生，屠宰牲畜、虐杀老人的现象屡见不鲜，景象十分凄惨。人们生病后，不去求医问药，而是"聚巫师用鸡卜"，甚至杀牲口来祈祷。如仍不见好，就让病人躺在床上等死。当柳宗元亲眼看到柳州城乡的不良风气和百姓这种贫困、迷信、不开化的情形时，心情是极其复杂的。但他对于事业有一种执著、刚毅的性格。他曾说："是岂不足为政耶？"（韩愈《柳子厚墓志铭》）难道在这样恶劣的条件下就不能在政治上有所作为吗？虽然是苦恼悲伤，情绪低落，但他深知自己作为地方官的责任，下决心用手中有限的权力在柳州干一番事业，实践"无忘生人之患"的诺言。

柳宗元到柳州实施的第一项重大举措就是废除奴俗，解放奴婢。奴婢是唐代社会最低下的等级，"奴婢贱人，律比畜产"（《唐律疏议》）。对主子来说，奴婢和牲畜、土地一样都是自己的私有财产。而柳州还盛行这样一个不良习俗，借钱时用男人或女人作抵押品，过期不还钱，抵押的男女就成为债主的奴婢，这就使穷苦人随时都有沦为奴婢的危险。所以，柳州人口虽然稀少，但奴婢的相对数量却很多，这严重阻碍了生产力的发展。柳宗元下决心要废除这项残酷的剥削制度，于是他制定了一项解放奴婢的政策，规定奴婢可以用钱赎身，对于拿不出赎身钱的人，可以从沦为奴婢之日起，向主人计算工钱，当工钱与债款相抵，奴婢身份就自动解除。这项制度废除了奴婢与主人的人身依附关系，把奴婢看作雇工或佣工，从而使债务奴婢获得了自由。桂管观察使裴行立很赞赏柳宗元的做法，便拿去在柳州附近的几个州县推广，结果不到一年，就有一千左右的奴婢获得了自由。这项颇具革新意义的措施，充分体现了柳宗元出色的施政能力和政治上的远见卓识。

奴婢获得解放，劳动热情日益高涨，柳宗元便引导百姓发展农林生产，改善物质生活条件。他写的《柳州复大云寺记》中，记载了他组织百姓在柳江南岸开荒拓井的情况。开垦出来的荒地，经过一番整修，有的用来种菜，有的用来种竹子，仅大云寺旁边就开垦菜园"百畦"，种竹"三万株"，可见规模不小。他还向百姓传授种柑技术，亲自到柳州城西北角的空地上种了二百棵柑橘。在他的示范带头下，种柑技术很快在百姓中普及，柑果业在柳州地区逐渐发展起来了。

柳宗元具有很高的文学修养，又略通医学，他深知提高百姓的文化素质和身体素质的重要意义。所以，他在治理柳州时，特别重视文教卫生事业。他兴办学堂，恢复了已废弃多年的府学，力图通过传播中原地区的先进文化，提高百姓的文化水平。他还利用闲暇时间，栽种仙灵毗、木槲花等中草药，收集药方，并结合自己治病的切身体验，总结出《治霍乱盐汤方》、《治疗疮方》、《治脚气方》，并向百姓宣传推广，设法用文明来克服愚昧迷信。

柳宗元到柳州，政治上的挫折再加上疾病的折磨，使他的身体越来越衰弱。但他不顾个人安危，集中精力处理州政，兴利除弊，经过几年的治理，取得了显著的成效。柳州的街道整齐清洁，草木葱翠，大部分百姓的住房已经翻新，还建造了许多船只，发展了水上交通运输事业，加强了柳州与外界的联系，社会秩序日趋安宁，许多逃亡在外的人也纷纷归来，柳州的面貌发生了翻天覆地的变化。韩愈在《柳州罗池庙碑记》中，详细记述了柳宗元在柳州的政绩并给予很高评价。

但是，长期以来精神与肉体上的双重折磨，使柳宗元不堪重负。元和十四年十一月初八（819 年 11 月 28 日），心力交瘁的柳宗元一病不起，不幸病逝于柳州住所，带着事业未完的遗憾和遭遇不平的愤恨离开了他的亲人和朋友。对于柳宗元的病逝，柳州人民深感悲痛，他们在罗池为柳宗元建庙，奉他为罗池之神，并修建了柳宗元衣冠墓，以表达对柳宗元的深切怀念之情。

43. 记述廉官的《段太尉逸事状》
jì shù lián guān de duàn tài wèi yì shì zhuàng

唐代著名文学家柳宗元以山水游记享有盛名，寓言在中国文学史上也有着独特的地位，而他的传记文章数量也较多，尤其是人物传记，文学性强，是《史记》人物传记散文的发展，《段太尉逸事状》便是其中的代表作。

"逸事状"是"行状"的变体。"行状"是指记述死者生平事迹，供撰作正式传记者参考的传状类文体，而"逸事状"则只记录逸事（轶事），至于死者的世系、名字、爵里、寿年以及其他生平事迹，不详细记载。这篇传记写于元和九年（814 年），当时柳宗元被贬在永州。他写这篇文章的目的是想给史馆提供史料，但并没有被采用，直到宋代宋祁等人修撰《新唐书》才被改编进去。

作品中主人公段太尉，名秀实，字成公。唐代汧阳（今陕西千阳县）人，因安定边境有功，累官至泾、原、郑、颍节度使、司农卿。德宗建中四年（783 年），太尉朱泚反叛，自立为大秦皇帝，想拉拢段秀实，段秀实不为所动，并用笏打得朱泚血流满面，因此被杀。德宗皇帝知道后，非常感动，并于兴元元年亲自下诏，表彰他"操行岳立，忠厚精至"，追赠太尉，谥号"忠烈"。段秀实坚守气节之精神在群众中产生巨大反响。柳宗元于贞元十年（794年）到邠州（今陕西邠县）探望叔父，遍游邠州、宁州各地，并与"老校退卒"谈话，征访到段秀实的一些事迹。后来又在元和九年（814年）从永州刺史崔能那里核对了这些事迹，于是完成了这篇人物传记。

这篇作品共分两大部分。前一部分是记述段太尉的一些逸事，后一部分即最后一段，是柳宗元向史馆呈这篇逸事状时附给当时任修撰的韩愈的信，一方面写出是为段太尉正名，因为当时有人认为段秀实痛打朱泚只是逞一介武夫之强，来扬名天下；另一方面写出写这篇文章的过程，以及材料来源的真实可靠性。

文章共写了段太尉三件逸事。第一件事是他做泾州（今甘肃泾川县）刺史时，当时汾阳王郭子仪的第三子郭晞驻军在邠州。郭晞纵容士兵无恶不作，邠州的无赖也混在军队中，胡作非为，他们在集市上敲诈勒索，不满意就动手打人，折断别人手足，或者毁坏货物，甚至撞杀怀孕的妇女。这些恶行引起人民强烈不满，但都敢怒不敢言，连当时极有权势的邠宁节度使白孝德也因为惧怕郭子仪的缘故不敢管。段秀实对这种行径大为不满，主动请求任都虞候（军中的执法官），以整饬军纪。就在段秀实到任的这个月里，郭晞军中的十七名士兵到集市上抢酒，并捣毁了酒肆，杀死了卖酒的老翁，段秀实逮捕了这十七名士兵并斩首示众。这在郭晞军中引起骚动，都穿起铠甲，准备报复。白孝德非常紧张，段秀实却镇定自若，只带一名跛脚老兵来到军营中，并晓以大义，说服郭晞，化危为安。第二天，郭晞到白孝德处认错，邠州从此再也没有祸事。

第二件事是段秀实在任泾州刺史前，曾在白孝德手下任支度营田副使。当时的泾州大将焦令谌强占民田数千亩，并且佃给农民租种，用高额的地税剥削农民，恰好一年大旱，颗粒无收，而焦令谌不但不减免租税，反而更甚。农民们走投无路，只好向段秀实申诉，段秀实判减免租税。焦令谌知道后大怒，把告状者打个半死，抬到庭中。段秀实看到后大泣，亲自给那个农民上药、包扎伤口、喂饭等，并把自己的坐骑卖了替他偿还租税。

第三件事是段秀实被召至京城做司农卿，告诫家人路过朱泚军队驻扎的岐州（今陕西凤翔县）时，不要接受朱泚送的任何礼物，因为这时朱泚虽然还没有正式叛唐，但由于段秀实对朱泚的为人比较了解，已有所警惕。但段秀实的女婿在推辞不掉的情况下，还是收下了朱泚送的三百匹大绫。段秀实回京后大怒，把这三百匹大绫放在了司农治事堂的大梁上。后来，朱泚叛乱杀了段秀实后，有人把这件事告诉了朱泚，朱泚把它取下来一看，果然这三百匹大绫原封未动。

通过作者的记述，我们看到了一位廉洁自律、不畏强暴、爱民如子的清官。全篇没有作者的赞扬、议论，但我们却可以多方面地了解到段秀实的事迹，这也是这篇人物传记艺术上的独特成就。

首先，文章布局合理，有详有略。如果按照事件发生的顺序，应把对抗焦令谌、卖马替农民还租的事件写在前面，但作者却先把严惩郭晞军中士兵的事情详细写出来。因为这件事故事性更强，情节曲折，放在前面能一下子吸引读者，给人首先留下了一个刚正、镇定的形象。

其次，作者把人物放到具体的事情矛盾中去写，而不是枯燥的讲述。第一件事先写出郭晞权势之大而突出段秀实的不畏强权。通过段秀实只带一个跛脚老兵与军营全副武装对比，突出段秀实的机智勇敢。第二件事中以另一大将尹少荣怒责焦令谌，以至焦令谌羞愧自尽，使段秀实形象更加突出，用尹少荣的口赞扬他是"仁信之人"。

再次，作者在文中使用许多个性化语言，突出了段秀实的性格。如段秀实去郭晞军营，看到士兵穿着铠甲出来，笑着说："杀一老卒，何甲也？吾戴吾头来矣。"令士兵们大为惊愕，表现出段秀实胸有成竹，镇定自如。再如段秀实看到被打的告状者，大泣曰："乃我困汝。"表现他对受害者的同情及因自己连累他人而自责。再如，他女婿把朱泚送的三百匹大绫带回京城，他说："然终不以在吾第。"表现出他的洁身自廉。

这篇文章作者虽是想把它当做史料呈上去，但却以文学的笔法来写，从段秀实众多逸事中选取最具典型性的事件来写，多角度刻画，文笔通俗流畅，使人物栩栩如生。这篇人物传记与当时的传奇相比，也是毫不逊色的。

44. 白居易泛舟遇琵琶女
bái jū yì fàn zhōu yù pí pá nǚ

元和九年（814 年）初冬，白居易在都城长安任左赞善大夫。这是一个不得过问政治、专门陪伴太子读书的闲官。白居易的赞善大夫的生活是安静的，也是单调的。但这种清闲的生活并没持续多久，一次更大的政治风浪又冲进了他的生活。

元和十年（815 年），平卢节度使李师道秘密派人刺杀了宰相武元衡，刺伤御史中丞裴度。一时间京城大乱，人心惶惶。软弱的朝廷对此束手无策。白居易颇为激愤，难以坐视，首先上书，要求查明案因，捉拿凶手，以雪国耻。武元衡是在天亮时被刺死的，白居易的奏章中午已送至宪宗皇帝的御案前。白居易的忠直敢言，早已使朝廷权贵怀恨

白居易《琵琶行》写意

在心，于是他们便借口白居易不是谏官越位上书与法制不合，又说白居易对母亲照顾不周，母亲因看花坠井而死，而白居易作《赏花》、《新井》

诗，有亏人子之道，有伤名教，不应再留在朝中。宪宗听信了这些话，把白居易贬为江州刺史。诏书发出之日，中书舍人王涯又投井下石，上书说白居易"所犯状迹，不宜治郡"，于是朝廷又追回诏书，改贬为江州司马。州司马本为州郡刺史官属下的掌管军事的副职，但在白居易的时代，州司马已经成了被贬京官的名义职位，所谓"红旗破贼非吾事，黄纸除书无我名"。

按唐代制度，被贬到外地的官员，在皇帝诏书下达之时起，便须立即上路，以致许多亲友都不知道。来送别白居易的只有李建一人。就这样，白居易满怀凄楚与不平离开了长安，踏上了通往江州的漫漫长路。

江州在当时属江南西道，领属浔阳、彭泽、都昌三县，州治设于浔阳，地处长江中游，是江南西道的一个大港，商业以茶叶、瓷器为主。

"遥见朱轮出城郭，相迎劳动使君公。"江州刺史很早就听说了白居易的诗名，于是率一些属员出城迎接。白居易对这种破格的待遇，感到心里不安。初到江州，由于刺史的热情款待，白居易在生活上还没有感到不便，但对这次远谪江州，始终感到愤懑不平，所以心情特别郁闷。

白居易的司马官舍在浔阳西门外，离湓浦口很近，北临大江，背靠湓水。元和十一年（816年），在荻花雪白、枫叶变红的萧瑟的深秋时节，一个满目凄凉的夜晚，白居易到浔阳渡口送别一位朋友。白居易下马送别客人上船，准备饮酒饯别。可是身边没有音乐助兴，属酒对客，醉意沉沉。目睹清波冷月，凄凄惨惨即将分别。忽然水面上传来一阵动人心弦的琵琶声，这琴声如泣如诉，哀婉动人，吸引了白居易和他的朋友，于是"主人忘归客不发"。循着琵琶声轻轻地询问是谁在弹奏，琵琶声停了，弹奏者想回答却迟迟未开口。白居易让船靠近些，邀请弹奏者出来相见，添酒、挑灯重新摆上宴席。

千呼万唤一位女子才慢慢地走出船舱，手抱琵琶半遮面。琵琶女并不答话，坐下后便熟练地转动了几下轴弦，定准了弦音，先是随意试弹了几下，接着便用灵巧的手指正式弹奏起来。一声声低沉缓慢，弹奏出了心中无限的伤心往事。弹奏了《霓裳羽衣曲》，又弹奏了当时京城流行的曲调

《琵琶行》诗意图

《六幺》。《霓裳羽衣曲》是河西节度使杨敬述所献，后又经精通音乐的玄宗皇帝亲自修改加工而成。《六幺》其实是"录要"的音讹，唐德宗贞元年间，乐工献给皇帝一首乐曲，皇帝命令将曲中最精彩的部分摘录下来，所以称"录要"，后来因音讹而称为"绿腰"、"六幺"。琵琶女高超的演奏技艺，哀婉动人的琵琶乐曲，深深地叩动了人们的心弦。

弹奏完毕，琵琶女十分凄楚地讲述了自己的身世和遭遇。原来，琵琶女曾是京城一名色艺双绝的乐伎，家住在虾蟆陵。虾蟆陵在今陕西长安县，相传是董仲舒墓，门人到此必须下马以示尊敬，因称下马陵，后来音讹变为虾蟆陵。琵琶女十三岁就以高超的演奏技艺名冠教坊。教坊是唐代官设教习歌舞技艺的教练所，有左右教坊、内教坊，有内人（在宫内的歌舞伎）和外供奉（临时被召唤入宫奏艺的外间歌舞伎）的分别。"今年欢笑复明年，秋月春风等闲度"，琵琶女后因年老色衰受到冷落，只得委身于一个做茶叶生意的商人。商人重利寡情，经常离开琵琶女远去浮梁贩茶。浮梁在今江西浮梁县，以产茶闻名，据记载，每年出产七百万驮，茶税总计达十五万多贯钱，是当时茶叶一大集散地。商人的离去，使得琵琶女经常寂寞地独守空船，只有那凄清的月光和寒冷的江水与她为伴。她将心中的那份凄楚、那份痛苦全部倾注到琵琶中，用琵琶抒发着内心的痛苦和忧愁，用琵琶诉说着"平生不得志"，用琵琶倾诉着"心中无限事"。

白居易听了琵琶女的叙述，对琵琶女的坎坷身世深表同情。联想到自己的遭遇，不禁感慨万千："同是天涯沦落人，相逢何必曾相识。"白居易向琵琶女讲述了自己谪居生活的清苦、孤寂，并请琵琶女再弹奏一曲。琵琶女感遇知音，调弦演奏。那凄凄的琵琶声使在座的每一位都不禁掩面哭泣，"座中泣下谁最多？江州司马青衫湿"。江州司马指的是白居易。唐代制度，文武三品以上服紫，四品服深绯，五品服浅绯，六品服深绿，七品服浅绿，八品服深青，九品服浅青。服色不视职事官而视官阶之品，至朝散大夫方换五品服色，衣银绯。当时白居易虽任州司马，而官阶只是将仕郎，为从九品，最低，着青色官服。

浔阳江头，琵琶语里，两颗被抛弃的心相会了，他们的哀怨和激愤，组成了一支凄苦的歌，这就是千古传诵的白居易的《琵琶行》。

《琵琶行》本事之真伪已成疑案，但诗中所写环境、地点、人物、时间皆斑斑可考。

45. 《长恨歌》：不朽的爱情挽诗
cháng hèn gē: bù xiǔ de ài qíng wǎn shī

《长恨歌》作于唐宪宗元和元年（806 年），这一年，白居易被任命为陕西周至县县尉。在这里，白居易结识了陈鸿、王质夫。三位好友经常到周至县境内仙游寺游玩。这年冬季的一天，三人又来到仙游寺游览，谈话中偶然谈到唐玄宗与杨贵妃的故事，"相与感叹"。王质夫便请白居易将这个故事写成诗篇，他把酒杯举到白居易跟前说："这种世上少见的故事，如果不遇到有超世才华的人加以润色，就会随着时间的推移而消逝，就不会流传于后世，这实在是件令人遗憾的事。乐天您对写诗有很深的造诣，又富于情感，请把这段爱情故事写成诗歌，怎么样？"于是，白居易写下了千古传诵的杰作《长恨歌》。

陕西临潼骊山西北的华清池。不知它是否还记得一千多年前那幕缠绵悱恻的宫廷爱情悲剧。

"汉皇重色思倾国"，唐玄宗晚年追求享乐，贪恋女色，宫中虽有宫女上千，但他都看不中，整天"忽忽不乐"。于是密令总管太监高力士在宫外搜求，搜得杨玉环。杨玉环是玄宗的儿子寿王李瑁的妃子。为了遮人耳目，开元二十八年，玄宗幸温泉宫，让高力士将杨玉环从寿邸接出，当了女道士，住在太真宫内，道号太真。过了六年，即在天宝四年，册封杨玉环为玄宗的贵妃。

杨贵妃入宫后，玄宗再也不理朝政了，"从此君王不早朝"。玄宗不仅对贵妃宠爱有加，而且对杨家亲戚也都裂土而封之。杨贵妃有三个姐姐，长得都很漂亮，玄宗称呼她们为姨，并封国夫人之号：大姨为韩国夫人，三姨为虢国夫人，八姨为秦国夫人。每人每年赐钱千贯，作脂粉费。

贵妃的堂兄杨铦被封为三品大官，远房哥哥杨钊（玄宗后来赐他改名为杨国忠）是个能饮酒、无品行的赌徒。但是，杨国忠善于逢迎，深得玄宗信任，官位不断提高，在天宝十一年（752 年）当上了宰相。

"渔阳鼙鼓动地来，惊破霓裳羽衣曲。"唐玄宗天宝十四年（755 年），平卢、范阳、河东三镇节度使安禄山在范阳起兵叛乱。第二年叛军打进潼关，直逼都城长安。唐玄宗惊慌失措，带着杨贵妃、杨国忠及杨氏姐妹，仓皇出逃。到咸阳望贤驿稍事休息，"官吏骇窜"，不再有贵贱之分，玄宗皇帝就坐在宫门大树下休息，已经到中午了，还没吃饭，后来有老者献麦，才吃上饭。

走到离都城一百多里的马嵬坡时，饥饿疲乏的军士非常愤怒，不肯再前进，包围了玄宗、杨氏住的马嵬驿，要求杀掉人人痛恨、祸国殃民的奸相杨国忠。正好吐蕃使者二十余人在驿门挡住杨国忠，要求发给食物。这时军士大喊："杨国忠与蕃人谋反。"随即用箭射杨国忠，杨国忠被军士杀掉。可是兵士们并不归队，仍围着不走。玄宗让高力士问为什么，龙武将军陈玄礼回答说："将士们已经诛杀了杨国忠，而杨贵妃还在宫中，将士们心中恐惧，希望陛下割爱正法。"玄宗被逼无奈，命令高力士赐贵妃自尽。高力士送罗巾给贵妃，贵妃于是在佛堂前自缢而死，尸体草草地葬在马嵬坡。

传说杨贵妃死那天，有一个老妇人在佛堂墙下拣到一只锦袜，是贵妃的遗物，便收藏起来，想看的人必须先付钱，每看一次，铜钱百枚，前后得钱无数。

贵妃死后，玄宗陷入痛苦的思念之中。赴蜀途中，萧瑟的寒风，惨淡的日色，凄凉的月光，雨中的铃声都使他愁肠百转，潜然泪下。

一年多以后，长安收复，玄宗从蜀回京，途中，玄宗让宦官祭奠贵妃，并想将贵妃的遗体迁出隆重改葬。这时玄宗的儿子李亨已当了皇帝，即唐肃宗。

长生密誓

礼部侍郎李揆对肃宗说:"龙武将士诛杀杨国忠,是因为他负国谋反。现在如果改葬贵妃,恐怕将士们不能安心,葬礼之事不可行。"于是,玄宗只好密令宦官偷偷改葬到其他地方。

贵妃初葬时,用紫褥裹着,等移葬时挖开一看,尸体肌肤已腐烂,而胸前佩戴的一个丝织香囊仍完好无损。宦官高力士把香囊献给玄宗,玄宗看到香囊,无限凄婉。

回到长安后,玄宗面对依然如故的景物,想到物是人非的凄凉寂寞,不禁伤心落泪:

> 归来池苑皆依旧,太液芙蓉未央柳。
>
> 芙蓉如面柳如眉,对此如何不泪垂?

从此,玄宗在"夕殿萤飞思悄然,孤灯挑尽未成眠"的孤寂与思念中度过了桃李花开的春天,梧桐叶落雨连绵的秋日。

传说有一位来自四川的道士,被玄宗对贵妃的思念所感动,"上穷碧落下黄泉",终于在奇丽的仙山寻觅到杨贵妃。见到贵妃后,贵妃让他把金钗一股钿盒一扇带给玄宗,作为见到她的凭证,并说:"为感谢太上皇,献上这些东西,以念旧好。"道士临走时说:"这两件东西不足为凭,请告诉我一件当时不被外人知道的事,以使太上皇相信。"贵妃想了一会儿,慢慢地说:"天宝十年的时候,我陪侍太上皇到骊山华清宫避暑,七月七日,牛郎织女相会的晚上,我独自一个人陪伴太上皇,仰天看星,被牛郎织女的故事所感动,于是秘密发誓:'愿世世为夫妇。'说完,拉着手都哭了。这件事只有太上皇知道。"

道士回来后,把信物交给玄宗,转达了贵妃的心意,玄宗"心震悼",每天闷闷不乐,不久"南宫晏驾"。

《长恨歌》在当时就流传很广,深受喜爱,长安的歌妓因为能吟诵《长恨歌》而增价。白居易也被称为"《长恨歌》主"。【"一篇长恨有风情"(《编集拙诗成一十五卷,因题卷末,戏赠元九、李二十》),既是白居易的自我评价,也是广大读者的共同感受。】

新乐府运动的先驱李绅
xīn yuè fǔ yùn dòng de xiān qū lǐ shēn

李绅，字公垂，润州无锡（今江苏无锡市）人。他生于772年，卒于846年，享年七十五岁。因其身体"形状渺小而精悍"，被人诨称为"短李"，是我国唐朝中期提倡新乐府运动的先驱者。

李绅出生在山东的赵郡李氏——一个世宦的家庭里。其高祖、曾祖及祖父都曾做过官。父亲李晤，也曾任过"金坛、乌程、晋陵三县令"，却不幸在李绅六岁那年离开了人世。母亲卢氏出身于山东的范阳卢氏大家族，善良贤淑，知书达理。李晤去世后，她便对李绅"教以经义"。到了780年，李绅九岁的时候，母亲也撒手离开了他。成了孤儿

李绅《悯农》诗写意。"锄禾日当午，汗滴禾下土。"

的李绅开始了他少年时代的贫苦生活，经常是"曳娄一缝掖，出处劳昏早。醒醉迷啜哺，衣裳辨颠倒"。直到十五六岁时，他才在家乡无锡县梅里乡的惠山读书，而且一读就是十年。在这十年里，他不仅学习了经书、诗歌，还受到了一定的佛教思想的熏染。

十年后，李绅开始走出书房，迈向社会，先后在苏州等地漫游，结交了许多诗人，并亲眼看到了当时的农民因为战乱和担负沉重的苛税流亡道路、衣食无着的悲惨景象。这颗年轻的心充满了对农民的深深同情，愤而

创作了《古风二首》（又作《悯农二首》）：

（一）

春种一粒粟，秋收万颗子。

四海无闲田，农夫犹饿死。

（二）

锄禾日当午，汗滴禾下土。

谁知盘中餐，粒粒皆辛苦！

从这两首通俗易懂的不朽诗作中，我们看到了农民的悲惨生活遭遇，在"四海无闲田，农夫犹饿死"的鲜明对比中，深刻地揭露了问题的本质所在，并且慨叹"谁知盘中餐，粒粒皆辛苦"。这两首诗简洁明快，不但读起来朗朗上口，而且寓意深刻，流传至今，仍然不断地被人们吟诵。它也是李绅现实主义诗歌创作中突出的代表作。据说，李绅在第一次赴长安应进士试时，曾拿此诗去向吕温求教，吕温读罢，赞叹说："此人必为卿相。"

贞元二十年（806年），李绅第二次来到长安应试，不但高中进士，而且还结识了元稹、白居易。他们经常在一起切磋诗艺，探讨诗歌的创作方向和方法，认为诗歌"不如寓意古题，刺美见事"。正是按照这种理论，李绅在元和四年任校书郎时首创《新题乐府二十首》，从而成为新乐府运动的先驱。李绅的创作实践深深地影响了白居易，使白居易终于提出了"文章合为时而著，歌诗合为事而作"的新乐府运动的主张，在中唐时期掀起了新乐府运动，而且白居易的新乐府诗中，有不少题材还是取之于李绅的那二十首诗。只可惜李绅的《新题乐府二十首》已经失传了。

李绅中进士后，在镇海军节度使李锜手下任掌书记。他以李锜"所为专恣，不受其书币"，使李锜大怒，想要杀了他，李绅逃了出去才免于一死。后来，李锜被杀，皇上嘉奖了李绅，封他为右拾遗。从此，李绅开始了一帆风顺、仕途通达的宦海生涯。到了长庆元年（821年）时，李绅已是翰林学士、迁右补阙加上司勋员外郎、知制诰。他与元稹、李德裕被人称为"三俊"。此时的朝廷内部两个官僚集团的斗争正日益激烈。旧门阀世族的代表和新科举出身的代表势同水火，这就是唐朝历史上有名的"牛李党争"。李绅与元稹、李德裕等人属于新科举出身的李党，李逢吉、牛僧孺等人属于牛党。他们之间的矛盾斗争经常是起伏不定。直到长庆四年的正月，穆宗去世，敬宗即位，听信了李逢吉等人对李绅诬陷的谗言，把李绅贬为端州司马。这是李绅在政治生活方面从未遭受过的最严重的打击。他二月离开长安，几经转折，深秋时才到了端州。一路上触景生情，伤心不已，内心中又忧愤难平，创作了饱含强烈感情、抒发砥砺志节的动人诗篇：《过荆门》、《涉沅潇》。到了端州以后，他又写出了一些情真意切的作品，如《至潭州闻猿》、《朱槿花》、《江亭》等。经过移任数地、辗转多年的奔波后，833 年的暮春时节，李绅到达洛阳，住在宣教里，恰巧白居易也在此，老朋友相逢，心中分外高兴，他们一起写诗唱和，一同游玩，真是"十年分手今同醉，醉末如泥莫道归"。此时，朝廷内李党斗争取得胜利，李德裕做了宰相，马上提拔李绅为浙东观察使。李绅终于可以衣锦还乡了。这一路上，和当年被贬端州的心情正是截然相反，内心中的兴奋愉快只有用诗作来抒发情怀，如《却望无锡芙蓉湖五首》；还有表达对家乡山水的依恋之情，如《忆题惠山寺书堂》、《过梅里七首》、《早梅桥》等等。

开成元年，李绅受白居易的影响，开始别出心裁地编撰专集——《追昔游集》。这是一本按时间顺序编成的集子，共收诗作一百三十多首，其中大部分是景物描写诗。当然，他在揭露统治阶级内部尔虞我诈的斗争、反映阶级矛盾深化的同时，也在晚年的一些诗里宣扬了佛教思想的消极情绪，这也是与他的经历分不开的。据李绅在《墨诏持经大德神异碑铭》一文中说，在他还未满一周岁的时候，有一天，他突然得了一场大病，释大兴前来探视，就"以法师易余幼名"；而且李绅在惠山寺读书时，就曾与鉴玄和尚"同在惠山十年"。正是这种濡染，才使李绅在内心接受了佛教思想。

47. 元稹与宦官争驿厅

yuán zhěn yǔ huàn guān zhēng yì tīng

　　元和二年（807 年），元稹任监察御史。监察御史主要掌管分察百僚，巡按郡县，纠视刑狱，肃整朝仪。

　　元和四年，元稹奉命到东川（今四川东部）处理案件。到东川后，他了解民众疾苦，访察官吏的不法行为，不畏权势，弹奏东川最高地方长官东川节度使严砺的不法行为：违反制度，擅自增加米、草等赋税，擅自没收管内涂山甫等八十八家百姓田产、奴婢，接受大批贿赂。元稹亲自平反了这八十八家的冤案，并对附庸严砺作案的东川七州刺史予以责罚。他的这种大胆的做法，使朝廷中支持严砺的宦官集团大为不满，心生怨恨。元稹从东川一回到京城，便被调离京师，被迫分司东都。元稹到东都洛阳后，并没有停止与权贵们的斗争。他上书皇帝，弹劾当地豪门贵族违法之事十余件。河南最高长官房式的违法事件被元稹查出，元稹按照过去的办法，一面上书皇帝，一面命令官职比自己高的房式暂停职务。元稹这一大胆的举动触怒了朝廷中掌权的贵官，他们趁机报复，说元稹这样做是目中无人，越职专权，所以给予罚一季俸禄的处分，并且下令召元稹立即回长安。对此，元稹写下了这样的诗句：

> 分司在东洛，所职尤不易。
>
> 罚俸得西归，心知受朝庇。

　　在由洛阳返回长安的旅途中，途经华州华阴县（今陕西华阴县）时，元稹准备在敷水驿暂住一夜。来到驿中，元稹见没有其他房客，便在较宽敞的正厅住了下来。半夜，驿中又来了一个皇帝的使臣宦官刘士元。刘士元见元稹住进了驿馆的正厅，便违规擂门大喊，要元稹把正厅让出来给他，并用脚猛踢猛踹，直至将厅门踢坏。进了门，刘士元又破口大骂，并蛮横地把元稹的行李扔到厅外。元稹没有穿鞋子就跑出大厅，刘士元仍不罢休，紧追不舍，手拿马鞭朝元稹劈头盖脸地打下去，元稹被打破了脸，血流满面。

宦官刘士元为何敢如此肆无忌惮地凌辱、殴打朝官呢？这是因为宦官在唐代很受信任，常被重用，有权有势。比如，有的宦官可以直接参与国家的政事，批阅所有上奏的公文，一般的事情则由自己直接处理，只有遇到大事时才上报给皇帝；有的宦官被派去当监军，也就是在大将带兵出征或驻守时去监督军务，监军的权力超过领兵的将帅；有的宦官担任禁卫军的最高长

元稹画像。元稹是和白居易齐名的中唐著名现实主义诗人，世称"元白"。

官护军中尉，长久地居住在宫中，陪侍在皇帝左右，势力极大。在元稹的时代，宦官已经成了一个有极大势力的政治集团，他们甚至可以阴谋决定皇帝的生杀和废立。如唐宪宗李纯就是被宦官王守澄、梁守谦等谋害的。谋害了宪宗皇帝后，宦官们又拥立太子穆宗即位。对于谋杀皇帝这样的大事，满朝大臣没有人过问，也没人敢追问，大家竟然相安无事，由此可见当时宦官权力之大。

元稹与宦官刘士元争驿厅之事闹到长安，上奏给皇帝及执政的宰相，他们不但不惩办无理的宦官刘士元，反而说元稹年纪轻轻竟敢占住驿馆正厅，随便树立自己的威权，有失御史的体统，结果将元稹贬为江陵（今湖北江陵）士曹参军（士曹参军是州府中掌管工役的辅佐官）。

消息传出，朝廷内外议论纷纷，认为这样处理有失公正。元稹的好友白居易更是气愤不已，立即联合了几个谏官，上书皇帝，替元稹辩护，说明元稹无罪。可是，奏文送上以后，宪宗皇帝根本不理会。白居易为此事甚至三次上书，指出元稹向来守官正直，这是人所共知的。自任监察御史

以来，"举奏不避权势"，敷水驿事件完全是有人挟恨报复。现在，有罪的未受处罚，无罪的反而被贬，那么，从今以后，朝臣们每当要做事时便会以元稹为戒，这样一来，就无人肯为皇帝当官执法，无人肯为皇帝惩治恶人，那么，天下有不轨不法之事，皇帝就无由得知。宦官们必然更加骄横霸道，正直的朝官即使受辱也一定不敢说，即使有被凌辱殴打的，也只能以元稹为戒，只有忍气吞声罢了。如此下去，远近闻知，实在是有损圣德啊。

白居易虽然三次上书，但终究未能改变元稹被贬的不幸命运。元稹被贬官的原因，从表面上看是因为与宦官争驿厅，其实真正的原因是元稹自任监察御史以后秉公办事，惩办查处了朝廷许多官员的不法之事，因此得罪了许多人，这些人一直在找机会、找借口打击报复元稹。元稹自己对此也是十分清楚的，他在《酬乐天闻李尚书拜相以诗见贺》一诗中写道：

> 初因弹劾死东川，又为亲情弄化权。
>
> 百口共经三峡水，一时重上两漫天。

诗的意思是说：我刚任监察御史的时候，由于弹劾东川节度使严厉的违法之事而差点被害死在东川；后来分司东都的时候，因为劾奏了宰相的亲戚违法，宰相便利用手中的权势害我，把我贬为江陵士曹。我一家百口共同乘船，经过险恶的长江三峡，同时再次来到漫天浓雾的地方。

元稹同宦官权贵们的斗争，赢得了时人的称赞。白居易在《赠樊著作》一诗中高度赞扬了元稹在东川为民平反伸冤的行为：

> 元稹为御史，以直立其身。
>
> 其心如肺石，动必达穷民。
>
> 东川八十家，冤愤一言伸。

多年以后，白居易在元稹的墓志铭中写到元稹因为平反了东川八十八家的冤案而"名动三川"，三川的百姓仰慕元稹，后来多用元稹的名字给自己的孩子起名。

48. 名动京师，才惊二杰的李贺

míng dòng jīng shī，cái jīng èr jié de lǐ hè

诗歌到了唐代中叶，掀起了又一高潮，诗坛上色彩纷呈。年轻的诗人李贺，远承离骚、楚辞，近承李白、杜甫，独具一格，另辟蹊径。他的诗名传遍京城，引起人们的关注。

李贺（790—816 年），字长吉，福昌（今河南宜阳西）人。据说，他在七岁时，就已崭露头角，以"长短之歌"名扬京师，仿佛春雷乍动，向人们展示着诗人的天才。当时赫赫有名的文坛领袖韩愈和著名人士皇甫湜，都是一代宗师。韩愈这时已经是一位极负盛名的文学家，他是古文运动的倡导者，不仅在诗歌理论和创作上独树一帜，还特别注意培养和鼓励有创新精神的年轻人，素有"龙门"的美称。如张籍、孟郊、贾岛、卢仝等都受过韩愈的指点和奖掖。皇甫湜是"韩门高弟"，字持正，新安（今浙江省淳安县）人，元和元年（806 年）进士。曾经担任过陆浑县县尉，

图为李贺画像。李贺被后人称为"鬼才"。他在短暂的一生中，呕心苦吟，在才子如云的唐代诗坛开辟出卓然不群的美学境界。

后任监察御史，由于直言政事而得罪了宰相李林甫，正被派在洛阳巡视。韩、皇二人读了李贺的诗后，都不约而同地拍案称奇："好诗！好诗！只是这李贺到底是谁呢？如果是古人，我们不知道也就罢了，倘若是今人，

哪有不认识的道理!"二人正说着,恰好听见有人议论:陕县县令李晋肃有一个儿子叫李贺,虽然 7 岁,却写得一手好诗。于是,他们决定到李晋肃的家中去见见李贺。这一天,日朗风清,二人并马而行,很快就到了那里。只见李贺"总角荷衣"而出,满脸稚气。他们一见,越加疑惑,心想:这么一个顽童就能写出那样的好词妙句吗?所以,二人就来了个突然袭击,让李贺当面试作一篇。谁知,小李贺并没有因为大人物的来访而不知所措,也没有因为"面试"而手慌脚乱,他彬彬有礼、举止大方。只见他欣然来到书案前,"操觚染翰,旁若无人",仿佛胸中成竹早已跃然于纸上,只一会儿工夫,就写完了。韩、皇二人接过来一看,题为《高轩过》,读罢大为震惊,对李贺之才赞不绝口。

其实,李贺与韩愈第一次见面当在他十八岁那年。李贺从家乡昌谷到洛阳,正巧韩愈也由京城调到东都。唐代有一种习俗,叫"行卷",也称"干谒"。就是应举者在考试之前,把自己的诗文呈给当时有名的人看,希望得到赏识并由此在社会上扬名,为将来考进士大造舆论。李贺也是如此。这一天,他带着自己的诗稿去拜访韩愈。这时韩愈刚刚送走客人,正是困乏之极。门人送来李贺的诗稿后,韩愈就一边解衣带一边读。只见第一篇题为《雁门太守行》,当"黑云压城城欲摧,甲光向日金鳞开"的诗句跳入眼帘时,韩愈不禁为之一振,顿觉一身的疲惫全部烟消云散。他迫不及待地重新系好衣带,把李贺请进屋中。原来,《雁门太守行》是李贺的"老成"之作,描写了一次北方将士誓死抗击叛乱的激烈战斗。其深刻的思想内容和高超的艺术手法使诗篇充满了无穷的魅力,让人们在盛大、悲壮、艰苦的战争场面中,透过浓艳的景色,仿佛听到了将士们的豪言壮语,感受到他们誓死决战的精神,同时也表现出年轻诗人英姿勃发、渴望建功立业的豪情。这样一首好诗,难怪韩愈被深深地打动了。从那以后,李贺的诗受到了韩愈的推崇,再加上李贺反对骈偶文,与韩愈的主张一致,这就更深得韩愈的赞赏。

可见,在李贺短暂的一生中,曾得到了韩皇二人的鼎力相助。韩愈嘉其诗,美其名,尤在李贺遭谗落第时,愤然作《讳辩》为他呐喊。皇甫湜比李贺大十四岁，是他的长辈，但因为皇甫湜很推重李贺，所以两人情深意笃。元和八年（813年）冬，李贺再次入京时，先到皇甫湜任上拜访。可巧皇甫湜不在，他亲眼目睹了长官不在时，官衙门里幽深清冷的场面，就在墙壁上写下了《官不来，题皇甫先辈厅》诗。事后，皇甫湜到李贺的寓所——城南仁和里看他，为此，李贺写了《仁和里杂叙皇甫湜》，倾诉了自己的不幸遭遇。在李贺离开洛阳去长安的时候，皇甫湜为他送行，李贺"凭轩一双泪"，写下了《洛阳城外别皇甫湜》。

另外，李贺尤擅长乐府，十五岁时，就与老一辈诗人李益齐名，以至"每一篇成，乐工争以赂求取之，被声歌，供奉天子"。所以，李贺的影响不仅在当时很大，在以后的诗人中也有许多仿效者，这足见李贺不仅闻名于时，更能传名于世。在唐代诗歌瑰丽的画卷上，李贺更为其增添了精彩的一笔。

李贺堪称早慧诗人，他不但诗才早熟，而且"年未弱冠"就已"名溢天下"。他十八岁就离开家乡昌谷来到东都洛阳，投诗韩愈，深得赏识，而后韩愈、皇甫湜不仅亲自"登门造访"，还在"缙绅之间每加延誉"。这无疑使一位集天才、勤奋、诗名于一身的年轻诗人，羽翼更加丰满。他两眼凝视着蓝天，心中描绘着蓝图，他要振翅高飞，一展凌云之志。

那时，读书人的最好出路就是能求得一官半职，封妻荫子。但只有少数人能够凭借高贵的门第，承袭官位，享受俸禄，而大多数人还得通过科举入仕。在科举中，举进士尤为时人所青睐。除了那些在各类学馆中读书的达官显贵之子弟可以直接被选拔、推荐到尚书省外，余者必须参加各府的考试，只有在"府试"中成绩优异者才有资格被选为"乡贡进士"，入长安参加进士考试。当时，河南府衙就设在洛阳，韩愈任河南县令，他曾多次写信劝李贺举进士，所以，元和五年（810年），李贺便参加了河南府试。

河南府尹房式主持了这次"府试"大考。在府试中，共有二十余县的学子参加，可谓各路英才云集。一般来说，州府试的诗大多为五言律诗十二句，又因为这些诗多半是为应"试"而作，只要求符合题意即可，不容许抒发自己的思想感情。这样一来，州府的试诗多半是千篇一律，万人一面，能够真正写出点新意的，却是寥寥无几。李贺凭着自己出众的才华，在诗中渗透了青年人的朝气和锋芒。

凭李贺的才名，这次举进士是非常有竞争力并且很有希望考中的。但他出众的文才却引来了"时辈"的嫉妒和排斥，他做梦也没有想到，就在他刚刚扬起风帆正待远航的时候，却被突来的一阵狂风吹折了桅杆，从此就再也没有乘风远航过。

原来，我国封建时代"避讳"之风盛行，人们不能说出或写出皇帝或尊长的名字，即使在考试时遇到尊长的名讳，也必须借故退出考场。而且这种避讳还不单单是避本字，就连同音的字也要避讳。李贺父亲的名讳是"晋肃"，"进"和"晋"同音，所以李贺是应该回避的。于是，那些嫉妒他的人，就把它当做最坚固的盾牌，对李贺进行猛烈的攻击，使他不能参加进士考试。

韩愈在李贺举进士过程中，一直都给予了极大的支持，因此竟也引来了不少诽议。皇甫湜劝韩愈说："如果不把这件事说清楚，你与李贺同罪。"但韩愈因为爱惜李贺的才华，就愤然作了短文《讳辩》，替李贺辩解，为他据理力争。韩愈在《讳辩》中引经据典，用犀利的文笔，向陈规旧俗发起了猛烈的攻击。他这样有力地质问道："父名晋肃，子不得举进士；若父名仁，子不得为人乎？"一句话就把那些以避讳为借口压抑人才的人们批驳得体无完肤、哑口无言，真是让人感到痛快之至。

李贺回到家里，"镜中聊自笑"，"解衣买酒"，强作欢颜，但无论怎样也无法掩饰自己热切报国的雄心，他在《南园十三首》中一唱三叹地倾诉着这样的思想感情。这次，他虽然在仕途上饱受了挫折，但怎奈壮志在胸，闲居不得。经人引荐，李贺终于当了一个奉礼郎的小官，但他始终感到郁郁不得志，以至托病辞官。后虽又几经辗转，却也壮志难酬，直到生命的最后一息，他也没能圆上这个梦。

李贺"天才俊拔，弱冠而有极名。天夺之速，岂舍也耶？"他生命虽短，却是世间少有的奇才。素有"鬼才"之称，又"李白为天才绝，白居易为人才绝，李贺为鬼才绝"等论颇多。虽然这些概括都略有偏颇，但也由此可见李贺的诗中必有其"瑰诡"、"奇怪"之处。

李贺是一位浪漫主义诗人，他在诗歌中大量吸收了浪漫主义因素，他不但受《楚辞》的影响很大，还从鲍照那里找到了共鸣，在李白那里得到了传承。但由于诗人的经历和遭遇不同，所以同样是植于浪漫土壤中的种子，却开出了不同的奇丽的花朵。

李贺的一生是不幸的，正是由于这不幸的遭遇才使他笔下的事物更加鲜活，更富于个性，他才能更加自由地上

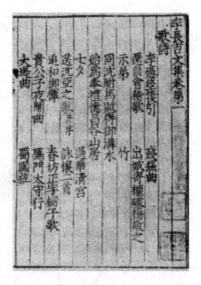

宋代刻本《李长吉文集》。读李贺的诗，尤其要关注他对鬼魂幽冥境界的形象描写。

天入地，穿梭于仙鬼之中，或交友，或倾诉，或抒怀……可谓"鲸吸鳌掷，牛鬼蛇神，不足为其虚荒诞幻也"。他的想象新奇，主张"务去陈言"。李贺早在他参加河南府试时所写《河南府试十二月词并闰月》的诗中，就以其"二月送别，不言折柳，八月不赋明月，九月不咏登高"，"意新而不蹈袭，句丽而不悁淫，长短不一，音节亦异"的创作，和他"啾啾赤帝骑龙来"的气魄而独领风骚。

然而，仕途多难，壮志难酬，他处在极度郁闷、不平之中。"不平则鸣"，李贺用他奇崛的文笔描绘出美好的仙境，与残酷的现实形成了一个强烈的反差和对比。

49. 人生坎坷、英年早逝的"鬼才"

rén shēng kǎn kě、yīng nián zǎo shì de guǐ cái

在蓝天和碧野之间，每天都重复着这样一幅动人的画面：美丽的晨光

驴背思诗图。李贺每天都骑着一头小毛驴，到野外去寻找灵感。他身上一直背个锦囊，每得一句诗，便投入这个袋子，晚上回家袋子总是装得满满的。

中，一个细瘦的书生骑着一头毛驴，慢慢而来。只见他浓眉、巨鼻，长长的指甲，身背一个破旧的"锦囊"，与他相伴的还有一个小书童。这主仆二人每天都从静谧的晨曦中走来，在晚霞的余晖中归去，除非是他酩酊大醉或是吊丧的日子，否则他们肯定会准时相约在如诗的大自然中。

这就是唐代诗人李贺。李贺虽然自幼聪明好学，饱读诗书，但他在创作中所付出的辛勤汗水是令人吃惊的，他那始终如一的坚强毅力也是非常人可比的。因此，李贺取得的辉煌成就，正是与他这种勤奋、刻苦和投入的精神密不可分的。

李贺的家乡是河南福昌的昌谷。昌谷面山傍水，景象宜人。李贺经常与朋友王参元、杨敬之、权璩、崔植等一起出游、吟诗。他从来不先"得题然后为诗"，也从来不"如他人思量牵合以及程限为意"，而是每天早出晚归，出游觅诗，在广阔的大自然中激发着诗情，采撷着诗句。他日日畅游，随感随写，随游随发。所有诗句都是真实情感的凝结与流露。他每得一句，都投入锦囊之中。每当夕阳西下，他都会满载而归。难怪他的母亲每见儿子在灯下熬夜时，就心疼地说："儿呀，你这是要把心呕出来才罢休吗？"正因为李贺每天都扛个大袋子，每到晚上又塞得鼓鼓的。所以，还有人曾经这样传说：

一天傍晚，李贺刚走到一个僻静处，迎面突然蹿出来一个大汉，拦住去路。大吼一声："站住！此树是我栽，此路是我开，要想打此过，留下买路财!"李贺不由一惊:"我不过是一个穷书生,只有一堆废纸而已,哪有什么钱呀!"那大汉当然不信,他怒目圆睁,紧盯着破袋子说:"你撒谎,我每天都看见你扛着它去收租子,还能没钱?骗鬼去吧!"于是,不由分说,就动手掏了起来。结果,真是除了满地的纸条,不见分文。那人讨了个没趣,只好怏怏地走开了。

从那以后,李贺"锦囊佳句"的故事就传为美谈,"锦囊"也成了"勤奋刻苦"的代名词,李贺也因此被称为"苦吟诗人"、"呕心"诗人。他的诗也的确"如镂玉雕琼,无一字不经百炼",仿佛字字句句都"呕心而出","欲传于世"。所以,李贺每作一首诗,往往都"触景遇物,随所得句,比次成章",因而,他的诗多"妍媸杂陈,斓斑满目",颠倒重复,跳跃性很大,"所谓天吴紫凤,颠倒在短褐者也",然而却不给人以割裂之感。如他的长诗《昌谷诗》,就能够很好地说明这一点。

李贺的一生,是用心血熔铸成诗的一生。他在诗坛中能取得如此巨大的成就,正是他刻苦创作的结晶。有几人能像他这样"长歌破衣襟,短歌断白发"(《长歌续短歌》),有几人能像他这样"吟诗一夜东方白"(《酒罢,张大彻索赠诗。时张初效潞幕》),又有几人能像他这样字斟句酌,"经十日",才"聊道八句"(《五粒小松歌并序》)呢?诗人如此潜心创作,因而不到十八岁就过早地有了白发。李贺一生留下的二百四十余首诗,是他毕生的心血所就。李贺在诗歌创作中,堪称继往开来、独辟蹊径,尤其在创作中称得上是"刳肝以为纸,沥血以书辞"的典范。

李贺是一位才华横溢的诗人。然而,他在人生的旅途上,只走过了二十七个春秋,就不幸在郁闷中与世长辞了。他短暂的生命虽如昙花般即现即逝,但他不朽的诗篇,却仿佛向人们诉说着一个美丽而又悲哀的故事。

李贺是唐朝宗室的后裔,"系出郑王后"(大郑王李亮后),但家道却早已中落,生活极其贫困。李贺共姊妹三人,姐姐嫁给了一个姓王的人,弟弟叫犹。母亲郑氏,是一个贤惠的妇女;父亲李晋肃,曾在边疆和内地当过小官,可是因为职位低下,收入微薄,只够勉强维持生活。不幸的是,李贺才十八岁,李晋肃就撒手人间,把李贺一家推向了更加窘迫的

境地。

李贺在他的诗中也多次感叹自己处境的悲苦。"我在山上舍，一亩蒿磽田。夜雨叫租吏，春声暗交关。"（《送韦仁实兄弟入关》）可以想见，一亩长满蒿莱的薄田，能打多少粮？然而，这漆漆的夜，凄凄的雨，却不能淹没租吏们狠狠的打门声和斥责声，这一切怎能不叫人心酸、心碎呢？为了维持生计，弟弟竟不得不到千里之外去谋生。那天，李贺送弟弟远行，二人在洛阳郊野之地分别，没有俎豆饯行，只有老马相随。石镜的秋夜是那般寂寞、凄凉，李贺独自对月，悲从中来，那种感受又有几人能真正体味得出呢？李贺的生活确实到了相当窘迫的地步，以至于在送朋友沈亚之的时候，"无钱酒以劳"，只好"乃歌一解以送之"（《送沈亚之歌并序》）。李贺不仅生活至此，他还从小体弱多病，整天与药相伴，身边只有一个小书童相随，每天替他煎汤熬药。"虫响灯光薄，宵寒药气浓。君怜垂翅客，辛苦尚相从。"（《昌谷读书示巴童》）李贺贫病至此，过早地长了白发，"终军未乘传，颜子鬓先老"（《春归昌谷》）。他还不到十八岁就已经是鬓发斑白了。

当然，生活的贫困与身体的多病，是李贺早逝的原因之一，但最重要的还是他仕途受挫后，那种无以名状和无法排遣的郁郁情怀。我们都知道，李贺自幼名气很大，让时人称羡不已，再加上韩愈等著名人士的推引，李贺更加英姿勃发，他仿佛走在一条铺满鲜花的路上，与进士只有一步之遥。可惜由于时人的嫉妒，"避讳"的时风，使他"路遇吠犬"，"遭谗落第"。从此，他陷入了郁郁的深渊之中。

李贺仕途受挫后，拖着病体回到了家乡。他虽然饱尝了人生的艰辛，但却不甘心就这样碌碌无为。于是他在家小住后，又重新踏上了去长安的征途。

第二年春天，李贺在宗人的引荐下，经过考试，被任命为奉礼郎。奉礼郎其实是一个小官，从九品上，属太常寺，主要在朝会和祭祀的时候，负责座次，安排祭品，主持礼拜等，在"公卿巡行诸陵"的时候，"专司仪礼"。这个职务不但卑微如奴仆，而且劳顿枯燥，即便是"风雪"之日，也得照常值班。李贺是一位有才华有抱负的人，他怎能不苦闷至极，失意至极，郁郁至极，又激愤至极呢？所以，他在《赠陈商》中这样写道："长安有男儿，二十心已朽……人生有穷拙，日暮聊饮酒。只今道已塞，何必须白首？……风雪直斋坛，墨组贯铜绶。臣妾气态间，唯欲承箕帚。天眼何时开？古剑庸一吼。"男儿二十，正是血气方刚、创业之时，可是他却仕途受阻、壮志难酬，在他心头萦绕的只有苦闷、压抑和落寞。元和八年春（813年），李贺托病，辞官回家。这次，他试想"归卧家园"，一心写诗。可是，在他心底，总有一种带剑报国、驰骋沙场的激情挥之不去，尽管他的身体多病，但还是决定到潞州走一趟，希望能得到好友张彻的推引。

然而，做客潞州的日子并不舒畅。李贺的病体愈加虚弱不算，尤其没有得到重用。在他三年客居的生活中，一直没有什么实事可做，这就使他越发觉得壮志不可酬。所有这一切，对于身处异乡的李贺来说，油然而生的是客愁的悲苦。就这样，李贺"旅歌屡弹铗，归问时裂帛"，最后又无奈地回到了昌谷。他久病的身体再也无法承受肉体和精神的双重折磨，年仅二十七岁就匆匆离开了人间。传说，在他临死的时候，他的姐姐曾亲眼看到了这样的场面：

有一位穿着绯衣的仙人骑着一条赤虬从天而降，绯衣人手持"一版书若太古篆霹雳石文者"，说道："我是来召长吉去的。"李贺赶忙下床叩头请求说："我母年老多病，贺不愿去！"绯衣人听后笑了笑说："天帝建了白玉楼，召你记文，天上的差事很快乐，一点都不苦啊！"李贺一听，就独自哭了起来，旁边所有的人都看见了。不一会儿，李贺呼吸便极其微弱，好像就只剩下一口余气了。这时，人们看见他平时居住的房间里，袅袅的飘有烟气，接着还传来了行车之声、音乐之声，郑氏赶忙阻止众人哭泣。就这样，大约过了一顿饭的功夫，李贺就停止了呼吸。

李贺去世后，还传说其母郑氏念儿极切，日思夜想，哀痛不已。一天晚上，她梦见儿子像生前一样回来了，还对她说："我能做您的儿子，非常幸福，您疼我、爱我太深了。所以，我从小就奉命写诗作文。我常想，一定得好好报答您。可哪知死得这么早，竟不能早晚服侍您，这是天意啊！虽然我的肉体已经死了，但实际上却没有真死，这是天帝的命令。"郑氏吃惊地追问原委。李贺说："上帝神仙居住的地方，最近迁都于月圃，建了一座新宫叫'白瑶'，因看重我的才华，所以召我和另外几位文士，一同作《新宫记》。如今儿已是神仙中人，非常快乐、幸福，希望您老人家不要挂念！"说完，李贺就走了。郑氏醒后，虽然觉得这个梦有点奇怪，但却解去了不少悲痛。

很显然，这两个故事都是编出来的，但却符合中国人大团圆的习惯，这一老一少，一逛一梦，却是死者和生者都得到极大慰藉的最好交代，尤其表达了人们对李贺的美好祝愿。李贺——这位优秀而年轻的诗人，虽然只驻足人间二十七个春秋，但他不朽的诗篇，却给人留下了千古不散的馨香。

爱诗成癖贾岛的"苦吟"
ài shī chéng pǐ jiǎ dǎo de kǔ yín

图为贾岛画像。贾岛一生穷苦潦倒，作诗以"苦吟"著称，后世用来代指锤炼词语的"推敲"之典，就出自贾岛。

在中晚唐的诗坛上，有一位以苦吟著称的诗人。他用自己独特的经历和对诗的独特感受，形成了自己特有的语言风格。尤其是他对诗的那种由衷喜爱之情和悉心投入之态，以及那种字斟句酌的推敲精神和苦尽甘来的体验，无不成为世人有口皆碑的佳话。这位著名的诗人就是贾岛。

贾岛（779—843 年），年轻时曾经出家当过和尚，法号无本。他虽为佛家弟子，却特别喜欢到处寻来觅往、吟诗对句，是一个很有才气的人。后来，他曾到过洛阳，可是连做梦也没有想到，他这个和尚竟会被人没来由地夺去了一半的自由（当时，洛阳县令有明文规定，禁止一切僧人午后出寺）。所以，这对于平日到处游荡、吟诗作句习惯了的贾岛来说，真是烦闷之极！他实在无法平息心中的怒气，于是愤然慨叹道："不如牛与羊，犹得日暮归。"愤激之情由此可见。韩愈因为非常爱惜他的才华，劝他还俗，还教他吟诗作文，鼓励他去举进士。贾岛还俗后，虽然也曾多次参加进士考试，却始终没有考中，但他的才华和诗作却得到了时人和后世的认可与赏识。因此，贾岛在唐代诗坛上有着重要影响。

有人说贾岛"爱诗成癖"，这话只说对了一半。因为他不仅爱诗，对诗有一种特殊的感情，更重要的是他对诗的那种别样执著的精神和刻苦锤字炼句的乐趣，才更使其成为家喻户晓的美谈。据说，贾岛的一生，一时一刻也离不了对诗的推敲和吟咏。他总是没日没夜地苦吟不止，不管坐卧还是行走，也不管吃饭或是睡觉，总之，他的嘴里念的是诗，脑子里想的是诗，就连手上的动作也在比画着诗，真称得上是"虽行坐寝食，苦吟不辍"。他的刻苦已经到了置身于物外，处闹市如无人之境的境界。有人这样评价他说："前有王公贵人，皆不觉，游心万仞，虑入无穷。"可见，诗歌对贾岛来说，俨然成了他生命中不可或缺的一部分。他在给朋友的信中说：

　　一日不作诗，心源如废井。
　　笔砚为辘轳，吟咏作縻绠。
　　朝来重汲引，依旧得清冷。
　　书赠同怀人，词中多苦辛。

　　　　　　　——《戏赠友人》

诗人把作诗比作汲水，一天不汲，心灵之泉就会干枯如废井。笔砚就是井上的辘轳，吟咏就是绳索。他每天都从"心源"中汲水，每次汲上的水都是那么清凉、可口。由此可见，诗人每天坚持创作的辛苦和甘美竟是那般的美丽。

传说，贾岛刚刚出入举场的时候，凭着自己的实力，显得有些傲气。

有人说他"轻视先辈",还"不把八百举子"放在眼里。我们先不去印证此说的可信程度,单说他总是自言自语、旁若无人地吟咏不休这一点却是不用质疑的。贾岛经常到闹市里仰天高吟,或在长街里啸傲作歌。他的眼里只有诗中之景,他的心里只有诗中之情,他全然达到了忘我的地步。一天,他骑着小毛驴,在京城的路上不紧不慢、"嗒嗒"地走着。此时,他眼前浮现的仍然是昨天访李凝幽居时的情景:小鸟在树上睡着了,圆圆的月亮挂在天空,他轻轻地敲着门……想到这里,眼前突然一亮,得了句"鸟宿池边树,僧敲月下门"。他反复吟了几遍,觉得对仗很工整,平仄也合辙,可是忽又觉得用"推"字好。就这样,"推"字和"敲"字换来换去的总是拿不准主意。他一边走,一边想,嘴里念着,手上比画着,"推门"……"敲门"……此时,贾岛眼前呈现的是,一片朦胧的月光下,一个僧人一会儿推门,一会儿敲门……可是就在他"推"、"敲"正酣的时候,只觉得自己一下子被人从驴背上拉了下来,可不知道究竟发生了什么事,直到他被扭送到京兆尹韩愈的面前时,才回过神来。原来,他只顾"推"、"敲",迎面来了京兆尹韩愈的仪仗队,他竟然丝毫没有觉察。路上的行人全都呼啦一下闪开了,只有贾岛还骑在毛驴上连嘟囔带比画地径自往前走。随从们大声呵斥了几次,

贾岛《寻隐者不遇》诗意图。"松下问童子,言师采药去。只在此山中,云深不知处。"

可是贾岛一点反应都没有。不觉中,他已闯进了队伍的第三节。没有办

法，随从们只好把他从驴背上推下来，送到韩愈的面前。韩愈正想责问他，贾岛就把刚才偶得诗句，因"一字未定"而"神游诗府"的经过说了一遍，然后就等待韩愈的处罚。哪知，韩愈听了，"立马良久"，并没有责怪贾岛一句，还对贾岛说："我觉得还是'敲'字好。"说着，就和贾岛并辔而行："你看，'敲'门肯定有声，就更能很好地以动衬静，而'推'门就太一般了，而且……"二人说着说着还一同进了府衙，仍然继续谈诗论文。一连几天过去了，他们仍然兴致勃勃，谈得非常投机，丝毫也不觉得厌烦。从那以后，两个人情深意笃，成了莫逆之交。韩愈还赠诗给贾岛说：

> 孟郊死葬北邙山，日月风云顿觉闲。
>
> 天恐文章中断绝，再生贾岛在人间。

可见，韩愈给贾岛的评价是很高的。然而，同样的事，也会出现不同的结果。传说，还有一次，那是在一个黄叶纷飞、凉风瑟瑟的秋天，贾岛偶得"秋风吹渭水，落叶满长安"的佳句，却因为"唐突京兆尹刘栖楚"，而被扣留一夜，直到第二天早晨才被放回。

贾岛也经常在诗中流露一些自己创作的酸甜苦辣，他在《送无可上人》中有这样两句："独行潭底影，数息树边身。"他自己作注说："二句三年得，一吟双泪流。知音如不赏，归卧故山秋。"可见，贾岛在炼字炼句上的用心良苦。

不仅如此，贾岛每年在除夕的时候，还对自己一年来的辛苦创作，进行一番总结。他把自己这一年中的所有作品，全都摆放在桌子上，然后"焚香再拜"，还把酒洒在地上说："这是我一年来的苦心啊！"接着痛饮、唱歌，直到兴尽才肯罢休！

贾岛是一个真正能"苦吟"的诗人，他炼字炼句，几近疯狂，一生近四百首诗，全是他"苦吟"的结晶，"推敲"的成果。他这种对创作的认真严肃的态度，将永远成为后世学习的典范。

51. 吴武陵惜才力荐杜牧
wú wǔ líng xī cái lì jiàn dù mù

　　唐朝人说，"城南韦杜，去天尺五"，杜牧即出身于城南杜家。京兆杜氏是魏晋以来数百年的高门世族，据考证杜牧是西晋杜预的第十六代孙。杜预，人称"杜武库"，博学多能，曾注《左传》，在历史上卓有盛名。有意思的是，杜牧与杜甫同为杜预后裔，只是支派相去很远。杜牧的祖父杜佑，也是一位著名人物，他官至宰相，著有《通典》一书。《通典》是一部记载历代典章制度沿革的巨著，是后世研究唐天宝以前典章制度的必读之书。杜牧对自己的家族是十分自豪的，曾写诗说："旧第开朱门，长安城中央。第中无一物，万卷书满堂。家集二百编，上下驰皇王。"（《冬至日寄小侄阿宜诗》）其中的"家集二百编"就是指《通典》这部书。

　　杜牧家学深厚，他自己也是才华出众。唐大和二年，杜牧二十六岁，他先参加了进士举考试。唐朝当时的科举制度可以在考试之前公开推荐，应进士举的读书人可以把自己的作品送给朝中有声望的人，借这些人的揄扬鼓吹或者推荐，便有了中举的希望。杜牧出身名门，少有才名，当时朝廷中有不下二十人争相为他宣扬名声，其中推荐最有力的则是任太学博士的吴武陵。

　　杜牧参加考试这一年的主考官是侍郎崔郾，考试地点定在东都洛阳。崔郾离开长安要赴洛阳之际，朝中官员为他饯行。吴武陵策马而来。崔郾听说他来，微感惊讶，离席迎接。吴武陵说："侍郎您以峻德伟望替天子选拔才俊，我岂敢不尽些力量？不久以前，我偶然看到太学生们扬眉抵掌，读一卷文书，我凑近一看，原来是进士（唐朝时凡参加进士考试者都称为'进士'，未必是进士及第者）杜牧作的《阿房宫赋》，这样的人真是君王的辅佐之才！侍郎您高官事忙，恐怕还没腾出时间读吧。"于是就取出《阿房宫赋》朗诵一遍。崔郾接过一览，也很惊奇，也很欣赏。吴武陵说："请您在这次考试中取他为状元。"崔郾说："状元已经有人了。"吴武陵说："不得已，就第五名吧。"崔郾迟疑未应。吴武陵又说："如果不行，请您把这篇赋还给我。"崔郾立刻应声说："就照您说的办吧。"回到宴席上，崔郾告诉席间诸位朝官说："方才吴太学博士推荐一位第五名进士。"有人问："是谁?"答："杜牧。"座中有人提出杜牧行为不检点，似乎不便录取。崔郾说："我已答应吴君，杜牧即使是个屠沽，我也不能更改了。"

图为扬州的施桥码头。唐代的扬州已是繁华的都市。"腰缠十万贯，骑鹤下扬州"，显现了扬州的奢靡和巨大的吸引力。

杜牧在洛阳应进士举，真就以第五名进士及第。这次考试共取三十三人，杜牧有诗记此事："东都放榜未花开，三十三人走马回。秦地少年多酿酒，已将春色入关来。"（《及第后寄长安故人》）抒发了进士及第后的喜悦心情。

唐代制度，中进士的人还要通过吏部考试，然后才能得到官职。于是杜牧又从洛阳回到长安。这时正赶上朝廷举行制举考试，杜牧参加其中的贤良方正直言极谏科，又被录取，授官为弘文馆校书郎、试左武卫兵曹参军。

一年之中，进士及第，制策登科，可谓年少得志，扬名京师。

杜牧出身于官宦世家、书香门第，又博览经史，进士、制科连试皆中，本应当做高官，享富贵，可是他秉性刚直，处于晚唐的党争时期经常受到排挤。而他的才华却是不可泯灭的。清人薛雪在《一瓢诗话》中赞杜牧为"晚唐翘楚"，杜牧是当之无愧的。像吴武陵向崔郾推荐他时所提到的《阿房宫赋》，就显示了青年杜牧的不凡才华。

唐大和七年（833年），杜牧原来跟随的主公沈传师被朝廷召为礼部侍郎，于是，杜牧就应当时任淮南节度使的牛僧孺的征聘来到扬州。

杜牧到扬州的时候，那里已是一座繁华的商业都市。扬州地处长江北岸、京杭大运河南端，是当时南北交通的重要枢纽。那里商贾云集，商业繁盛，"十里长街市井连"，扬州城里店铺林立，旅客客舍、茶肆酒楼应有尽有。随着商业城镇的出现、封建经济的高度发展，歌楼妓馆等专门的娱乐场所也蓬勃发展起来。这里的饮食歌舞等娱乐享受在全国是第一流的，当时的俗谚说"腰缠十万贯，骑鹤下扬州"。

杜牧在扬州牛僧孺幕中先做淮南节度府推官、监察御史里行，后转为掌书记，人们称他为"杜书记"。这位杜书记虽然是一位胸有报国志、关心国家命运的人，但在个人生活中却有着贵家公子的放浪形骸、喜好声色歌舞的不良习气。《唐才子传》中说他"美姿容，好歌舞，风情颇张，不能自遏"。

扬州每到入夜时分，娼楼之上就挂出无数绛纱灯笼来，"夜市千灯照碧云，高楼红袖客纷纷"（王建诗），这是歌楼妓馆最热闹的时候。忙完一天公务的杜牧就在这时候暗自来到娼楼上寻欢作乐，风流快活。他自以为行动隐秘，实际上他的顶头上司牛僧孺对他的这种行为一清二楚。不过，他对于杜牧还是非常器重的，对这位风流潇洒的才子十分宽容。但扬州城三教九流，什么样人都有，他又担心杜牧的安全，于是派出三十名士卒换成便装跟踪杜牧，对这位杜书记进行暗中保护。杜牧在扬州待了两年，这种情形一直维持着。

在扬州期间，杜牧也曾游玩访古。扬州是隋炀帝国亡身死的地方，那里尚有隋苑、斗鸡台及迷楼等遗迹。

杜牧一生走过很多地方，扬州在他的心目中占据了一个重要的地位。

离开扬州后，他常常思念这座城市，作诗抒发自己的思念之情，其中写得较好的一篇是《寄扬州韩绰判官》："青山隐隐水迢迢，秋尽江南草木凋。二十四桥明月夜，玉人何处教吹箫?"对扬州景物的描写清新淡雅，思念之情蕴蓄其中。

杜牧离开扬州两年后，曾经故地重游过。开成二年（837年），他因弟弟杜顗在扬州眼病加重，从他当时任职的洛阳赶到扬州，住在城东的禅智寺。杜牧与杜顗手足情深，因为弟弟的眼病，杜牧的心情并不轻松，"谁知竹西路，歌吹是扬州?"（《题扬州禅智寺》）这时的杜牧已不再有当年的豪情逸兴。

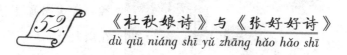

52. 《杜秋娘诗》与《张好好诗》
dù qiū niáng shī yǔ zhāng hǎo hǎo shī

"杜秋诗"是指晚唐著名诗人杜牧的五古叙事诗《杜秋娘诗》。

杜秋娘是中晚唐时一位命运多舛的苦命女子，她因为貌美，十五岁时被皇室子孙、节度使李锜纳作妾。据《新唐书》中说："锜为节度使，暴踞日甚，属吏死不以过者甚众，又逼污良家，甚至杀食判官牙将，行同野兽。"杜秋娘就和这样一个人生活了十多年。但是，李锜很喜欢杜秋娘唱的《金缕衣》曲：

> 劝君莫惜金缕衣，劝君惜取少年时。
> 花开堪折只须折，莫待无花空折枝。

这首诗也是杜秋娘所作（此据沈德潜《唐诗别裁》和蘅塘退士《唐诗三百首》），才貌双全的杜秋娘很受李锜宠爱。后来，李锜在宪宗元和二年谋反叛乱，兵败被腰斩，杜秋娘则没入皇宫。杜牧幼年时曾随祖父杜佑进宫朝觐，那时或许见过她。杜秋娘在皇宫中生活了将近三十年，老来放归故乡。这时，她既穷且老，生活贫困。

唐开成二年（837年）秋末，杜牧自扬州赴宣州团练判官任，路过金陵（今南京），听说了杜秋娘的故事，对她一生的坎坷经历感慨万分，于是"为之赋诗"，写下了这首《杜秋娘诗》。

长江流经金陵时称为京江。在这里，"京江水清滑，生女白如脂"。其中有一位美丽的民家女子杜秋娘，她丽质天生，"不劳朱粉施"，十五岁时嫁给节度使李锜为妾。李锜是个蛮横无道的李唐宗室，家中美女上千。杜秋娘深得李锜宠爱，常常捧着玉斝（古代礼器，酒宴上盛酒的器皿）为主人敬酒，并且为他演唱《金缕衣》曲。后来，李锜叛乱造反，事败被杀。

作为罪臣的眷属，杜秋娘等李锜的家眷要籍没宫中，"吴江落日渡，瀺岸绿杨垂"。从金陵来到长安，这些家眷一齐去参见天子。在众人当中，宪宗皇帝唯独看中了杜秋娘。"椒壁悬锦幕，镜奁蟠蛟螭。低鬟认新宠，窈袅复融怡。"皇帝把杜秋娘安置在豪华的宫室中。新受皇帝宠爱的杜秋娘姿态美好，心情愉快。就这样，杜秋娘开始了她的宫廷生活。有时在桂影参差的月夜，她闲来无事，按着紫玉箫吹奏；有时在"雁初

杜秋娘图（局部）。此图以唐代杜牧所作《杜秋娘诗》为题材，画面上杜秋娘梳高髻，着长裙，手执排箫，独立凝思，人物面相丰润，具唐妆仕女特征。

飞"时节，她陪侍皇帝到南苑游玩。这时，皇帝特别赏赐她"辟邪旗"。游罢归来，吃的是豹胎之类的珍馐，但吃饱了也就不觉得它的味道甘美

了。哪知好景不长，"咸池升日庆，铜雀分香悲"，宪宗去世，穆宗即位。昔日宪宗皇帝对杜秋娘的恩宠已经成为往事，就像"落花"再不能重放一样。

不久，穆宗皇帝有了皇子李凑。画堂之上，杜秋娘受命做了这位皇子的傅姆。从此，她兢兢业业扶持教养这位尊贵的皇子。穆宗十分喜爱这个皇子，"长杨射熊罴，武帐弄哑咿"，带他到长杨宫游猎，在武帐中也常常逗弄他。"渐抛竹马剧，稍出舞鸡奇"，小皇子渐渐长大成人，被封为漳王。"崭崭整冠佩，侍宴坐瑶池。眉宇俨图画，神秀射朝辉"，杜秋娘亲手带大的这位漳王仪表堂堂，人才杰出，颇有声望。这时，穆宗、敬宗都已相继去世，新即位的文宗不满宦官专权，想除掉宦官。谁知事情办得不够隐秘，被宦官王守澄及其门客郑注先得知消息。他们先发制人，诬告宰相宋申锡要废文宗立漳王。由于漳王平时声望很高，文宗心中本来就很忌惮他。此时一怒之下，听信诬告，将无辜的漳王囚禁起来，把他的封地也削除了。漳王因为此事被贬为巢县公。

漳王一遭祸，他的傅姆杜秋娘也不可避免地受到牵连，从宫中发放回她的故乡。"觚棱拂斗极，回首尚迟迟。四朝三十载，似梦复疑非。"走出宫门的杜秋娘回头望望高与天齐的宫阙，她依依不舍，停步不前。从当初入宫到今天的出宫，她前后经历了宪宗、穆宗、敬宗、文宗四朝，这近三十年的皇宫生活像梦一样。经潼关返吴江，一路之上处处物是人非，还有谁知道这位老妇人就是当年美丽的杜秋娘呢？回到家乡，故园已是荒草菲菲，"清血洒不尽，仰天知问谁？"从此，她过着贫困的生活。就是要织一匹用来做寒衣的绢，也得在夜里借邻家的织布机织成。

杜秋娘的坎坷遭遇，引起从金陵经过的杜牧的深切同情，"我昨金陵过，闻之为歔欷"。杜秋娘的不幸与王室内部的倾轧、朝代的更迭紧密相关。诗人由她联想到一些前代妇女的命运：

> 夏姬灭两国，逃作巫臣姬。
>
> 西子下姑苏，一舸逐鸱夷。
>
> 织室魏豹俘，作汉太平基。

误置代籍中，两朝尊母仪。

光武绍高祖，本系生唐儿。

珊瑚破高齐，作婢春黄糜。

萧后去扬州，突厥为阏氏。

这首《杜秋娘诗》是杜牧的精心之作，受到与杜牧同时期诗人的好评。张祜在论诗绝句《读池州杜员外杜秋娘诗》中说："可知不是长门闭，也得相如第一词。"李商隐也在《赠司勋杜十三员外》中特别提到，"杜牧司勋字牧之，清秋一首杜秋诗"，称赞杜牧的这首名作《杜秋娘诗》。

晚唐著名诗人杜牧，二十六岁参加科举考试后，在京城长安做了半年京官就被江西观察使沈传师征聘为幕僚，随沈去了洪州（今江西南昌）。

唐代杜牧书《张好好诗》（局部）

杜牧所跟随的这位沈传师，字子言，苏州吴县人。他是唐传奇《任氏传》的作者沈既济的儿子。杜牧的祖父杜佑与沈既济友善，并且将表甥女嫁给沈传师为妻，因此，沈杜两家既是世交又是亲戚。沈传师赴任之际，亲友向他推荐许多人做僚属，沈传师都婉言谢绝，唯独相中杜牧，对杜牧的才华非常赏识。杜牧觉得盛情难却，也就随沈传师去了洪州，从此开始他的幕僚生活。

那时候，各地的节度使、观察使及刺史治所都设有官妓，当长官大人们饮酒宴乐时，这些官妓要陪伴歌舞。身为江西观察使的沈传师，其治所照例有官妓。杜牧到洪州后的第二年，即大和三年，在一次饮宴中认识了歌女张好好。当时，"好好年十三"，"以善歌"闻名。她才华出众，又容貌姣好，沈传师对她很欣赏，说她的才色天下少有。后来，张好好被沈传师的弟弟沈述师看中，纳为妾。

杜牧和沈述师也有交往。沈述师，字子明，曾任集贤校理。沈述师是唐代著名诗人李贺的好友，就是他邀请杜牧为《李贺集》作的序，这篇序成为杜牧的名篇之一，序中用了九种比喻来形容李贺的诗歌，对李贺诗的长短得失作了中肯的评价，后世凡研究李贺者，没有不参考这篇序的。

大和九年，杜牧以监察御史分司东都。在洛阳街头，杜牧竟遇到了当垆卖酒的张好好。原来，张好好嫁给沈述师做妾，仅仅两年就遭弃逐，辗转流落到洛阳以卖酒为生。故人相见，追忆当年，多少感慨，几许哀叹，一番滋味涌上心头。杜牧情不可遏，于是写成了这篇五古《张好好诗》。

这是一首"感旧伤怀"之作，主要记述了张好好今昔不同的境遇。

当年的张好好年幼美貌，正值"豆蔻梢头二月初"的年龄，长得"翠苗凤生尾，丹叶莲含跗"，像凤凰和红莲花这些美好的事物一样美丽。在南昌著名的滕王阁上，主公沈传师大排筵宴，邀请众位宾客与他一起试听张好好的演唱。大家落座已定，有人引领张好好姗姗而来。她微微低着头，头发挽成一高一低的双鬟，稚嫩的身躯刚刚能撑起青罗裙子。站定之后，就开始进行她的初次表演了：

> 盼盼乍垂袖，一声雏凤呼，
>
> 繁弦迸关纽，塞管裂圆芦。
>
> 众音不能逐，袅袅穿云衢。

对张好好的演唱，尤其是她的声音，杜牧所作的描写非常精彩。这一节用今天的话来说就是：她转目顾盼四周的宾客，然后垂下衣袖，发出雏凤般的歌声。歌声清越、高亢，这声音使琴弦的关纽迸断、芦管也为之裂开，各种乐器的声音都无法和好好的歌声相比，她的声音袅袅地穿破云衢。这段描写辞采华艳，杜牧将无形的声音描摹得形象生动，使人如闻其音，如见其形。张好好的演唱也的确精彩，沈传师称赞她天下独绝，赠送她天马锦、犀角梳作为奖品。

从那以后，张好好就成为江西观察使府里的走红人物，陪同沈传师及幕僚们到处游玩。他们"龙沙看秋浪，明月游东湖"，当地有名的游玩之处都被他们走遍了，无论走到哪里都少不了张好好的歌声。张好好和杜牧等这些幕僚们常常相见，也就渐渐熟识起来。这时候的张好好也随着时间的推移越长越美，"玉质随月满，艳态逐春舒，绛唇渐轻巧，云步转虚徐"。

一年以后，沈传师从洪州移镇宣州，也把张好好带到了宣州。冬去春来，宣州的谢楼、句溪等名胜之地都留下了他们寻欢作乐的身影。其他的一切都如尘土一般，唯有酒前的欢娱是他们所追逐的。这时，英俊潇洒、才华横溢的沈述师看中了张好好，"聘之碧瑶佩，载以紫云车"，用隆重的仪式将张好好纳为妾室。从此，"洞闭水声远，月高蟾影孤"，杜牧再没见到张好好，当年同游同乐的伙伴也渐渐地分散了。

几年之后，杜牧到洛阳做官，没想到会遇到当年的旧相识——歌女张好好。不知为什么，她被沈述师抛弃了。杜牧遇见她时，她正"婷婷为当垆"。他乡遇故人，彼此自有一番问询。张好好奇怪杜牧因为什么烦恼，以至于年纪轻轻须发就发白了。杜牧则打听当年一起游玩的朋友现在是否还在，他们是不是还像过去那样放浪不羁。两人一同聊起昔日的朋友，沈传师刚刚于他们相遇的这一年的四月份去世。"门馆恸哭后，水云秋景初。斜日挂衰柳，凉风生座隅。"自从我因沈传师的逝世而伤心恸哭，转眼又到初秋。夕阳停在已衰的柳树梢头，秋日的凉风吹到我的座边。这是诗人对自己的描述，秋季里凄凉的景物与诗人感伤的心境暗合。他的感伤，既有对张好好不幸命运的同情，也有对自己仕途坎坷的忧伤。诗人将张好好的不幸与自己的感伤联系起来，萧瑟疏淡中又饱含深情，"洒尽满襟泪"，写成这一首诗。

《张好好诗》是杜牧用真情熔铸的一首五古长诗。诗中的主人公的社会地位是相当卑下的，而诗人并不在意这些，对像张好好这样的社会下层妇女的命运予以关注。他抚今追昔，用细致的笔法刻画出一位昔日人人垂青、美丽而又具有超凡音乐才华的女艺人形象，对她无辜被弃、当垆卖酒的不幸命运寄予深切的同情；同时，诗人对自己"少年垂白须"的状况也暗自神伤。情感的魅力使《张好好诗》具有感人的力量，此诗一经传出，就获得众多读者的同情，张好好的声名也一时大振。

杜牧的这首《张好好诗》的手迹留存至今。他的书法在唐代诗人中也是赫赫有名的一位。《宣和书谱》曾列唐诗人中擅长书法的人，杜牧与贺知章、李白、张籍、白居易、许浑、司空图等人并列谱中。宋徽宗曾亲笔在《张好好诗》手迹上用楷书题写："唐杜牧张好好诗。"著名书画家董其昌评这首诗的手迹说："樊川此书，深得六朝气韵，余所见颜、柳以后，若温飞卿与牧之，亦名家也。"《张好好诗》真迹现在存于故宫博物院。

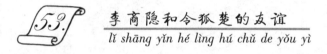

53. 李商隐和令狐楚的友谊
lǐ shāng yǐn hé lìng hú chǔ de yǒu yì

在李商隐的人生经历中，有一个对他颇具影响的人——令狐楚。令狐楚第一个慧眼识英，器重他，扶植他，可以说令狐楚是他的师长；但是和令狐楚的相识也给他后来的尴尬境遇埋下了伏笔。

李商隐幼时丧父，家境贫寒。家中除了三个已出嫁的姐姐，还有五个弟妹。作为长子，还未成年的李商隐不得不和母亲一起担起家庭的重担。幸好，李商隐自幼练得一手好书法，在当时的东都洛阳，文物典章兴盛，公私藏书不断发展丰富，李商隐就靠替人抄书来维持一家人的生活。

虽然李商隐自幼家境不好，但是他仍然得到了及时的良好启蒙和教育。他和弟弟们一起在一位学富五车的堂叔父的指导下学习。这位堂叔父不但精通五经而且擅长古诗、小学（就是文字训诂学）和书法。在他的严厉教导下，加上自己的天赋和刻苦，少年时代的李商隐就做得一手好古文，写得一手好字，尤其精于篆法。

唐文宗大和二年（828 年），十六岁的少年李商隐在洛阳城内已经颇有名气了。不只是因为他擅写秀丽的工楷，特别引起社会瞩目的，是这个靠抄书为生的弱冠少年居然极擅作文。他十六岁就写成了《才论》和《圣论》，这两篇文章在当时洛阳的文坛显要中博得了一片赞扬声。李商隐少

打马球图。从这幅栩栩如生的打马球图中，我们可以看出唐代上流社会生活的精致。

年时代因文章轰动当世，直到 847 年，他编定自己的文集《樊南生集》的时候，还在序言中津津乐道此事，非常引以为傲。

就在少年李商隐开始在文坛上崭露头角的时候，唐文宗大和三年（829 年）三月，当朝一位有名的将军令狐楚被派到洛阳来了。

大和三年，令狐楚已经年逾花甲，是个饱经宦海、知人识才的老人。当少年李商隐拿着自己的诗文去拜谒他，请求他指教的时候，作为一个骈体文名家，令狐楚并没有因为李商隐擅长古文而排斥他，反而因为李商隐年少英发，认为他很有发展前途，以礼相待。令狐楚还提醒李商隐，他的古文虽然写得好，却都不是当今在仕途官场上进身用得着的东西，要想在仕途上有所作为，还要能写当时流行的四六文才行。少年多志的李商隐欣然接受了令狐楚的建议，跟随他学习骈体文。令狐楚还让李商隐和自己的儿子令狐绹、令狐绪、侄子令狐缄一起读书，常来常往。他还亲自指点提携，待李商隐如弟子又如子侄。

这年十一月，令狐楚进位检校右仆射，迁为天平军节度使、郓曹濮观察使，要离开东都洛阳，前往距洛阳九百七十多里的郓州（今山东东平县）上任。令狐楚决定聘李商隐入幕，让他和自己一同前往。这时的李商隐年才弱冠，尚未参加科举考试，还是一个没有取得功名的白丁。令狐楚的这个建议，对于他来说实在是意想不到的破格优待。跟随令狐楚到郓州去，不但可以继续向他学习今体章奏的写作技巧，而且在经济上有了收入，对家庭也可以有些帮助。更为重要的是，这将是走上仕途的重要一步。于是，李商隐满怀感激接受邀请，随令狐楚赴任郓州。

在郓州，人们看到新来的节度使身边总有一位弱冠少年随侍左右，令狐楚还常常让他即席赋诗。"每水槛花朝，菊亭雪夜，篇什率征于继和，杯觞曲赐其尽欢。委曲款言，绸缪顾遇。"李商隐在令狐楚的提携关怀下，度过了一段无忧无虑潇洒自如的幕僚生活。这也可以说是他政治生涯的起点。他在多年以后回忆当时的情景："天平之年，大刀长戟，将军樽旁，一人衣白。……人誉公怜，人谗公骂。……"在令狐楚府邸的衮衮诸公中，只有李商隐是个无爵禄的白衣书生，但是令狐楚对他的信任竟到了别人称赞他就高兴，批评他就生气骂人的地步。

大和四年（830 年），十八岁的李商隐得到令狐楚的资助，陪同令狐楚的儿子令狐绹一起上京参加进士考试。结果令狐楚的儿子金榜高中，李商隐这种没有家世背景的人只有名落孙山。他依旧回到令狐楚的幕府中，担任巡官之职。后来又随调任太原尹的令狐楚去了太原。此后几年中，他屡次由令狐楚资助上京应试，却是屡试不中。大和七年（833 年）春，他离开太原再次赴京应试，结果还是不取。这时令狐楚被调任吏部尚书，要离开太原进京。李商隐便离开令狐楚回到家乡。李商隐在此后一直和令狐楚保持密切的联系，书信往来，请安问候。李商隐还索取令狐楚在太原所作的诗歌，以便学习。

开成二年（837 年），李商隐又参加了进士考试。这一次由于令狐绹的推荐，李商隐终于进士及第了。在长安，他给当时远在兴元任山南西道节度使的令狐楚发了一封报喜信。信中表达了对令狐楚的感激之情，说自己即使粉身碎骨也无以为报。令狐楚也多次写信请他再入自己的幕府任职，帮助料理文书往来事务。可是由于家事缠身，直到秋末冬初李商隐才到达兴元。此时，令狐楚已身患重病，卧床不起了。

　　令狐楚临终前，又把李商隐叫到跟前，说自己还有很多话想上奏皇帝，可是已经心有余而力不足，并请李商隐代替他写遗表上奏。令狐楚对李商隐的赏识和信赖可以说至死不变。

　　无论在政治上还是文学上，令狐楚都给了李商隐很大的帮助，并对他的一生产生了很大的影响。他曾不遗余力地栽培过初出茅庐的李商隐，可是李商隐怎么能想到这短暂的顺利后面正潜伏着长久的隐忧和终生的烦恼？

　　作为一个诗人，李商隐在晚唐诗坛乃至整个唐代文学史上的地位和价值都是引人注目的。在李商隐生活的时代，他就已经享有盛名，他和杜牧并称"小李杜"。他又和温庭筠并称"温李"。李商隐的诗歌给后世留下了极为深远的影响。

　　在李商隐的诗歌作品中，有一部分以"无题"做篇名的诗。另有一些诗篇，截取首句头两个字做题目，也可以看成是无题诗。现存李商隐的诗作中共有无题诗十七首。除了少数篇章外，这些无题诗绝大多数都是描写男女爱情、离别相思的，它们在李商隐的作品中占相当的数量，并且这些诗都具有鲜明的个性特征，浓郁的抒情色彩，在当时就得到广泛的传诵和人们的喜爱，有些后来更成为千古流传的名句，以至于人们一提到无题诗，就会想到李商隐。

　　这些无题诗表面看来是歌咏爱情的吟唱，可是千百年来它们却着实让研究者们大费周章，对它们

"重帏深下莫愁堂，卧后清宵细细长。"

的看法也是众说纷纭。争论的焦点在于这些诗是否另有寄托，寄托的具体内容究竟是什么？中国古代诗歌早就有借美人香草、男女之情寄托政治追求和理想的传统，历代都有诗人写过这样的作品，只是他们的寄托大都比较明显，诗作也都是抒怀言志的作品，远不及李商隐的无题诗研究起来这么复杂。李商隐的无题诗之所以令人费解，主要是由于他漂泊迷离、因卷入党争而郁郁不得志的悲剧人生和特定的社会背景造成的。李商隐曾说，他写诗"为芳草以怨王孙，借美人以喻君子"，可见他的诗确实另有寄托。可是，他也曾写过一首《有感》："非关宋玉有微辞，却是襄王梦觉迟。一自高唐赋成后，楚天云雨尽堪疑。"这里他似乎又在暗示他的作品被人怀疑另有寄托，其实并无寓意。

54. 李商隐诗中隐寓的爱情故事
lǐ shāng yǐn shī zhōng yǐn yù de ài qíng gù shì

"相见时难别亦难，东风无力百花残"，"身无彩凤双飞翼，心有灵犀一点通"，"春心莫共花争发，一寸相思一寸灰"……李商隐为后世留下了许多脍炙人口的爱情诗名句。李商隐的爱情经历是丰富而多彩的，正是他内心对于爱情的丰富感受流诸笔端，才有如此动人的词句传诵于世。

说到李商隐的爱情经历还要从他学道玉阳山说起。834 年，李商隐的表叔崔戎突然去世，李商隐一时失去了生活的依靠。他求取功名不成，在仕途上进身无门，政治上的出路似乎暂时断绝了，于是不得不只身来到济源境内的玉阳山学仙求道，希望在空灵世界中寻找到精神上的寄托。玉阳山是王屋山的一条支脉，风景优美，林木深邃。山里建有许多道观。据说睿宗皇帝的女儿玉真公主出家修行的灵都观就在这座山里。李商隐学仙时间不长，可是这里给他留下了深刻的印象，他还取了山里一条溪水的名字来作自己的号：玉溪生。那么，是什么让诗人在这里找到了精神寄托？在这表面上超脱尘世生活的仙境里，是什么东西有那么巨大的力量吸引着诗人，以至于诗人在以后的诗作中充满仙境缥渺的感觉呢？那就是李商隐在

女道士身上第一次获得人世间的爱情！

唐朝时，道教和佛教一样势力很大，受到朝廷的尊崇。在这些与世俗有着特殊关系的道观里有许多失去人身自由，没有幸福，没有爱情的女道士。据《唐书》记载，唐文宗开成三年六月，一次就送出宫人四百八十人，到两街寺观安置。她们或者侍奉入道的活着的公主贵人，或者只是供奉已经"飞仙"的公主的画像，从此终老。每当皇帝更替，就有许多先帝的宫嫔被送入道观。

李商隐在玉阳山和一位姓宋的女道士发生了恋情，一直到后来，这位女道士随同贵主回到长安华阳观去以后，李商隐依然对她念念不忘。李商隐有诗《月夜重寄宋华阳姊妹》，诗中写道："偷桃窃药事难兼，十二城中锁彩蟾。"又有诗《别智玄法师》："云鬓无端怨别离，十年移易住山期。"大概都是记载这一段恋情的。当然，在那样的时代，这样的恋情是没有任何结果的，我们也只能从义山的诗中寻觅一些蛛丝马迹，并体会李商隐当时的心情。

李商隐另有《柳枝诗》，连同诗序一起讲述了诗人的另一个爱情故事。

春天的洛阳，熏风醉人，百花盛开，到处是一派蓬勃的生机。才华横溢、意气风发的李商隐发现在堂兄李让山的邻居家有一个非常可爱的十七岁的少女——柳枝。柳枝纯洁任性，活泼好动，又多才多艺。她"涂妆绾髻，未尝竟，已复起去。吹叶嚼蕊，调丝操管，作天海风涛之曲，幽忆怨断之音……"深深地打动了年轻诗人的心。

接着，李让山受了李商隐的请求和委托，用一种极具诗意的方式去叩开少女渐渐觉醒的青春心扉。在某一个春日，李让山在柳枝家南边的柳树下下马，忘情地高声朗诵李商隐的《燕台诗》。《燕台诗》是李商隐用七言歌行体模拟李贺诗风来抒写少年情怀的诗作，共《春》、《夏》、《秋》、《冬》四首。《春》描写诗人幻想自己化作蜂蝶，在大好春光之中寻找心上人的急切心情；《夏》描写一个男子渴望与情人亲近而不可得；《秋》则描写一个女子在闺中思念情人的苦闷，诗中写道：

　　月浪衡天天宇湿，凉蟾落尽疏星入。

> 云屏不动掩孤嚖，西楼一夜风筝急。
>
> 欲织相思花寄远，终日相思却相怨。
>
> 但闻北斗声回环，不见长河水清浅！

总之，无论哪一首都是情深意切、旖旎动人的好诗。柳枝被如此生花妙笔打动了。她"惊问：'谁人有此，谁人为是？'"李让山回答柳枝说："此吾里中少年叔耳！"也许在此之前，柳枝已经听说过李商隐的多才和文名，所以，在她听让山说明一切以后，这个情窦初开、多情而又勇敢的少女立即作出回应，她"手断长带，结让山为赠叔乞诗"。长带是她的赠与诗人的信物，而乞诗是他们进一步深交的最好途径，诗歌成了他们情感交流的虹桥。

第二天，让山带着商隐去和柳枝见面。为了避人耳目，以免产生不必要的麻烦，他们装作无意邂逅的样子，并且约好了三日后相见。

可是三天以后，他们并没有如约相见。一个和李商隐约好同赴京师的朋友，恶作剧地拿着他的行李先走掉了，致使李商隐无法按原定计划留下等待三天后和柳枝的会面。柳枝的失望和悲伤可想而知。【就在这一年的冬天，李商隐在长安得知了柳枝的不幸遭遇。一日让山冒雪而至，告诉诗人：柳枝已经被镇守东都的大官夺走了。】

以上就是诗人在诗序中讲述的故事。一对青年男女自然地相悦相引，自由地结识交谈，并且幻想着自主地安排自己的未来生活，可是这动人的故事只能是一个悲剧的结局。诗人在听到柳枝的不幸消息之后，提笔写下了五首小诗和序，纪念纯洁善良的情人。

《柳枝词》共五首，用的是南朝乐府民歌的形式：

> 花房与蜂脾，蜂雄蛱蝶雌。
>
> 同时不同类，那复更相思？
>
> 本是丁香树，春条结始生。
>
> 玉作弹棋局，中心亦不平。

嘉瓜引蔓长，碧玉冰寒浆。

东陵虽五色，不忍值牙香。

　

柳枝井上蟠，莲叶浦中干。

锦鳞与绣羽，水陆有伤残。

　

画屏绣步障，物物自成双。

如何湖上望，只是见鸳鸯？

　

这些诗表现了李商隐对柳枝深挚的感情。他赞美柳枝，把她比喻成美丽的丁香，比喻成晶莹剔透的嘉瓜，表达了自己对柳枝的深情和失去情人之后的悲伤，并且发誓永志不忘。我们从中可以看出，此时李商隐的感情还是少年情怀，虽然伤感，但并无消沉的色彩。

李商隐对妻子的感情也是真挚的，虽然婚姻给他的前途带来了不幸，可是当与他相濡以沫的妻子早早去世后，他写下了许多感人至深的无题诗。李商隐的无题诗虽有他的多意性，我们却不能否定它们作为爱情诗的价值，这些爱情诗似乎比少年李商隐的诗作更深刻更迷茫也更动人。然而，此时的李商隐经历了太多的坎坷，其中的情感明显的沉重了，因此也多了令人迷惑的复杂情绪，与少年时的多情又不可同日而语了。

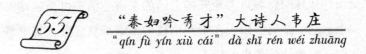

55. "秦妇吟秀才"大诗人韦庄
"qín fù yín xiù cái" dà shī rén wéi zhuāng

《秦妇吟》是唐代诗人韦庄的代表作，也是现存的唐诗里最长的一首叙事诗。

和许多唐代大诗人一样，韦庄出身于贵族地主家庭，他的远祖韦待价曾做过武则天时代的宰相，大诗人韦应物是他的四世祖。这都是令韦庄自豪不已的。但到韦庄这一辈时，韦家已经大不如从前了。但他的童年时代还是很幸福的，从他《涂次逢李氏兄弟感旧》诗中，我们可以知道他与李氏兄弟骑过竹马，戏弄过塾师，又常去捕蝶捉鸟，很是无忧无虑。

可是，他的幸福生活并未持续很久。先是他父母相继亡故，抛下他一个少年孤零零地在世上，经济上失去了依靠，又常受别人欺负，处境非常艰难。但他仍努力学习，以求在科举考试中一举成名。

然而，在首次参加的考试中他名落孙山。这给了他沉重打击。经济上没有来源，又饱受乡人嘲笑，韦庄一气之下离开了家乡，东出潼关以寻找出路。

他先到了虢州，一时生活无着落，便暂时在涧东村、三堂县、朱阳县流浪。所幸这里的主人对他很友好，给他凄凉的心里多少带来一丝安慰。

唐僖宗乾符六年（879年），韦庄再次满怀希望地来到长安应试，却再一次榜上无名。在这沉重的打击之下，他病倒在客店里。想离京而无盘缠，滞留长安又交不起店钱，贫病交加，异常窘迫。

就在他滞留长安的这段时间里，唐末农民大起义已成燎原之势，并渐渐集中到黄巢部下。黄巢义军所向披靡，攻占了湖南。

韦庄在贫病中得知这一消息，万分焦急，作为地主阶级知识分子中的一员，虽然对自己屡试不第和统治者的昏庸无能是有怨言的，但他还是希望自上而下的改革而反对农民自下而上的起义。在《又闻湖南荆渚相次陷没》诗中，他表达了对"天子只凭红旆壮，将军空恃紫髯多"的讽刺和不满，悲叹"战余空有旧山河"的惨烈和"几时闻唱凯旋歌"的迫切希望。

但唐军实在太腐朽了，根本不是义军的对手，一触即溃。黄巢义军渡长江，占洛阳，进潼关，势如破竹。广元元年（880年），义军攻下长安，唐僖宗狼狈逃往四川。

韦庄在兵荒马乱中与亲人失散，又重病不起，困居在长安城内，过着艰难的生活。

中和二年（882年），韦庄终于逃离了长安，来到了洛阳。沿途所见战乱后的凄惨景象给了他很大刺激，而各路藩将观望、拥兵自重则又使他愤恨不已，对义军的仇恨和对藩将的不满促使他创作了长达一千六百六十六字的长篇叙事诗——《秦妇吟》。

《秦妇吟》讲述的是中和三年（883 年）的春天，洛阳城外繁花似锦、景色秀丽而行人稀少。诗人忽然看见一位贵妇模样的女子在树下歇息，便上前搭话。原来，这位妇人是以前长安贵族的女儿，因黄巢军队攻占长安而被掳，"三年陷贼留秦地"。诗的余下部分全是以这个女子的口吻叙述的。

她先叙说黄巢军队如何突然攻占长安，她怎样被掳掠。然后是黄巢在长安称帝建国，及与唐军反复交战和城困粮绝，被迫人吃人的惨景。然后讲她逃离长安，东出潼关，经过新安（今河南省新安县），到达洛阳，这一路上所见所闻的唐军占领区的情况。

长诗第一次从正面反映了唐末农民大起义。但是诗人对农民起义的认识和理解，是完全站在统治阶级立场上的；表现出维护唐朝统治、诋毁黄巢义军的思想感情。

诗中所描写的起义军攻进长安时的情景，重点表现了起义军带来的灾难：

> 家家流血如泉沸，处处冤声声动地。
>
> 舞伎歌姬尽暗捐，婴儿稚女皆生弃。

接着又写四邻如花女子，或是被掳夺而去，或是因不从被杀，或是集体投井自尽以免受玷污，或是因四面火起而被烧作炭灰，极力渲染居民的苦难和农民军的残暴。诗人的描写自然有一些是真实的，虽是借"秦妇"之口述说，其实在城陷时，韦庄尚滞留城内，《秦妇吟》中的一些描写多半是诗人耳闻目睹的。

对于黄巢的称帝封官，诗人站在当时多数知识分子的立场上予以嘲讽斥骂。他说这些义军头领们不会穿朝服，不会持象笏，不会佩金鱼袋，还在脸上刺字以夸示功劳，认为他们就像猴子戴冠冕一样可笑可骂：

> 衣裳颠倒言语异，面上夸功雕作字。
>
> 柏台多士尽狐精，兰省诸郎皆鼠魅。
>
> 还将短发戴华簪，不脱朝衣缠绣被。

翻持象笏做三公，倒佩金鱼为两史。

《秦妇吟》除了嘲骂起义军外，也对各路藩将的拥兵自重和唐军的为害民众进行了谴责。

《秦妇吟》中写"秦妇"经过新安时，正巧遇见一位面黄肌瘦的白发老者，他向"秦妇"揭示唐军明抢暗夺、为害人民的丑恶行径：

千间仓兮万斯箱，黄巢过后犹残半。
自从洛下屯师旅，日夜巡兵入村坞。
匣中秋水拔青蛇，旗上高风吹白虎。
入门下马若旋风，罄尽倾囊如卷土。

老者的财物在黄巢军经过后还剩下不少，但自从附近屯扎"官军"之后，他们日夜派兵，四处骚扰，公然入室，拔剑威胁，把老翁家的财物搜刮得干干净净才离去。民众衣食无着，又如何度日呢？

一身苦兮何足嗟，山中更有千万家。
朝饥山上寻蓬子，夜宿霜中卧荻花。

官军回来，人民本该重回故居从事生产才对，但因官军凶暴甚于农民军，而使村民不敢下山，只能饥食蓬子（篷子），困宿荻花。诗人在这里痛斥官军的凶暴，同情民众的苦难而又无能为力。

《秦妇吟》在艺术成就上也很突出。

作者所写人物众多，有官军，有义军，有妇女，有老翁；事件纷杂，有义军占长安，有秦妇见闻，有官军残民事件，但却布置得井然有序，以"秦妇"的叙述为线把这些人物事件贯穿起来，成为一个有机整体。

《秦妇吟》的语言明白易懂，描写生动细致，可以发现其受白居易新乐府诗的有益影响，这就更利于此诗的流传。这首诗在当时就非常流行，韦庄也因此而被称为"秦妇吟秀才"。

56. 参加农民起义的诗人皮日休
cān jiā nóng mín qǐ yì de shī rén pí rì xiū

唐代诗人成千上万，但以进士身份参加农民大起义的，则只有晚唐的皮日休。

皮日休，湖北襄阳人。其出生年月不详，大致在834至848年之间，早年因追慕东晋大书法家王羲之，故而自名逸少（王羲之字逸少），后来改为袭美。

皮日休出身于地主家庭，但家境并不宽裕。年轻时，他在襄阳的鹿门山读书学习，学习余暇还要耕田种地。亲身参与农耕，拉近了他与农民的距离，使他对农民的苦难和社会的不平有深刻的体验和理解。

三十岁时，皮日休几乎读遍了家乡附近所能找到的一切书籍。他满腹经纶，在襄阳一带是公认的大学者、大诗人，踌躇满志的他准备像李白那样出去远游，以求得到当政者的赏识，以便把自己的才华施展于治国大政上。

咸通四年（863年），皮日休告别家乡父老，开始了满怀希望的远游。他从襄阳出发，坐船顺着汉水而下，向京城长安而去。一路上，他走湖北，过湖南，经江西，沿途壮丽的景色令初次出门的皮日休激动不已，同时，也见到了沿途人民的苦难生活现实。

在江西他逗留的时间较长些，主要是和一批志趣相投的诗人饮酒作诗唱和。半年之后，他又踏上了征程。在河南，唐王朝的腹心地带，皮日休见到了截然相反的两种情景：这里比他的家乡要繁荣多了，但贫富的差距却十分显著。富人们在那里声色犬马，挥霍无度，而穷人们则吃不饱饭，穿不暖衣，处于悲惨的境地。这给他的思想震动很大。历时近三年，皮日休到达了京城长安。此时的他更加关切社会问题，希望改变这种不合理的社会现实。

长安是唐王朝统治的中心，达官贵人触目皆是。对广大人民贫苦生活有深入了解的皮日休对这些脑满肠肥的贵人从心底里厌恶。但为了能掌握权力，实现自己的政治抱负，他也不得不违心地与他们结交，以便在即将到来的科举考试中获得成功。

当时的考试并不是很公允，考试结果主要由主考官的个人意见决定。举子的成功与否不完全在于他的才能大小，他是否有名气是非常重要的因素。要达到有名气，就必须以自己的诗文去进谒当时的那些名流权贵，他们只言片语的评价对于举子来说都是极重要的。一个人能不能考中，很大程度上取决于这些名流是否赞赏。

皮日休虽然受到正统的儒家教育，但他又有不同于一般书生之处，由于对广大人民苦难生活的同情、理解，其思想深处有着对现实的不满，充满叛逆精神的一面。

为了求取功名，皮日休尽力在进谒的诗文中压抑自己的真实情感，以取悦权贵们。但其激进的思想仍时有流露，这使达官贵人们大为不满，他们欣赏皮日休的才华，但无法容忍皮日休的异端思想，结果可想而知。

唐僖宗咸通七年（865年）春，皮日休参加科举考试，未被录取。眼见一帮凡俗之人榜上有名而自己却名落孙山，这给皮日休以极大刺激，一气之下，他离开了长安。

第一次应试不第虽然给了他沉重一击，但他并未抛弃幻想。第二年，即咸通八年，他再次来长安应试。这次，幸运地被金榜题名了，皮日休的情绪重新高涨起来。这一次他要一展抱负，实现自己上安朝廷、下治万民的理想了。

但严酷的现实再一次给他上了一课。他虽然考中进士，但还不能马上做官。按当时惯例，新中进士须向吏部的头儿缴纳一定的银两之后才能得到官，而皮日休身无分文。他再一次陷入窘境，只好在第二年惆怅不已地离开长安，在苏州刺史崔璞手下当了一名郡从事。

在苏州，他结识了吴中名士陆龟蒙。二人志趣相投，结为诗友，彼此酬答唱和都很快乐。结交到一个知心好友，多少令皮日休从仕途坎坷的郁闷中解脱出来。

因在苏州工作努力，他受到了刺史的赞赏，崔璞向朝廷推荐了他。唐僖宗咸通十三年，皮日休被调回长安，任太常博士。这只是一个闲职，皮日休的政治抱负仍不能实现，他仍然很苦闷。

这时，黄巢起义军已席卷大半个中国。唐僖宗乾符二年（875 年），皮日休回到吴郡任地方官。此时，唐王朝自上而下的彻底腐败已令皮日休心灰意冷。他清醒地认识到，唐王朝的灭亡只是个时日问题，自己的一番治国抱负不可能在腐朽的唐王朝实现了。他认为起义军必将代替唐王朝，黄巢是个可以信赖的领袖，自己的治国理想只能在义军夺取天下后才会实现。

唐僖宗乾符五年，黄巢义军攻下了杭州和越州（今日的绍兴），皮日休加入到了起义队伍中，并得到了黄巢的尊重与信任。880 年，义军攻下长安，黄巢称帝，以皮日休为翰林学士。他总算有机会施展自己的政治才华了。但由于义军首领的一系列失误，导致兵败。不久，李克用率沙陀兵攻入长安。义军被迫向河南退却，黄巢也被迫自杀。皮日休从此不知下落。

皮日休的文章和诗都独具一格，他的文章主要存于《文薮》中。他散文中的政论小品文是唐末时期大放异彩的一枝奇葩。

他的诗共有三百五十余首。其中以《文薮》中的诗歌成就最大。皮日休继承了杜甫、白居易的现实主义诗歌传统，"唯歌生民病"，即描写劳苦民众的苦难以揭露现实的黑暗。

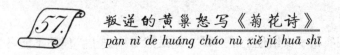

57. 叛逆的黄巢怒写《菊花诗》
pàn nì de huáng cháo nù xiě jú huā shī

黄巢是唐末农民大起义的领导者，他是曹州冤句（今山东省菏泽）人。他的父亲是一个敢作敢为的私盐贩子，专门与政府作斗争。父亲的行为给幼年的黄巢以很大影响，他的反叛性格多少与此有关。

他自幼便喜爱习武，骑马、射箭都很精通。他也上过私塾，读过经史，并且能写一手漂亮的文章，他实在是一个文武皆精的不可多得的良材。

为了维持生计，成年后的黄巢在读书习武之余也贩卖私盐。在这一过程中，他以其过人的品格和豪爽的性格结交了一大批江湖好汉。他重义轻财，常周济境况不如自己的乡邻，因而很得家乡一带农民的支持。

青年时代的黄巢与当时大多数青年文士一样，对统治者抱有幻想，希望通过科举而走上仕途，以实现自己的报国济民之志。

但一次次应考，一次次落榜，使黄巢最终认清了统治者的腐朽本质。唐末的科举已经纯粹变成了党同伐异的工具，各个主考官都力图通过科举来提拔一些为自己服务的手下。黄巢天生痛恨做别人的走狗，拒不巴结当权者，而固执地想用自己的真才实学来换得功名，结果是不言而喻的。

经历了科举不第的再三打击，黄巢愤怒而伤心地放弃了入仕当官的念头。回到了家乡，继续贩卖私盐。

唐僖宗咸通十四年（873年），山东大旱。农民饿死的成千上万，而赋税反而有增无减。农民们再也没有活路，只有起义造反，争取自己的生存条件。

咸通十四年，王仙芝首举义旗。同年夏，黄巢在冤句起兵响应。起义军发展很快，攻城占地，捕杀赃官，深受贫苦农民欢迎。

不久，王仙芝在一次战斗中失败被杀。他的部下北上与黄巢会师，并公推黄巢为统帅，号为"冲天太保均平大将军"。"冲天"指灭唐，"均平"指夺富予贫。在这些有吸引力的口号的号召之下，农民纷纷加入义军，到878年，黄巢手下已有数十万大军。

因为中原地带是唐朝藩镇众多的地区，不利于义军，黄巢决定避实击虚南下。他们一路渡淮河，占和州（今安徽省和县），过长江，进浙江，又从浙江衢州开山劈路七百余里，直达建州（今福建建瓯），再过五岭攻占了广州。这时起义军人数已达五十多万。

在稍事修整后，黄巢率大军北伐。义军一路上秋毫无犯，很得人心，沿途农民踊跃参军。一些不得志的知识分子也加入到起义队伍中，如晚唐著名诗人皮日休。

880 年底，黄巢义军攻下洛阳的第二年年初，前锋部队直逼潼关。潼关是进入关中平原的唯一关卡，易守难攻，战略地位极重要。但是，守关部队与义军一接触便全线溃败，长安暴露在义军面前。

在义军占领潼关后，唐僖宗吓得逃出长安，日夜不停地逃向四川。不久，黄巢义军开进了长安，建国号为"大齐"，黄巢当上了皇帝。

即位后，黄巢命令原来唐朝三品以上的官员全部免职，四品以下的照旧录用。农民军将领都当上了大官，而唐朝高官则死的死，逃的逃，所剩无几。当时的诗人韦庄在《秦妇吟》中哀叹"内库烧为锦绣灰，天街踏尽公卿骨"。

登上帝位后，黄巢犯下了一系列战略错误，给唐王朝以可乘之机。唐军很快就反扑回来，将长安包围。城里的粮食渐渐吃光了，手下大将朱温又投降了唐军，黄巢被迫率军退出长安东走，却连遭追兵掩杀。退到泰山狼虎谷（今山东省莱芜境内）时，周围兵将已所剩无几了，唐兵又穷追不舍，黄巢兵败自杀。历时十载、众至百万的农民大起义也就此失败。

黄巢虽已败亡，但他的诗作却保存下来一些。诗如其人，他的诗表现了他一贯的叛逆精神和斗争精神。他的几首吟菊花诗则是其中的佼佼者。

黄巢青年时代曾寄希望于科举入仕，但却屡试不第，在又一次名落孙山后，他愤而作《菊花》诗：

> 待到秋来九月八，我花开后百花杀。
>
> 冲天香阵透长安，满城尽带黄金甲。

九九重阳日登高赏菊是古代中国人相沿已久的风俗，"待到来年九月八"也就是等到来年菊花节那一天，而作者要"待"的来年重阳日其实是推倒唐王朝的扭转乾坤之日。作者对这一天的到来是热情地期待着的，而且又是充满自信的。因为正如冬去春来一样，腐朽的唐王朝不可能永存万古，它必有被推翻的那一天。

"待到"来年重阳日后，则是"我花开后百花杀"。菊花在秋天开放，而此时一般花卉则已凋零。这并没有什么出奇之处，奇在黄巢用一个

"杀"字来形容百花的凋落，当菊花傲霜盛开时，百花却已凋零。以"我花"称菊花，含有一种深层的意味。这里的菊花是黄巢自喻，菊花以黄色最常见，而作者还姓黄，这样便把自己的志趣很巧妙地嵌在诗意中；因而，"我花开后百花杀"便有两种意味：一是说菊花（即"我"）开放时你们这些俗花（指各级统治者）必然已经凋零，二是说"我花"开时必然全部杀灭你们"百花"！

后两句则极力描写菊花开放的壮丽景象——"冲天香阵透长安，满城尽带黄金甲。"那时开放的将不止我一株菊花，而是一望无际的黄色菊花，如列阵一样，香气充满长安城。"满城尽带黄金甲"则用比喻手法，以菊花花瓣比拟战士穿的黄金铠甲。这里，菊花已不仅仅是一个黄巢的象征了，而是黄巢率领的无数农民军的象征。作者想象来年重阳菊花节时，自己将率领千千万万的部队来占领长安，扫荡一切黑暗丑恶现象，让正义的奇香"冲天"、"透"遍全长安。

自从东晋陶渊明以来，人们一提到菊花，总是情不自禁地想到归隐田园的有操守的隐士。而黄巢却石破天惊地首次以菊花隐喻自己和农民军，并赋予它"冲"、"透"的战斗风貌，实在是自出新意于法度之中，寄其妙理于豪放之外。

黄巢的另一首吟菊之作同样脍炙人口，诗名为《题菊花》：

> 飒飒西风满院栽，蕊寒香冷蝶难来。
>
> 他年我若为青帝，报与桃花一处开。

这又是黄巢的一首托物言志之作。一般文士吟菊，不是赞美它的淡雅馨香，便是赞叹其孤高傲霜。但黄巢吟菊则另辟蹊径，在飒飒秋风中盛开，季节太冷了些，没有蝴蝶是美中不足的憾事。诗人就此突发奇想：如果有一天让我做花神说了算，我一定安排菊花和桃花一起在春天开放。

黄巢是个有着叛逆性格的造反者，他从他独特的叛逆者的视角来观赏菊花，自然体悟与别人不同。可以说，黄巢的诗也和作者一样，浸透了造反的意味。

58. 一枕黄粱梦，传奇《枕中记》

yī zhěn huáng liáng mèng，chuán qí zhěn zhōng jì

沈既济（750—800 年），苏州吴（今江苏吴县）人。通经史，又善作小说。代宗大历年间为协律郎。779 年，上选举议，有感于当时的科举制度，遂上书，建议选拔德才兼备、具有真才实学的有识有志之士。德宗建中初年，因宰相杨炎大力举荐，任左拾遗、史馆修撰。沈既济充分发挥了史学方面的才能，为唐王朝的统治起到了积极的推动作用。后因与杨炎有牵连曾被贬，后来又调到京城，官至礼部员外郎，著有《建中实录》十卷。

沈既济历经官场，耳闻目睹了官场的黑暗、社会求功求名成风的现实。"中进士，娶名门之女"成为人们梦寐以求的理想，但是宦海浮沉，暗礁横生，又有几人能实现理想？到头来只能是梦一场。沈既济根据这一社会现状，又受干宝的《搜神记·杨林》和刘义庆的《幽明录·焦湖庙祝》的启发，创作了《枕中记》这部传奇小说。

河北邯郸黄粱梦吕仙祠中的雕塑

开元七年，唐正处盛世。有一个出身庶族寒门的落魄文人卢生，在旅店里巧遇去邯郸的道士吕翁，与其"共席而坐，言笑殊畅"。天色渐晚，店主人开始蒸上黄米饭。

言谈间，卢生无意中看见道士穿着粗陋的衣服，顿生感慨，禁不住长吁短叹道："大丈夫生不逢时，以致穷困潦倒到了这种地步啊！"吕翁看看卢生，奇怪地问道："看你并无苦与病，我们正谈到尽兴处，为何感叹起穷困呢？"于是，卢生向这个"得仙术"的道士诉说自己求功名利禄而不得的苦恼。道士遂给他一个青瓷枕，两端各有一个小孔，卢生接过枕头便昏昏入睡了。入睡前的卢生，自认为在苟且偷生，活着没意义，根本无乐趣可言。男子汉生活在世上，当建功立业，追求"出将入相，列鼎而食，选声而听，使族益昌而家益肥"的生活。卢生带着这种渴求依枕入梦了。枕头仿佛被人施了魔法一般，两头的小孔逐渐变大。卢生不由自主地入洞，仿佛到了自己的家一样。从此，他心想事成，在现实中苦求不得的理想，在梦中如愿以偿。先娶清河名门大族崔氏女，"女容甚丽，生资愈厚"；再金榜题名，中进士，此后官运亨通，扶摇直上。书中详细描绘了卢生的"升官图"，由秘书省校书郎升至渭南县尉，不久又受提拔，任监察御史，转而又被任命为起居舍人（主管记载皇帝言行、编撰起居注）、知制诰；三年后，出任同州地方长官又迁任陕州军政长官。他在陕州开凿河道八十余里，得到人民的拥戴，又"移节汴州（今河南省开封市），领河南道采访史，征为京兆尹"。这一年，皇帝率兵北侵，扩疆拓土，提拔卢生担任御史中丞、河西道节度使。卢生不负众望，大举歼灭敌兵，开地九百里，筑城三座以抵御外来入侵。凯旋回朝，卢生又显赫一时，升为吏部侍郎，转而迁升为户部尚书兼御史大夫。有人言："平生有三恨：终不以进士擢第，不娶王姓女，不得修国史。"这便是以卢生为代表的知识分子们借联姻以达政治目的，热衷功名、利欲熏心的有力写照。卢生的仕途也并不如想象中顺利，官场相轧的悲剧无情地罩在卢生的头上。当朝宰相见卢生如鱼得水般官运亨通、威赫显耀，顿生嫉妒之心，流言蜚语、恶语中伤令卢生瞠目结舌，更无辩白的机会可言。皇帝听信谗言，卢生遭贬为端州刺史。三年后，又受器重，进京做宰相，有"贤相"的美名。天有不测风云，"同列害之，复诬与边将交结，所图不轨"。险些丧命于狱中，幸为宦官搭救，免灭顶之灾。几年后，皇帝得知其被冤枉，"复追为中书令，封燕国公，恩旨殊异"。生有五子，皆成才，居高位"其姻媾皆天下望族"。卢生生活奢侈放荡，"后庭声色，皆第一绮丽"。"前后赐良田、甲第、佳人、名马、不可胜数。"生老病死是人人也避免不了的自然规律，卢生亦一年年地衰老，于是多次奏疏皇帝请求告老辞官。皇帝下诏书安抚他，接诏的当天夜里，卢生撒手归西。而现实中的卢生却打了个呵欠，伸了个懒腰睡醒了。他发现自己还躺在客店里，吕翁还坐在他身旁，店主人蒸的黄米饭还没熟呢。是梦非梦？卢生疑惑了。吕翁感慨道："人生的适意愉快只不过如此啊！"

生死百年一梦间，沈既济以现实为依托，淋漓尽致地揭示了唐玄宗时期的社会生活。作者运用奇特的想象，巧妙的构思，同时借助现实生活这块沃土有力地揭露了官场争斗、声色犬马的腐朽生活。海市蜃楼，美则美矣，却不能瞬间化成永恒，也不能成为真实。梦中的富，梦中的利挥手即去，召手即来，真是梦里云烟。《枕中记》借卢生的黄粱一梦，讽刺了那些舍弃本性而追求功名的士子们。

古今最是梦难留，

一枕黄粱醒即休。

——清·袁枚《梦》

唐代著名爱情传奇：《柳毅传》
táng dài zhù míng ài qíng chuán qí：liǔ yì zhuàn

《柳毅传》是唐代传奇中的一篇优秀作品，原载于宋朝李昉所编的《太平广记》，题作《柳毅》，无"传"字。后来，鲁迅在《唐宋传奇集》中开始为其增加了"传"字，现在一般都叫做《柳毅传》。作者是李朝威，大约是贞元、元和年间人，生卒年不详，生平也无可考，只知道是陇西（今属甘肃）人。

《柳毅传》描述的是一个见义勇为的书生柳毅与落难的龙女相遇相爱并终成眷属的爱情故事。作者通过人物的语言、行动的描写，深入细致地刻画了生动鲜明的艺术形象，通过奇特的想象把读者带入了龙宫的仙境，堪称为一篇颇具浪漫主义色彩的爱情传奇故事。

唐代仪凤年间，有个书生名叫柳毅，参加科举考试未中，就想回到湘江岸边的故乡。在去泾阳辞别一位同乡的途中，他看见有一位漂亮的女人在路边放羊。柳毅觉得很奇怪，因为这女子面带愁容，眉头紧皱，穿着一身破旧的衣服呆呆地站在那里，好像在等待着什么。柳毅忙关心地上前去询问，这才知道她原来是洞庭龙王的小女儿，由父母做主将她许配给泾川龙王的二公子为妻，受到丈夫的厌弃和公婆的虐待，才弄到了被罚牧羊的地步。龙女伤心地哭泣着，想请柳毅替她捎封信给她的父母。柳毅听罢，"气血俱动，恨无毛羽，不能奋飞"。他当即慨然允诺，保证一定能够送到。

柳毅回到了家乡，马上就去洞庭湖拜访。他按照龙女教给他的方法叩开了龙宫的大门，一名武士带着他来到了灵虚殿。只见柱子是用白玉琢成的，台阶是用青玉铺砌的，帘子是用水晶做的，翠玉的门楣上还镶嵌着琉璃，屋梁上还用琥珀装饰着，柳毅觉得人间所有的珍宝全都在这里了。一会儿工夫，洞庭君出来见他，柳毅便把龙女托书的经过讲了一遍，并把龙女的书信递给了洞庭君。顿时，宫里宫外的人都为龙女的不幸遭遇掉下了眼泪。突然，一声巨响，一条长达千余尺的赤龙飞出了宫外，吓得柳毅扑倒在地。洞庭君亲自扶起他，告诉他："不要害怕，那是我的弟弟钱塘君，他一会儿回来时就不会是这样了。"于是，洞庭君吩咐摆开宴席，答谢柳毅。

就在饮酒期间，柳毅看到彩云飘绕，无数身穿艳装的侍女，欢声笑语地簇拥着一个人，天姿秀色，原来是龙女被他的叔父钱塘君救回来了。钱塘君非常感谢柳毅的仗义守信，他说："对于您的恩德真是难以用语言来表达啊！"就这样，他们便留柳毅住在了龙宫。柳毅住了两个晚上，因想念家中的父亲执意要回家去。钱塘君深感柳毅的大义，要把龙女嫁给他，但因言语傲慢，被柳毅义正词严地拒绝了。临别时，龙女对柳毅表现出了依依不舍之情。

柳毅回到家里后，把在龙宫里人们送给他的珍宝卖掉一些便成了富翁，先后娶了两个妻子，都不幸病故了。后来，他搬到金陵去住，又有媒人给他介绍了一个卢氏姑娘，他觉得卢氏很像龙女，便和她谈起了以前的事情，可是被卢氏否认了。一年以后，卢氏生了一个儿子，孩子满月后，卢氏才和柳毅谈起从前的事。原来，她真的是龙女。柳毅在龙宫里拒绝亲事以后，洞庭君主张要把龙女再许配给濯锦江龙王的小儿子，龙女坚决不从，心意已定，便闭门剪掉了头发以表决心。碰巧柳毅的两位妻子先后过世，才使得龙女有机会变成卢氏和柳毅成了亲。她说："如今我能够和您在一起，相亲相爱过一辈子，就是死了也没有什么遗憾了。"

从此，他们相亲相爱地开始了幸福美满的生活。后来，柳毅在龙女的帮助下也成了神仙。

这篇充满了奇异幻想的传奇故事，正是凭着作者那丰富的想象力和故事情节的离奇曲折而为人们所喜爱，曾几度被改编成剧本在民间广为流传，它那无穷的艺术魅力深深地吸引着我们。

60. 南柯一梦：警醒梦中世人
nán kē yī mèng jǐng xǐng mèng：zhōng shì rén

李公佐（770—850年），字颛蒙，郡望陇西（今甘肃）人。中进士后参与政治，曾任淮南从事、录事参军等职。后因牛李党争受牵连被削官职。这个仕途上不得意，却喜欢征集奇闻怪事的一介书生，感慨着官场相轧、藩镇割据，于是将一腔愁愤倾注笔端，写成了《南柯太守传》。

扬州有一个不拘小节的游侠之士叫淳于梦，他嗜酒如命，因发酒疯触犯上司而被罢免官职。他常与友人在宅南大古槐树下豪饮。一天，他酒醉致疾，友人扶他回屋休息。昏昏沉沉之中，他感觉有两位紫衣使者奉王命邀他去大槐安国，于是便整衣下床，跟随紫衣使者进入古槐树的洞穴。车驱入洞穴后，真是别有洞天。山川草木，人情风俗与平日所见所感大相径庭。淳于梦从国王口中得知其父与大槐安国的国王有过媒妁之言，他便顺理成章地成为槐安国的驸马。后来，淳于梦携其妻即国王二女儿金枝公主，到南柯郡任太守。他婚姻美满，生有五男二女，仕途得意，荣耀显赫盛极一时。不久因战乱动荡，公主病死，谗言四起，遂在国王面前失宠，被遣送返乡。一路陪同的两位紫衣使者，便是相邀时的那两位。车子驶出洞穴，淳于棼又见家乡旧景，不觉潸然涕下。此刻他看见自己的身体在东厢房躺着时，不禁万分恐慌，"不敢前进"。两位使者连喊数声他的名字后，方感觉大梦初醒。他睁开惺忪的双眼见僮仆正在扫地，两位朋友则正在洗脚，一抹斜阳还残留在西墙，喝剩了的酒还在东窗下面。梦中的景象倏地消逝无踪，仿佛度过了一生。

这个故事从现实生活契入梦境，脉络清晰，托意显豁。故事开篇点明了主人公淳于棼的特殊身份："吴、楚游侠之士。"好喝酒，"不守细行"，"因使酒忤帅，斥逐落魄，纵诞饮酒为事"。后自然引出宅南"清阴数亩"的大古槐，梦便由这里开始了。入梦后，有雕栏玉砌的庭院，富丽堂皇威武庄严的殿堂，前簇后拥的紫衣侍卫，"风态妖丽，言词巧艳"的女眷，公主在世时的显赫地位，和谐幸福的联姻无一不是在现实中百般求索的最理想的生活。战乱未平，公主病死，地位的转变以至返乡又无一不是现实生活的写照。淳于棼被招赘为驸马，酒友周升与田子华也因裙带关系被封官加爵，这正是对当时政治的极大讽刺。

梦醒后，淳于棼把梦中的奇遇告诉了两位朋友。朋友也颇觉惊奇，便和他一起到大古槐树下的洞穴里探究根源。洞穴里宽敞明净，洞底有十几只蚂蚁守卫着两只大蚂蚁，群蚁不敢靠近，这便是梦中的京城。他们又挖通了另一个洞穴，也有土城小楼，里面住着一群蚂蚁，这便是梦中的南柯郡了。他们又看见一个洞穴，中间有高余尺的小土坡，这便是梦中公主的葬身处。淳于棼触景生情，这一草一木怎能不牵扯他的思绪，毕竟他在这里"生活过"，这里有他甜蜜的联姻，显耀的地位，也有公主死后的悲伤和流言的中伤……是梦是幻？面对着这坑坑洼洼，又不忍心让友人破坏，遂掩盖如初。这天晚上，突来暴风骤雨。天亮后，再来重温旧梦，发现洞已被雨水冲毁，里面的蚂蚁也了无影踪。淳于棼回忆起梦中经历的战乱，有人预言京城要迁移，果真在梦醒后应验。朦胧中，他又忆起有个檀梦国的地方，便同友人一起探寻。在宅东发现了一棵大檀树，树边也有一个小洞穴，这里便是梦中侵犯大槐安国的檀梦国了。淳于棼念及区区蚂蚁就有这么多的怪事，何况深山中的禽兽呢？顿时感慨万千，这不也是社会现实活生生的写照吗？国家宦官掌握禁军，权倾朝野，藩镇割据，各霸一方，致使外患有机可乘。而势力小人一旦得势，便鱼肉人民，搜刮钱财，又在官场上明争暗斗，这是梦吗？淳于棼不得不仰天长叹。忽而又想起两位酒友周弁与田子华。在梦里，他们因他这个大驸马的关系而受提拔，不知现在怎样了，便差人去打听看望。不料周弁得急病而死，田子华也卧病在床。淳于棼得知后，更加感慨，对人生恍然有悟，于是倾心道家，禁色戒酒，于修度中了却一生，死时仅四十七岁。作品最后浓墨重彩，着力写寻梦，梦境与现实相契合，点明主旨，极大地讽刺了当时黑暗腐朽的政治生活。

李公佐于贞元十八年秋八月在淮河边偶遇淳于棼的儿子，向其打听其父梦中所遇怪事。再三考证后判断这件事确属事实，于是挥笔而就《南柯太守传》，告诫那些没有才能而浮现宦海的人，所谓荣华富贵只是偶然间做了"南柯一梦"而已。

人生如场梦，如泡沫聚成的梦境，顷刻间被吹散。作品结尾这样写道：

> 前华州参军李肇赞曰：
>
> 贵极禄位，权倾国都；
>
> 达人视此，蚁聚何殊。

鲁迅先生对此结尾大加赞赏，他在《中国小说史略》中说道："篇末命仆发穴，以究根源，乃见蚁聚，悉符前梦，则假实证幻，余韵悠然。"

风尘女子演绎人间真情
fēng chén nǚ zǐ yǎn yì rén jiān zhēn qíng

李娃是唐代传奇《李娃传》中的主人公。《李娃传》讲述了一个十分动人的爱情故事。

唐天宝年间，常州刺史荥阳公的儿子、富家之子郑生正是二十上下的翩翩佳公子。荥阳公对这位俊朗有才华的儿子非常器重，说"这是我家的千里驹啊！"这年，郑生要进京赶考，父亲为他准备了丰厚的盘缠，郑生踌躇满志地来到了京城。

在京城，一天，郑生于访友途中路过一家宅院，看到门口立着一位美女，丰姿曼妙，绝代未有。郑生乍一见她，不觉就停下马来，徘徊不愿前去。于是假装马鞭掉地，等候随从上来替他拣马鞭。在这等候的片刻功夫里，郑生一个劲儿拿眼瞟那美女。美女也注意到他，眼眸之中大有情意。郑生因不知如何措辞而离去。自此，郑生就若有所失，对那女子不能忘怀。经打听得知美女名叫李娃，是位娼女。

又一天，郑生来到李娃家门前，佯问："这是谁家的房子？"开门的丫环一见郑生，也不答话，转身就往回跑，一边跑一边大声嚷嚷："是前日掉马鞭的那位公子！"李娃高兴地命丫环先行接待，她要好好打扮一下再见公子。郑生一听，暗自高兴。在院里，李母把他引到客厅。不久，李娃出来了，明眸皓腕，举步艳冶。郑生惊艳而起，不敢仰视。当晚，郑生就留宿李娃家。只剩两人一室，郑生向李娃倾诉衷肠："前日偶从你家门口经过，看到你在门口，从那以后，我心中就经常思念你，即使吃饭睡觉，也没有一刻能忘记你。"李娃笑了，说："我心里也和你一样。"次日，郑生便把行李搬到李娃家，二人开始同居生活。青楼妓馆是个填不满的无底洞，没过多久，郑生把钱财挥霍一空，到后来，他将乘坐的车驾、随身的家童也卖掉了。一年不到，郑生就成了一文不名的穷光蛋。渐渐地，李母对郑生的态度越来越冷淡，虽然李娃对郑生情深意笃，但是该发生的还是

发生了。

一天，李娃对郑生说："和你相知一年多，也没给你怀个孩子。听说竹林神很灵验，我们去拜一拜，求神灵保佑，好吗？"郑生不知是计，高兴地把衣服当了换钱买祭品，二人前去祷祝一番，又在庙里住了一宿才往回返。归途中，李娃说要去姨妈家拜访一下，郑生自然依从。到姨妈家坐不多久，一人飞马来报李母暴病，李娃急匆匆地先走了，郑生被姨妈留下商议丧葬诸事。可是到了傍晚，李娃那边还没有消息。姨妈打发郑生先去察看一下，她随后便到。郑生到旧宅，人去屋空，次日返回姨妈家，也是空院一所，原来两处院落俱是她们租借的。李娃、李母、姨妈忽地一下全都消失了。郑生被他们用"倒宅计"抛弃了。是啊，她们怎么会容纳一个穷公子哥呢？尽管这位公子的钱都进了她们（主要是鸨母）的腰包，但失去了金钱，郑生也就失去了她们所需要的价值，金尽情疏本就是娼门惯例，李娃对郑生再有情，她也是没有人身自由的娼女，不能不顺从鸨母李母的安排，只是可怜了郑生。

从未受过如此打击的郑生惶惑发狂、不知所措，他绝食，他生病。病得快不行时，他流落到了凶肆（专售丧葬用品并为丧家办理殡仪葬礼的店）。在那里，他得到照顾，病好后慢慢地学会了唱哀歌。郑生本就聪明绝顶，又亲历过一番人生的大忧大悲，哀歌唱得别提有多感人，满长安城里找不到第二个。这样，堂堂刺史的儿子就做了一名唱哀歌的挽郎。一次，郑生当街唱歌，恰被他家仆人看到，把他带到当时正在京城的荥阳公面前。荥阳公没想到他寄寓厚望的儿子竟堕落到唱哀歌的地步！真是有辱家门，震怒之下，竟用马鞭把亲生儿子打得昏死过去。幸亏郑生在凶肆中的朋友要用席子把他卷上埋葬时，发现他心头微热，就把他带回店中救活。可过了一个多月，郑生的手脚还不能动，身上鞭挞处也溃烂得污秽不堪，同伴都嫌弃他。有天晚上，他们把郑生弃在道边。此后，靠路人施舍剩饭苟活下来的郑生连挽郎也做不成，只好穿破衣、拿破盆以乞讨为生。从富到穷，从公子到乞丐，郑生的遭遇真是好凄惨！这一切又都是那位美丽的娼女李娃所赐，她要是看到郑生这副惨相，又会作何想法呢？

　　冬季的一天，郑生冒雪出来乞食，凄苦的求告声让人听了不忍心。不想郑生竟走到李娃家门前。李娃在房中听到声音对丫环说："这一定是郑生，我听是他的声音。"她紧走几步，出门一看，见郑生骨瘦如柴，生着疥癫疮，头发也脱落了，几乎没有个人形。李娃十分意外，"你不是郑郎吗?"郑生没想到竟是李娃，一时气往上涌，身往下倒，口不能言，只微微点头。李娃上前抱住郑生，把他拥入房中，失声恸哭，自责害得郑生如此凄惨。李母闻声赶来，见是郑生，还要赶他走。李娃坚决不允，还自赎自身，和郑生另觅住处。她要向郑生赎罪。

　　从此，李娃一心一意照料郑生，给他沐浴更衣，改善饮食，调剂身体。用了一年的时间郑生的身体才康复如初。然后，二人又到书铺选书，满载而归。郑生排除一切干扰，夜以继日，勤奋学习。李娃也常常陪读，到半夜才休息。两年时间，郑生把该读的书都读遍了，对李娃说："我可以参加考试看看我学得怎样了。"李娃认为还要再精熟些，好迎接以后多次考试。又过了一年，李娃觉得可以了。果然，郑生一考就登甲科，在礼部一举出名，许多人都想结识他。这时，李娃又劝他还应该深入钻研学问，以求再传捷报，争霸群英。郑生听从李娃的话，终于在大比之年状元及第，授官成都府参军。郑生到底从跌倒处站了起来，实现了他当年赴京时的梦想。这一切又与李娃对他的扶助紧密相关。

　　李娃全心全意地爱着郑生，时时处处为郑生着想，爱的力量荡涤着这位虽是娼女出身却有着崇高品质的不平凡的女性。因为爱，她拯救濒于死亡的情人，帮助他成就学业；因为爱，她忍痛做出巨大牺牲，放弃与心上人双宿双飞的理想生活，在郑生即将赴任时，主动提出分手，请郑生另娶名门闺秀，不让自己的娼女出身妨碍郑生的前途。这是可恶的门阀制度在她与刺史之子、当朝状元的郑生之间设下的障碍，李娃在郑生的恳求下送他到剑门。在这里，郑生遇到了父亲荣阳公，父子相认，在荣阳公的主持下，郑生明媒正娶李娃为妻。

　　婚后，李娃谨守妇道，治家严整，受到亲眷好评。几年后，郑生父母去世，孝道感天。有罕见的一穗三花的灵芝长在守孝的草房上，又有几十只吉祥的白燕在草房屋脊筑巢。皇帝得知这些祥瑞，更加重视郑生。守孝期满后，郑生数次升任高官，十年间管辖数郡。李娃被封为汧国夫人，四个儿子也都做了大官，一门显贵，无人能比。从娼女到夫人，李娃和郑生的爱情得到了完满的结局。

《李娃传》又名《汧国夫人传》，作者白行简，字知退，祖籍太原（今山西太原），后迁居下邽（今陕西渭南）。他是唐代著名诗人、新乐府运动的领袖白居易的弟弟。《旧唐书·白行简传》中说他有文集二十卷，"文笔有兄风，辞赋尤称精密，文士皆师法之"。《李娃传》是唐传奇代表作之一，它成功地塑造了李娃这样一位美丽而又崇高的风尘女子形象。李娃的故事后来被多次改编为剧本和话本，现存的有元代石君宝的《李亚仙诗酒曲江池》杂剧、明代薛近兖的《绣襦记》传奇和明刻本《郑元和》小说等。

62. 才子佳人小说《莺莺传》
cái zǐ jiā rén xiǎo shuō yīng yīng zhuàn

《莺莺传》是唐人元稹所撰的一篇传奇小说。这篇小说就文本来说，它引了一篇长篇幅的莺莺给张生的书信，又加入了杨巨源和元稹的诗，因而有"文体不纯"之讥。然而，这篇小说，无论在当时，还是在后世，都颇受读者喜爱。想来，一方面是因为作者是当时的著名诗人，影响颇大；另一方面则是因为它是董解元《西厢记》和王实甫《西厢记》的本源。不过要论说《莺莺传》在小说发展史上的真正价值，则在于它是唐传奇中第一篇摆脱人神恋爱和士人妓女恋爱而描写才子佳人恋爱的小说，它把古代爱情小说推向了一个崭新的阶段。

关于这篇传奇小说，如果扬弃那些冲淡叙事情节的成分，还是颇为生动的。

唐德宗贞元年间，有一个叫张生的人，性情温和，姿貌丰美，为人忠厚，非礼勿动，年已二十有三，还未尝接近女色。当时张生游于蒲州，寄寓在普救寺中。恰巧有一姓崔的孀妇，携一子一女将归长安，路经蒲州，也暂住于普救寺中。张生与崔氏叙其亲，始知崔氏原是张生的远房姨母。就在这一年，绛州节度使浑瑊死了，朝廷派了一个宦官来监管军队。因为这个宦官不懂治军之法，使军人怨恨，所以军队发生了骚乱，殃及蒲州百姓。崔氏本一方大户，家资丰厚，兵乱中惊恐万状，不知所托，而张生与军中将领相善，请军中将领派小吏保护崔氏一家，避免了崔氏遭受劫难。十余日后，朝

崔莺莺画像

廷派廉使杜确来治军，骚乱才平息下来。由此，崔氏特别感谢张生的恩德，特意于中堂设宴，酬谢张生。席间，崔氏令其子女出席，以谢张生救命大恩。久之，其女方出，只见她：

> 常服睟容，不加新饰，垂环接黛，双脸销红而已。颜色艳异，光辉动人。

张生见之，惊其美色。问其名，唤莺莺，问其年，方十七岁。席间，张生一反不近女色之常态，主动与莺莺搭话，而莺莺凝睇怨绝，依母而坐，终席不答一语。

自此，张生便喜欢上了莺莺，想向她表达爱慕之情，可苦于没有机会。莺莺有一使女，名叫红娘。于是张生便想方设法接近红娘，并多次暗中送给红娘礼物，意欲请红娘向莺莺转告自己的爱慕之情。红娘知莺莺素守贞节，举动谨慎，不敢传情，然又有玉成之心，便告诉张生，莺莺喜诗文，往往沉吟作诗，可以用诗歌传情表意。张生大喜，当即写了二首《春

词》，托红娘转给莺莺。这天晚上，红娘送来了莺莺的回笺，笺上是一首五言绝句，题为《明月三五夜》，诗云：

> 待月西厢下，迎风户半开。
> 拂墙花影动，疑是玉人来。

张生读罢，会悟其意。第二天，恰是十五月明之日，于是张生攀缘墙边的一株杏树翻入西厢，观莺莺之门正是半开半掩，心中颇喜且骇，以为美事可成。不想，事情却与他想象的不同：

> 及崔至，则端服严容，大数张曰："兄之恩，活我之家，厚矣。是以慈母以弱子幼女见托。奈何因不令之婢，致淫逸之词？始以护人之乱为义，而终掠乱以求之，是以乱易乱，其去几何？诚欲寝其词，则保人之奸，不义；明之于母，则背人之惠，不祥；将寄于婢仆，又惧不得发其真诚：是用托短章，愿自陈启。犹惧兄之见难，是用鄙靡之词，以求其必至。非礼之动，能不愧心？特愿以礼自持，毋及于乱！"言毕，翻然而逝。

张生被斥，亦感自失，于是绝望。万没想到，几天之后，红娘拥莺莺突至，竟以身相许。

> 至，则娇羞融冶，力不能运支体，曩时端庄，不复同矣。是夕，旬有八日也。斜月晶莹，幽辉半床。张生飘飘然，且疑神仙之徒，不谓从人间至矣。

从此，两情相悦，张生朝隐而出，暮隐而入，同安于西厢，幽会累月。

后张生进京赶考，名落孙山，遂止于长安。张生曾写信给莺莺，莺莺亦有回信，张生将莺莺的信给朋友看了，事情便流传出去。朋友们皆以为二人之事是传奇佳话，而张生却对莺莺情断意绝，以为莺莺"尤物也，不妖其身，必妖于人"。越岁余，莺莺出嫁他人，张生亦别娶妻。一次，张生去莺莺家拜访，莺莺终不出见。唯有一诗述怨：

> 弃置今何道，当时且自亲。
>
> 还将旧来意，怜取眼前人。

自此，再不知莺莺后事。时人以为张生"始乱之，终弃之"的行为是"善补过"的义举。

陪皇帝斗鸡的"鸡童"贾昌

péi huáng dì dòu jī de shén jī tóng jiǎ chāng

斗鸡，自古在我国是一项很受欢迎的娱乐活动，在民间广为流行，以至受到历代君王的喜爱。战国时期，《庄子》中就记载了齐国国王请纪渻子训练斗鸡的事。三国时期也有不少帝王喜欢看斗鸡。文学家曹植用诗《斗鸡篇》反映了这个事实："斗鸡东郊道，走马长楸间。"到了唐代更有过之而无不及。当时的娱乐活动很多，诸如舞马、驯象、踢球等，但诸多帝王对斗鸡情有独钟，就是不喜欢这种娱乐的皇帝也对这种既成的传统无可奈何。一时间民间斗鸡的风气也兴盛起来。这种热闹的现实生活必然反映到当时的文学中来。初唐杜淹就曾写诗，以形象、生动的语言描绘了这种现象：

> 寒食东郊道，扬鞲竞出笼。
>
> 花冠初照日，芥羽正生风。
>
> 顾敌知心勇，先鸣觉气雄。
>
> 长翅频扫阵，利爪屡通中。
>
> 飞毛遍绿野，洒血渍芳丛。
>
> 虽然百战胜，会自不论功。
>
> ——《咏寒食斗鸡应秦王教》

到了唐玄宗时期，皇帝不但频频光顾斗鸡场，而且大力提倡训练斗鸡，还在皇宫附近专门设立鸡场，选尽长安所有良鸡千只，缚于笼中。又精心择选五百小儿，即喂养、驯鸡的人，人称"五坊小儿"。他们专侍养鸡、驯鸡，以供王宫斗鸡之用。于是斗鸡风大盛，上至王公贵族，下至黎民百姓，无不以此为荣，以此为乐。全国上下，街头巷尾，皆闻鸡声。宋之问的诗《长安路》"日晚斗鸡场，经过狭斜看"极其逼真地再现了当时长安街头斗鸡的热闹场面。老百姓不惜倾家荡产购鸡争荣，竭尽所有精力。诗人李白对此十分感慨，他在《一百四十年》诗中写道：

> 一百四十年，国容何赫然！
>
> 隐隐五凤楼，峨峨横三川。
>
> 王侯像星月，宾客如云烟。
>
> 斗鸡金宫里，蹴鞠瑶台边。
>
> 举动摇白日，指挥回青天。
>
> 当涂何翕忽，失路长弃捐。
>
> 独有扬执戟，闭关草《太玄》。

王宫中斗鸡更是热闹非凡，斗鸡奴出尽了风头。其中有一个斗鸡的神童贾昌，人称"神鸡童"。

由于皇帝喜欢斗鸡，那么为皇帝斗鸡的人也一步登天。许多人家不惜一切代价，使银子，走门子，将自己的孩子送往宫中，其情形不亚于竞争选妃。但只有善于斗鸡的人才有可能入选。贾昌就是其中一个。

贾昌入玄宗皇帝的眼，不是因为他的父亲贾宗为宫中卫士这层关系，主要是他有驯鸡的天赋。他天生聪明，动作敏捷，七岁就能攀缘附柱，尤其是他有一套别人不具备的本领：善解鸟语，似乎这与他善于捕捉鸡的特点有密切关系。更巧的是，他也喜欢鸡。但是贾昌家境贫寒，京城的鸡价因斗鸡的缘故被抬得很高，一般人家买不起。贾昌只得刻木鸡玩。聪明的他把木鸡玩得如同真鸡。这个场面恰好为玄宗看到，他几乎被贾昌精湛的技艺惊呆了，忙令其入宫为他养鸡、驯鸡，这个角色和环境使贾昌的才能得到充分发挥，他一心只在鸡上，神不外骛地不断对鸡进行研究。不久便对鸡的习性了如指掌，尤其能使鸡听从他的号令。他手持一鞭，随着鞭子的指挥，鸡立即振翅舞斗；胜负一分，众鸡又排好队，胜者在前，负者在后，紧紧尾随贾昌回鸡场。真是神奇无比！单凭这一手绝活，唐玄宗当时便封他为五坊小儿长，统领五百鸡奴与数千只鸡。其威风盛极一时。他的家人和亲属也跟着借光，时常受到皇帝的恩赐。贾昌十二岁时，有一次随皇帝到泰山进行封禅大典，这时他的父亲死于泰山，玄宗立即准他扶灵枢归葬，还下旨令沿途州县的官员派人护送。单就这一件事，就可以看到贾昌当时的荣耀地位，真是一人得道，鸡犬升天。开元十四年，他便身穿斗鸡服，率鸡群，在骊山温泉宫为玄宗表演取乐，由此得名"神鸡童"，那一年他刚好十三岁。

在封建专制时代里，得到皇帝的赏识和重用，就意味着摆脱了贫困和普通，进入了上层社会。当时人们对贾昌因斗鸡而光宗耀祖一事十分感慨，于是就编了一首《神鸡童谣》：

> 生儿不用识文字，斗鸡走马胜读书。
> 贾家小儿年十三，富贵荣华代不如。
> 能令金距期胜负，白罗绣衫随软舆。
> 父死长安千里外，差夫持道挽丧车。

非但如此，在贾昌二十二岁那年，玄宗还不忘他的婚姻大事，将杨贵妃喜爱的梨园弟子潘大同的女儿婚配给他。当时世人艳羡不已，一时传为佳话。

虽然贾昌在皇帝眼里是红人，受宠备至，但他本人并没有以此炫耀与卖弄，借此地位胡作非为，这也是他得到皇帝和贵妃恩宠有加的重要因素。当时宫中的五坊小儿，仗皇帝的权势在外欺诈勒索，横行霸道，不但到处吃、拿、抢、夺，达不到目的，还出坏点子、下绊子，逼人送礼送钱，对一般官员也是爱答不理。老百姓对其咬牙切齿，但也无计可施，一般官员也无可奈何，任其趾高气扬，横冲直撞。其中大诗人李白就深受其害，险些丧命。他曾用诗歌《大车扬飞尘》表达了他的愤恨不平：

大车扬飞尘，亭干暗阡陌。

中贵多黄金，连云开甲宅。

路逢斗鸡者，冠盖何辉赫。

鼻息干虹蜺，行人皆怵惕。

世无洗耳翁，谁知尧与跖！

贾昌不是这样，他为人忠厚老实，只知侍弄鸡，真正靠劳动吃饭，他的所有财产全来自皇帝的恩赐。难能可贵的是，贾昌虽然是个斗鸡奴，也是个很有气节的人。天宝十四年，唐朝发生了历史有名的"安史之乱"，长安沦陷。安禄山悬重金抓贾昌为其驯鸡，贾昌不愿为这类不齿之徒做事，隐姓埋名，藏身寺院，做杂活以谋生。叛乱被平息后，由于战争中妻离子散，家财荡光，贾昌再无心入宫，在寺院修身到终生，享年九十八岁。据载，他死那年仍然无一病痛。

64. 人面桃花：春天的爱情邂逅
rén miàn táo huā: chūn tiān de ài qíng xiè hòu

去年今日此门中，人面桃花相映红。

人面不知何处去，桃花依旧笑春风。

这是一首家喻户晓的诗，是一首曲调优美的歌，人们在吟唱之时，不禁会想起那个美丽动人的故事。这个故事的主人公就是唐代的诗人崔护，这首著名的诗就是他的《题都城南庄》诗。

崔护，博陵（郡治今河北定县）人，字殷功。据说，他是个天资特别聪慧的人，不但长得眉清目秀，而且博学多才。只因为性格比较内向，少言寡语，所以一直未动婚念。经过数载寒窗苦读，他觉得到了该求取功名的时候，于是信心十足地来到京城，参加进士考试。然而，万万没想到的是主考官苗登（有人传说是崔护的三从舅），并不赏识他。当发榜之日，崔护尽管从头到尾、从尾到头找了几遍，也都没能找到自己的名字。当时，那份失意与苦闷真是难以形容。

这一天，恰逢清明节，绿草青青，微风徐徐。崔护早早起床，便信步走去。春光如此美好，而他的思绪难平。幽幽小路，茸茸春情，他不知不觉地来到了城南。谁想转眼间已是日近中午。崔护走得也累了，尤其是口渴得不行。这时，他看见前面有一个庄院。这个庄院约有一亩地之广，里面树木成荫，盛开的桃花嬉笑着从墙上探出头来。只是门扉紧掩，寂静悄然。崔护上前"当当当"敲门，可是好长时间也不见有人来开，于是他又敲了两下，这时，门才"吱"的一声开了一道小缝。接着，从门缝里传出来一个甜甜的声音：

"请问相公，您找谁呀？"

崔护赶忙回答说："我叫崔护，今天一个人到这里游玩，口渴难忍，想向姑娘讨点水喝。"这时，那门"吱呀"一声打开了。姑娘把崔护让到院子里，然后，又拿了一把椅子让崔护坐下休息，自己则倒了一杯茶，两手平端着，稳步走来，递到崔护手里。然后，就背靠着一株小桃树，静静地看着崔护。崔护这时也一边品着茶，一边端详着这位姑娘。这是怎样的一位姑娘啊，恐怕崔护还是第一次见到这么漂亮的女子呢！他真不敢相信，世上竟还有如此完美的人。尤其是她那双脉脉含情的双眼，好像会说话似的，还有那桃花映衬下的洁白俊俏的脸庞，竟与桃花一样的娇美，崔护怎能不为之动心呢？所以，他很想多呆一会儿，于是就在那里细喝慢饮起来。可是无论怎么拖延，茶还是用完了，他不好意思第二次张口，只好告辞。这时姑娘也若有所思，二人相视好久才互道分别。从此，崔护才知道相思的滋味究竟有多苦，有多甜。

终于，盼到了第二年的清明时节。崔护又来到城南曾经踏青寻芳的地方。眼看着那熟悉的庄院就在眼前，他不由得兴奋不已。他兴冲冲地跑到门前，没想到却是景色依旧，门扉紧锁。崔护那种求而不得的怅然与失落，就像门上那把大锁一样冰冷、木然。他伫立良久，还不见姑娘归来，一切都那么沉寂，只有院内的桃花犹似在春风中含笑。于是，情由心起，他大笔一挥，就在左面的门扉上写下了开篇那首诗，在诗旁还署上了自己

的姓名。就这样，写完以后，他叹了口气，只好无奈地回去了。

过了几天，崔护怎么也放不下南庄那美丽的桃花和美丽的姑娘。他不由得又漫步来到那里。可这次，他还没等走到跟前，就听见从院中传来了一阵阵悲痛的哭声。他不由得大惑不解，这是发生了什么事呢？于是他三步并作两步地奔到了门前，正想进门看个究竟。这时，只见一位老人擦着伤心的眼泪，出门向他质问道："你就是那个崔护吧？你害死了我的女儿！"说罢又哭了起来。崔护被问得愣愣的，一点也摸不着头脑，赶忙追问道："老人家，出了什么事了？我害死了您的女儿？我怎么会害死您的女儿？"老人这才又怨又恨地说道："就是你，不知道写的什么诗，我女儿看了以后，就病倒了，茶饭不思，没几天的功夫，这不就被你害死了吗？"崔护赶紧奔进屋中，只见那位姑娘面容憔悴，已然气绝。他不由得扑了上去，把姑娘紧紧抱在怀中失声痛哭起来："我在这里！""我在这里！"崔护的声音渐渐变得嘶哑，这时却见姑娘慢慢地睁开了眼睛，露出了微笑……后来，老人就把女儿许配给了崔护，使有情人终成了眷属。

贞元十二年（796年）的时候，崔护再次参加考试，终于金榜题名，中了进士，后来还作了岭南节度使。崔护的一生，虽然没有太多的详细记载，诗留下的也不是很多，但只这一首相映成趣的"人面桃花"就足以令人敬佩了。后来，人们把"人面桃花"这个故事改编成很多戏曲和杂剧，如《人面桃花》、《借水赠钗》等都是让人百看不厌的佳品。

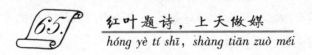

65. 红叶题诗，上天做媒
hóng yè tí shī, shàng tiān zuò méi

红叶题诗，一个充满了浪漫传奇色彩的故事。它发生在唐朝。女主角是皇帝后宫中那些有才华、有思想的宫女，而男主角，则是那些富于才情的浪漫文人。唐僖宗时，读书人于祐就曾经有过这么一段传奇经历。

那是深秋的一天，于祐因写文章苦于没有思路，便一个人在宫苑附近散步。秋风飒飒，流水潺潺，一条从宫中流出的水沟上面不断地飘浮着泛黄的秋叶。忽然，于祐发现在黄叶中间夹杂着一片很大的红叶，上面似乎被人写上了什么字迹。他急忙来到沟边把红叶捞了起来，只见上面真的题了一首五绝：

> 流水何太急，深宫尽日闲。
>
> 殷勤谢红叶，好去到人间。

于祐非常喜欢这首诗，他想，一定是哪个有才的宫女耐不住深宫的寂寞写得此诗聊以自慰。于是，他也找来一片红叶，题上了两句："曾闻叶上题红怨，叶上题诗寄阿谁？"并把它放入水沟的上游，希望能被那个宫女拾到。

后来，于祐屡考进士而不中，不得不去当权的太监韩咏家教书。一天，韩咏对于祐说："皇宫里放出来的宫女中有个叫韩氏的，长得很美，她想找个老实本分的人做丈夫，我给你当个媒人怎么样？"于祐一听，当场便答应下来。不久，于祐便和韩氏成了婚。在一次偶然的打扫书橱时，韩氏发现了题诗的红叶，便问于祐是怎么得到的，于祐把经过说了一遍。韩氏惊讶地说："那正是我写的，而且我又在水沟边拾到了一片红叶。"于祐一看，那也正是他写的，夫妻二人不觉惊叹他们的缘分。

有一天，韩咏设宴，把于祐和韩氏都请来，为他们夫妻贺喜。席间，韩咏说："你们二人今天该谢我这个媒人了吧？"韩氏笑笑说："我与于祐的结合是老天做的媒，可不是你的功劳。"韩咏莫名其妙，就问："这是从何说起？"韩氏于是索笔为诗，写了一首绝句：

> 一联佳句题流水，十载幽思满素怀。
>
> 今日却成鸾凤友，方知红叶是良媒。

韩咏看完诗后，哈哈大笑，连连感叹说："我今天才知道天底下的事没有一件是偶然的。"

后来，黄巢起义军攻下了洛阳和长安，唐僖宗仓皇逃往蜀地，韩咏让于祐领着一百多名家僮为先导。韩氏因为是旧宫人，有幸见到了唐僖宗，

就把她嫁给于祐的故事讲给皇帝听。僖宗听后说："这件事朕也听说过。"于是就召见了于祐。后来僖宗还西都，于祐因为从驾护驾有功，被擢升为神策军虞候。

韩氏为于祐生了五个儿子、三个女儿。五个儿子学习都很勤奋，后来都做了官；女儿也都嫁给了有身份的人家。韩氏自己因为治家有方，终身为命妇。

当朝宰相因为此事，特意写了一首五言诗称赞她，诗云：

> 长安百万户，御小日东注。
>
> 水上有红叶，子独得佳句。
>
> 子复题脱叶，流入宫中去。
>
> 深宫千万人，叶归韩氏处。
>
> 出宫三十人，韩氏籍中数。
>
> 回首谢君恩，泪洒胭脂雨。
>
> 寓居贵人家，方与子相遇。
>
> 通媒六礼具，百岁为夫妇。
>
> 儿女满眼前，青紫盈门户。
>
> 兹事自古无，可以传千古！

66. 唐代传奇中的武侠小说
táng dài chuán qí zhōng de wǔ xiá xiǎo shuō

在我国悠久的文明史中，唐代文化曾取得非常辉煌的成就，音乐、舞蹈、书法、绘画、诗歌、散文、传奇等领域，出现过许多耀古烁今的经典。唐代的武侠小说，就是这块文化宝地中的一分子。

唐代小说是在魏晋六朝的志怪小说和中晚唐商业经济发达的社会基础上发展起来的。就其内容来说，有慨叹尘世无常的，有形容奇技异巧的，有宣扬佛、道灵验的，有追溯历史往事的。总的说来，不外乎以下几类：

讽刺小说，如李公佐的《南柯太守传》；爱情小说，如白行简的《李娃传》；历史小说，如陈鸿的《长恨歌传》；武侠小说，如裴铏的《昆仑奴传》。但唐代小说的作者最乐于描写的题材是爱情小说和武侠小说。就时代划分来看，唐代中期的传奇名篇偏重于爱情题材，唐代晚期的传奇名篇又多以侠义为内容。

唐代武侠小说的产生，有其社会背景。唐朝末期，藩镇的势力越来越大，而且专横跋扈，不亚于近代的各路军阀。他们各据一方，争权夺利。因为他们大多属于武士阶层，没有文化修养，也没有太高的愿望，只想称霸一方，以求无尽的享受。他们杀人越货、强占民女，都觉得是很正常的事。有时，藩镇之间为了私怨而引起冲突，便互相以武力攻击。一方面各用军事力量打击对方，另一方面即各自蓄养武士，必要时从事暗杀活动。对此，朝廷也无能为力，无法制止，于是放任藩镇为所欲为。一时期，武士之风盛行起来。如元和十年（815年）宰相武元衡被刺，就是由平卢节度使李师道派遣的武士所为；开成三年（838年）宰相李石被刺，就是由宦官仇士良主使的。这些事件都见于正史的记载。这些武士的行为，成为唐代武侠小说重要的素材。

唐代武侠小说产生的另一种社会基础，是民众对解脱苦难的渴望。中唐以后，藩镇割据，军阀迭起，相互攻战不歇，民不聊生。而朝廷中一些居功自傲的大臣，常作威作福，骄奢淫逸，这更加深了人民的苦难。民众对这种现状深感绝望，可又不知如何才能改变这种状况，于是他们希望出现一批侠义之士。这些侠义之士发挥他们超人的能力，扶危济困，释难解纷，救民于倒悬，拯民于水深火热之中。这就是唐代武侠小说产生的又一基础。虽然这类作品解决矛盾的方式是虚幻的、难以实现的，但他们歌颂不畏强暴的侠义行为，是值得赞赏和肯定的。

唐代的武侠小说在唐传奇中产生得较晚，先是在爱情小说中出现了几位侠客，如黄衫客、许俊等，他们的行为多属豪侠一类。至于专门的豪侠故事，往往很少，大部分是出于整部传奇集子中。比较著名的有：柳珵的《上清传》，李公佐的《谢小娥传》，袁郊的《红线》，薛调的《无双传》，

裴铏的《昆仑奴传》、《聂隐娘》，杜光庭的《虬髯客传》等。

这些小说的内容大多与中唐以来的社会现实有关，尤其与藩镇割据有关。比如《聂隐娘》写魏博大将聂锋之女聂隐娘从一尼学成武艺后，如何周旋于藩镇之间，杀人报命。另一类内容则是武侠与爱情的结合产物。如《昆仑奴》中为崔生和红绡妓成就一番好事的昆仑奴磨勒；《无双传》中助王仙客和无双结合的古生。此外，《谢小娥传》写一弱女子谢小娥为父报仇的故事，从中亦不难看出当时社会的混乱。

唐代的武侠小说对后代产生很大的影响，后代的一些小说或戏曲剧本的题材，就是取自唐代传奇，如元代《盗红绡》杂剧、《磨勒盗红绡》戏文，就是取材于唐传奇《昆仑奴》；明代《红线女》杂剧取自《红线》；清代《黑白卫》杂剧则取材于唐传奇《聂隐娘》，等等，由此不难窥见唐代武侠小说对后世文学影响之一斑。

67. 唐代创作的神仙传说
táng dài chuàng zuò de shén xiān chuán shuō

神仙是附道家而生，《庄子·逍遥游》里出现过藐姑射神人，《天地篇》中有仙人的描写："千岁厌世，去而上仙，乘彼白云，至于帝乡，三患莫至，身常无殃。"汉魏以来，随着道教的形成与发展，神仙之说也日益流行。到了唐代，帝王出于政治的需要而尊崇道教，于是神仙道术之说就格外引人注目。唐代笔记小说中记录了大量的有关神仙的传说。比如《太平广记》一书中，神仙类共有五十五卷，其中四十多卷是隋唐时代的神仙故事！可以毫不夸张地说，要了解后世神魔小说的来龙去脉，就必须了解众多的唐代神仙传说。

唐代的神仙传说大多是以宣扬神仙不妄、仙家可期为主要内容。比如唐代李复言《续玄怪录》中的《裴谌》一篇。故事说：裴谌与王敬伯、梁芳为方外之友，在隋朝大业年间，一起入白鹿山学道。一晃十多年过去了，仙没学成，而梁芳却死了。王敬伯也忍受不了这种寂寞艰苦的日子，下山回了家。这时已是大唐贞观初年。王敬伯没过多久，就做到了大理廷评事，还穿上了绯服。这一年奉使淮南，乘船过高邮，遇见一只小渔船，船中有一个老人，披着蓑衣，头戴箬笠，划着小船，像一阵风一样从眼前驶过。王敬伯仔细一看，认出是裴谌，于是请裴谌到府衙上，延之上座，握着他的手安慰他说："仁兄久居深山，一事无成，混到了这步田地，真是可怜啊！我自从出山之后，现在已经做到了廷尉评事，比在山中强过百倍。你有什么需要的，说吧，我一定满足你。"裴谌淡淡一笑，说："人各有志，不可勉强。我贩药广陵，在青园桥东数里有个樱桃园，园北车门，就是我的宅院。你公事之余，不妨到那里去找我。"说完就走了。王敬伯到了广陵之后，略有空暇，想起裴谌的话来，就出门去寻他。果然一找就找到了。有人引他进来，只见楼阁重重，花木鲜秀，烟翠葱茏，景色妍媚，不似人间境界。一阵阵香风袭来，令人神清气爽，飘飘然有凌云之意。不一会儿，有一人出来，衣冠伟然，仪貌奇丽。王敬伯上前拜见，一见之下，才看出原来就是裴谌！裴谌热情地款待王敬伯，只见各种器物珍异，吃的喝的，以及歌舞音乐，都不是人间所有。临别时，裴谌对王敬伯说："有时间可来访我。尘路遐远，万愁攻人，努力自爱。"王敬伯拜谢而去。后来再去拜访，只见一片荒凉，烟草极目，哪里还有宅院？王敬伯惆怅而返。

在这个故事中，作者有意将仙与俗相对，将成仙得道与功名富贵相对，竭力宣扬神仙的不妄，仙家的可期。但那仙家，实在是可以看成人间更大富贵的翻版的。

唐代的神仙传说虽然以成仙得道为说，但在虚幻荒诞的情节中，又常常隐寓着人世的故事。这些故事中，有的是写一些特立独行的人物，如出自《续神仙传》的《蓝采和》。故事说：蓝采和，不知何许人。常常穿一件破蓝衫，系一根三寸宽的六扣黑木腰带，一只脚穿着靴子，一只脚光着。夏天穿加了棉絮的衣衫，冬天则卧于雪中，身上还冒着蒸汽一样的热气。为人非常机敏，非常滑稽。有人问他话，他总能把人逗得哈哈大笑。他经常喝得醉醺醺的，似狂非狂，手里拿个三尺多长的拍板，在城里一边走，一边向人乞讨，一边踏着靴子唱着踏歌。唱的是："踏歌蓝采和，世界能几何？红颜一春树，流年一掷梭。古人混混去不返，今人纷纷来更多。朝骑鸾凤到碧落，暮见苍田生白波。长景明晖在空际，金银宫阙高嵯峨。"所唱的歌词很多，都有神仙之意，人也不懂。人给他钱，他就用长绳穿起来，在地上拖着走，钱散失了，他也不回头看。遇见穷人，就把钱送给穷人，再不就是给了酒家。有人从孩童到头发斑白时都见过他，而他容颜依旧，什么都没变。后来他踏歌于濠梁间酒楼，喝醉了，人们听见有云鹤和笙箫的声音，只见蓝采和忽然轻轻地飘举到云中，抛下了靴子、衣衫、腰带和拍板，冉冉飞升而去。从这个故事中，已经可以看见后来八仙传说中那位蓝采和的影子了。

有的神仙传说则是敷衍历史或者时事。比如出自《仙传拾遗》的《杨通幽》，写的是广汉杨通幽为唐明皇上天入地寻找杨贵妃的故事，与《长恨歌传》等有关传说相近似。出自《玄怪录》的一篇故事说：大唐天宝年间，有一个姓崔的，在巴蜀做县尉，死于成都，撇下了个年轻美貌的妻子。连帅章仇兼琼一心想把她弄到手，就想了一个主意：让他的妻子设宴招待五百里内的女客，这样就可以乘机留下县尉之妻了。这时县尉之妻已经嫁给了卢二舅。卢二舅得知章仇兼琼的意思，就让她装病不赴宴。章仇兼琼大怒，命左右带五百骑兵前往收捕。骑兵围住宅院的时候，卢二舅正在吃饭。他从容地吃完之后，对妻子说：章仇兼琼的意图已经很明显了，夫人不可不去。一会儿我就派人给你送衣服来，你穿上就可以去了。说完，卢二舅骑着骡子就出门而去，众人追也追不上。果然，不一会儿的功夫，有一个小童送来一个衣箱，里面有故青裙、白衫子、绿帔子、绯罗縠绢素。县尉妻穿上衣服，跟骑兵来到了成都。一入大堂，光彩绕身，美色袭人，令人不敢正视。宴会完了之后，县尉之妻就回了家，三天之后就死了。后来听青城王老说才知道，卢二舅原是太元夫人专门管库的人，亡尉妻也微有仙骨。故事虽然披上了神仙的外衣，但是仍不难从中看出地方节帅的专横跋扈。

有的神仙传说则是对人们所敬仰的人物的神化，如《颜真卿》，说颜为李希烈所杀，死后成仙。有的则是对某些技艺或者拥有这些技艺的人的神化。如《孙思邈》，记载了初唐时著名医学家孙思邈的许多故事，其中说孙思邈小时就有"神童"之誉，后来隐居于太白山。死后一个多月，尸身颜色不改；等埋葬时，只有一架空衣，尸身已经不见了。这些传说虽然也有一些迷信的成分，但更主要的是表达了百姓对自己心目中的人物的崇拜与怀念之情。

有的神仙传说则寓有劝善讽世的意思。如《杜子春》，揭示了人性中的陋习难改；《马周》劝人应自律自强，不可沉湎；《李林甫》劝人不可太贪；《冯大亮》劝人救物济人，等等，都属于这一类。

在众多的唐代神仙传说中，还有许多是有关桃花源或刘阮误入桃源的故事，如《柳归舜》、《元藏几》、《文广通》、《韩滉》、《阴隐客》、《崔生》、《采药民》、《元柳二公》等。从其内容来看，与陶渊明的《桃花源记》或《幽明灵》中刘晨阮肇入天台山的故事很接近。比如《文广通》一篇，就是讲辰溪县滕村人文广通，因射野猪而跟踪野猪入一穴中，忽见有数百户人家，"观其墟陌人事，不异外间；觉其清虚独远，自是胜地"。因问村中小儿，得知这些人是避夏桀之难逃到此地来的，在这里学道得仙。这其实就是桃花源的另一种描写。这一"泛桃花源现象"和神仙传说的作者多为中晚唐人的现象一样，都与中晚唐的社会现实有关。唐自天宝末年安史之乱以后，地方藩镇割据，朝中政治黑暗，灾变不断，战乱频仍，老百姓生不得保，死不得葬，于是就生出这些奇思异想来。虽然有些消极荒诞，但它却是平民百姓心态的真实展现，对了解那个时代很有价值。

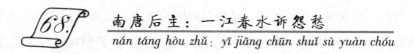

68. 南唐后主：一江春水诉怨愁

nán táng hòu zhǔ : yī jiāng chūn shuǐ sù yuàn chóu

李煜画像。李煜以他悲剧的一生和不朽的词作，使一代代读者的心弦被触动，并使他们得到了深刻的情感体验和审美愉悦。李煜，字重光，初名从嘉，号钟隐，是五代南唐的最后一代君主，史称李后主。李后主是中主李璟的第六子，姿貌绝美，性喜学问，他的五个哥哥早卒，故被立为太子。即位后，沉溺声色，不恤民困，终于亡国。虽说作为一国之君，李后主够不上圣明，但他作为词人，却可以说是一代大师、词坛巨擘。

宋太祖开宝七年（974年），宋兵大举过江，兵临南唐都城金陵城下。

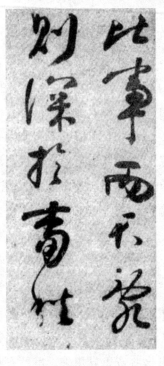

李煜墨迹

昏庸的南唐后主李煜，只知歌舞填词，不理国事，军机大事全委于朝臣。而一班朝臣又都是贪生怕死之辈，只想投降，不想抗战，更对李煜封锁了一切消息，致使军兵屯驻城下，李煜尚毫无知晓。一日，李煜登城赏游，见四郊旌旗蔽空，营垒遍地，才大惊失色。国家危亡之际，李煜先是召洪州兵入援，结果大败；后又派徐铉入宋求和，徐铉见宋太祖说："李煜以小事大，如子事父，未有过失，为什么讨伐我们南唐呢？"太宗答说："既是父子，那就是一家人，怎么能分为两个国家呢！何况我卧榻之侧，岂能容他人鼾睡。"外交努力也告失败。此时李煜再无良策，只好临时去抱佛脚，跑到寺庙之中，求佛保佑，许愿造佛像，增斋僧，建殿宇，真是荒唐！

宋太祖开宝八年（975年），金陵城破。李煜于宫中堆满干柴，意欲携妻子自焚，大臣们泣涕相谏，才罢去自杀的念头，便携一班朝臣肉袒出降。当时，宋兵的将领叫曹彬，他命李煜回宫更衣，以押解回汴梁，曹彬的部将劝说："你许他入宫治备行装，假如他自杀了，我们如何交待？"曹彬则说："你们哪里知道，我观察了李煜的神色，他唯唯诺诺，连懦夫女子都不如，哪里能下决心自焚呢。"果然，李煜更衣后，便带着行装而出。据说，李煜的行装带得还真不少，曹彬派五百军兵才把行装搬到船上。李

煜举族登船北迁时，天下着小雨，阴沉惨淡，族人百官哭别故国，号泣之
声溢于水陆，情形悲怆。船至江中，李煜赋诗曰：

> 江南江北旧家乡，三十年来梦一场。
>
> 吴苑宫闱今冷落，广陵台殿已荒凉。
>
> 云笼远岫愁千片，雨打归舟泪万行。
>
> 兄弟四人三百口，不堪闲坐细思量。

——《渡中江望石城泣下》

李煜事后又有一首〔破阵子〕亦追述起此事：

> 四十年来家国，三千里地山河。凤阙龙楼连霄汉，玉树琼枝
> 作烟萝。几曾识干戈？　　一旦归为臣虏，沈腰潘鬓消磨。最是
> 仓皇辞庙日，教坊犹奏别离歌，垂泪对宫娥。

李煜等于开宝九年（976年）被押解至宋都汴梁。正月四日，宋太祖
在明德楼接见李煜及其重臣四十五人，令李煜等人着白衣戴纱帽待罪于楼
下。太祖下诏赦免李煜等人之罪，并按等级赐予李煜等人冠带、器币、鞍
马，封李煜为违命侯，后又改封陇西侯。至此，南唐后主李煜就被软禁在
汴梁城中，成了宋人的阶下囚。

李煜在汴梁的生活尽是在悲苦悔恨中度过的，整日唯有二事，一是借
酒浇愁，一是以泪洗面。《翰府名淡》说：江南后主李煜在汴梁时，常是
做长夜之饮，平均每天要喝三石酒。大宋皇帝曾下诏不让宫中供给其酒，
李煜上奏说："我不喝酒，让我凭借什么挨过这一天天的无聊时光呢。"宫
中大内于是才又供给他酒喝。《默记》说：韩玉汝家收藏有李煜在汴梁时
写给金陵旧宫人的信，信中有"此中日夕只以眼泪洗面"的话。李煜在汴
梁留下了许多词作，从中我们也可窥见他寄人篱下的生活。先看〔浪淘沙
令〕：

> 帘外雨潺潺，春意阑珊。罗衾不耐五更寒。梦里不知身是
> 客，一晌贪欢。　　独自莫凭栏，无限江山。别时容易见时难。

流水落花春去也，天上人间！

这是李煜做长夜之饮，借酒浇愁，以一时醉梦之欢，麻醉自己国破家亡的精神痛苦的真实写照。再看〔子夜歌〕：

人生愁恨何能免，销魂独我情何限。故国梦重归，觉来双泪垂。　　高楼谁与上？长记秋晴望，往事已成空，还如一梦中。

往事如梦，一切成空，亡国之君，追忆起故国，痛心疾首，不觉双泪流泻，这是李煜以泪洗面的悲楚生活的缩写。再看〔浪淘沙〕：

往事只堪哀，对景难排。秋风庭院藓侵阶。一任珠帘闲不卷，终日谁来！

金剑已沉埋，壮气蒿莱。晚凉天净月华开。想得玉楼瑶殿影，空照秦淮。

《砚北杂志》记载：李煜的旧臣郑文宝想见李煜，担心守门人拒之门外，便披上蓑衣戴上斗笠扮成一个打鱼人去卖鱼，

"晚凉天净月华开。想得玉楼瑶殿影，空照秦淮。"

这才得以相见。又《默记》载述：李煜的旧臣徐铉奉太宗旨去见李煜，在大门口被门卒挡住，声称朝廷有旨，不可让李煜与人接触，徐铉说是奉旨而来，才被放入。足见李煜被幽禁时的孤独凄凉。这首词说"一任珠帘闲不卷，终日谁来"，当是写实。

南唐后主李煜，在汴梁被囚禁了三年多，太平兴国三年（978年），被宋太宗派人毒死。据说，毒死李煜的毒药叫牵机药。这种药，人吃后状如机

弩，前仰后合，就像被拉开又放手的弓，一会儿直，一会儿弯，如此数十回，便一命呜呼。可知李煜之死，实是惨不忍睹。据说李煜之所以被宋太宗毒死，是由于李煜作的〔虞美人〕一词。词曰：

> 春花秋月何时了？往事知多少！小楼昨夜又东风，故国不堪回首月明中。　　雕栏玉砌应犹在，只是朱颜改。问君能有几多愁？恰似一江春水向东流。

此词抒写的是亡国之痛和幽囚之悲，物是人非、时过境迁之感翻然而出。相传，宋太宗看了李煜的这首词，极为不满，加之词写得极为感人，已经归降大宋的南唐旧臣多有下泣者，因此才发生了牵机药之事。李煜死时，年仅四十二岁。这正是："一江春水诉怨愁，愁肠吐尽命也休。"